光文社文庫

秋山善吉工務店

中山七里

光　文　社

目次

秋山善吉工務店

一　太一、奮闘する

1

　その工務店は日本家屋に手を入れた瓦葺《かわらぶき》の木造二階建てだった。見た目にも相当年季が入っており、コンクリート造りの瀟洒《しょうしゃ》な住宅が立ち並ぶ周囲の風景からは完全に浮いている。

「ここがお爺ちゃんの家？」

　太一《たいち》が尋ねると景子《けいこ》は一瞬意外そうだったが、すぐ納得顔になった。

「ああ、前に太一がここに来たのは五年も前だったから、もう忘れちゃったのかな。ちゃんと太一も来てるんだよ」

今から五年前といえば太一はまだ五歳だから、記憶も朧《おぼろ》だ。しかし、言われてみれば確かに見覚えがなくもない。

「太一よお。だったらひょっとして爺《じ》っちゃんの顔も憶《おぼ》えてないのか」

横にいた雅彦《まさひこ》が憂鬱そうに訊《き》いてきた。

「うん」

「それだけでも幸せなヤツだよな」

「どうして」

「取りあえず、今は怖い思いしなくて済むから」

何が怖いのか訊こうとした時、その工務店の中から怒声が飛んできた。

「馬鹿野郎！　仮釘にこんなぶっとい釘使いやがって。手前《てめ》ェはど素人《しろうと》かあっ。その濁った目ん玉外してとっとと洗ってこおいっ」

その途端、景子と雅彦はびくっと肩を震わせた。

工務店から太一たちの立っている場所まで数十メートルはある。その距離でこれだけ大きく聞こえるのだから、面と向かっている者はいったいどれだけの音量で叱られているのだろう。

「早速だよ。早速、恐怖の大王だよ」

雅彦はうんざりしたように呟いた。

「え」

「あの声の主が俺らの爺っちゃんだよ。あれで今年八十歳なんだぜ」

「とっても元気なんだ」

「ああいうの元気って言うかあ？　違うと思うぞ」

明らかに出鼻を挫《くじ》かれた様子の景子だったが、気を取り直すように頭を振って一歩前に出た。

「二人とも行きましょ。まず挨拶しないと」

その時、またあの怒声が轟《とどろ》いた。

「おいこらあっ、この相決《あいじゃく》り持ってきたのはどこのどいつだっ。合わせ目がすっかすかじゃねえか。こんな出来損ないどこに使うつもりだこの野郎。いったい何年大工やってんだあっ」

今度は声ばかりか物を投げる音まで聞こえてきた。

景子の足はぴたりと止まる。

「そうよねえ。あれはちょっと、元気とは言い難《にく》いわねえ」

「あれは凶暴って言うんだ」

雅彦はぶすっとして応えた。

二人は恐る恐るといった体《てい》で工務店に向かう。特に雅彦は何か嫌な思い出でもあるのか、近づく度に頭《こうべ》を垂れていく。太一は訳が分からぬまま、景子に引っ張られてついていく。

工務店の入口は今どき珍しい引き戸だったが、耳障りな音もなくするすると開いた。

太一がひょいと覗《のぞ》き込むとすぐにおが屑の臭《にお》いが鼻を衝《つ》いた。見渡せば建材と大小の大工道具が壁一面に並び、四人の男が立ち働いている。

「ごめんください……」

景子の声に反応したのは一番奥で鉋《かんな》の刃を睨《にら》んでいた老人だった。

「おう、景子さんか。よく来たな」

刈り上げた白髪に肉の削《そ》げた頬、そしてへの字に曲がった唇。よく来たなと言う割に顔は全く笑っていない。

この男が雅彦と太一の祖父、秋山善吉《あきやまぜんきち》だった。

墨田《すみだ》区にあった太一の自宅が全焼したのはつい先月のことだ。出火原因は未だに不明だが、家人が寝静まった夜半に出た火はそのまま二階部分を灰燼《かいじん》に帰し、両隣の一部にも類焼が及んだ。

火災保険に入っていたものの、家主と隣宅の慰謝料で給付金のほとんどは消えてしまう見込みとなっている。景子と二人の子供は九死に一生を得たが、家財の多くが焼失してしまった。

いや、家財どころではない。秋山家は一家の大黒柱である史親《ふみちか》をも失った。出火場所と目されている二階部屋に寝ていた史親は逃げ遅れてしまい、焼跡から半ば炭化した状態で発見されたのだ。

着の身着のままで焼け出された秋山母子はしばらくウィークリーマンションで夜露をしのいでいたが、いつまでもそんな生活を続けられるはずもない。雅彦と太一には新学期も控えている。

そんな状況だったので、史親の実家から同居の誘いがあった時、景子は二つ返事で承諾した。実家は同じ墨田区内にあり、一人息子の史親が独立した後は善吉と春江《はるえ》夫婦だけなので部屋も余っている。もちろん景子の実家に転がり込むことも考えたが、そちらは愛知県の田舎にあり、子供の進学問題を考慮すると腰が引ける。結局、渡りに舟とばかり善吉の好意に甘えた形となる。

だが、返事をしてから景子と雅彦は遅ればせながら思い出した。

自分たちが長らく史親の実家に立ち寄らなかったのは、家長である善吉が非常に苦手なタイプだったからだ。

同居すれば、否応なく毎日その苦手な人間と顔を合わせることになる。だが経済的な問題は感情に優先する。預金通帳の残高を穴の開くほど見続けていた景子に、もはや選択の余地はなかったのだ。

五歳の頃の記憶は朧げだったので、太一にとって善吉は興味深い対象に映った。父親の父親という存在が既に面白い。父親を亡くした直後だったので余計にそう思えた。

太一はどちらかといえば引っ込み思案で、進んで自分から話し掛ける方ではない。父親の史親はその逆で、よく景子や息子たちに語り掛けていた。決して声を荒らげることなく、家族を取り立てて叱ることもなかった。焼け死んでしまう直前はそうでもなかったが、以前の穏やかな印象が強過ぎて太一の父親観はその像に固定されている。

ところがその父親である善吉は、史親と全く対照的だった。それはわずか一日で分かった。まず従業員を叱責する声は雷のようだったし、怒声を発しない時は大抵機嫌の悪そうな顔をして黙っていた。つまり人を叱る時以外は碌《ろく》すっぽ口を開きもしないのだ。人を叱ることを除けば、無口なところは太一も似た部分がある。

「隔世遺伝かしら」と、いつか景子が言ったのを思い出した。

「太一がむすっとした顔、どうかするとお義父《とう》さんとそっくりなのよね」

そういう話を耳にすれば、自分の性格は善吉譲りなのかと、余計気になる。

加えて善吉が大工の棟梁《とうりよう》であることも興味を引いた。太一の知っている大人の中で棟梁というのは初めてだったし、棟梁というものがあんなに人を叱る仕事だというのも初耳だった。

「別に大工の棟梁だから人を叱るって訳じゃないけど」

景子は注釈を加える。

「お義父さんはすごく昔気質《むかしかたぎ》の人だから」

では昔気質というのは怒りっぽいことなのかと、また興味が湧いた。やはり、今まで太一の周りには〈昔気質の年寄り〉というものがいなかったからだ。

ただし、景子も雅彦も善吉が苦手らしかった。


太一たちが秋山善吉工務店に転がり込んで来たその日、五人分の夕食を拵《こしら》えたのは祖母の春江だった。

サバの煮付けをメインに和風の麻婆《マーボー》レンコンと大根のピリ辛味噌煮、そして豚汁。洋食主体だった景子の料理にはなかったものばかりで、太一はしばらく食卓の上を眺めていた。

それを見た春江が気遣わしげに訊いてくる。

「太一ちゃん、どうしたの。さっきから見てばかりで。お魚、嫌いだった？」

「あの、お義母《かあ》さん済みません。ウチでは滅多に和食を作らなかったものですから……」

景子の弁解に同意するように雅彦が頷《うなず》く。見れば雅彦も大根と豚汁に箸をつけただけでいる。

そう言えば兄ちゃん、サバもレンコンも嫌いだったんだよな——そう思っていると、善吉がぽつりと呟いた。

「食い物を好き嫌いするな」

地を這《は》うような低い声に、雅彦がびくりと震えた。

「まあまあお爺さん、最近の子は煮付けなんか食べ慣れないって言うし、食物アレルギー持ってる子も多いらしいし……」

「食べ慣れないのなら慣れさせりゃいい」

「お爺さん、何も最初の日からそんな厳しいこと言わなくたって」

「最初の日だから言うんだ。雅彦は今日からウチの子になる。だったらウチのしきたりに従うのは当然だろう」

その言葉を聞いて、太一は子供ながらに理解した。

親子四人で生活していた時のルールは主に景子が作り、それに雅彦と太一の都合が絡んでいた。言ってしまえば、三人にとって支障のない生活のルールだった。

だが、秋山善吉工務店では善吉の言葉がそのままルールになっているらしい。現に善吉が言い放つと、春江は沈黙を決め込んでしまったではないか。

弟というのはどこでもそうかも知れないが、年上の失態を見ながら学習する癖がある。太一もその例外ではない。ここは何も言わず、出されたものを食べた方が利口だ。

太一は魚の煮付けをひと切れ摘《つま》んだ。丁寧に煮込んでいるせいか、太一の箸でも簡単に身が解《ほぐ》れる。

今までムニエルとかソテーは食べたことがあるが、煮物は初めてだった。口元に近づけると、甘じょっぱい醬油の香りが鼻腔に流れ込む。

口の中に放り込んで舌の上に載せる。

咀嚼《そしやく》して驚いた。

身がほろほろと砕けていくに従って肉汁を出し、それが甘い醬油と絡んで口中に広がる。サバの臭みがすっかり抜けているのは生姜《しょうが》が刻んであるせいだろうか。

素直に美味《おい》しい、と舌が喜んだ。それからは一気呵成《いっきかせい》だった。太一は脇目も振らずにサバを掻き込み始める。

横目でそれを見ていた雅彦が恨めしそうな顔をしてから、おずおずと箸を進める。

景子は困惑顔のまま押し黙り、善吉と春江もそれ以上は喋《しゃべ》ろうとしなかった。

食卓には、五人分の箸を動かす音と咀嚼の音しか聞こえない。これも太一にとっては新鮮な体験だった。前の家では食事中に大抵テレビがかかっていて、家族はそれを見ながら食べていたからだ。

そうなるとどうしても食べることに神経が集中する。味覚もいつもより鋭敏になっているような気がする。

そこで善吉の声がした。

「おい、太一」

びくっとして顔を上げる。

「何」

「急がんでいいから、もっとゆっくり嚙《か》んだらどうだ」

善吉の言うことなら聞きいれた方がいい。そう思って、太一はひと口ひと口を嚙み締めるように何度も咀嚼してみた。

するとまた驚いた。

いままで単調だったコメの味が、嚙み続けるうちに甘みを増してくる。おかずも同様だ。嚙めば嚙むほど別の味に変容していく。

思わず口から正直な感想がこぼれた。

「おいしい……」

「あら。太一ちゃんの口には合ったみたいねえ。よかったわあ」

春江は上機嫌で顔を綻《ほころ》ばせる。

善吉はむっつり黙りこくったままだった。

風呂から出ると、太一は二階に上がった。二階北側にある八畳部屋が兄弟に割り当てられた場所だった。

何でも以前は史親が使っていた部屋らしく、木造りの机がぽつんと隅に置いてある以外は何もない。太一たちも荷物と呼べるようなものはほとんど持参していないので、二人分の布団を敷いても部屋の中はがらんとしている。

その光景を見て、改めて自分たちは焼け出されたのだと実感した。二人分の勉強机、二人分の衣装ケース、そして二人分のゲーム機。以前、子供部屋に散乱していた持ち物の数々も、あの日家と一緒に焼けてしまった。持ち出せたものは何もなく、わずかに焼け残ったのは服や教科書の類だったが、それも消火のとばっちりでずぶ濡れになり、とても使い物にはならなかった。

「お前さあ、立ち回るのホントに上手いよな」

既に布団の中に入っていた雅彦が呆《あき》れたように言う。

「立ち回るって、何が？」

「そーやって、ボク何も知らなくてやってますってゆー態度」

「……お婆ちゃんの料理、そんなに駄目だったの」

「……まあ、あれはそれなりに食べられた」

「じゃあ、よかったじゃん」

「あの恐怖の大王に睨まれてる横で食べるんだぞ。まともに味わえるもんか」

善吉がおっかないのは太一も同意見なので、反論はしなかった。

「これからずーっとここで暮らすのかなあ」

「僕はそれでも構わないけど」

「……っとにお前って順応し易いのな。半日でもうこの家に慣れちまったのかよ」

「だって、他にいくとこないんでしょ？」

「そーゆーこと、しれっと言うよな、お前」

雅彦は不貞腐《ふてくさ》れたようだった。

「もう、父さんのこと、忘れたのかよ」

それを聞いた時、さすがに反抗したくなった。

「そんな訳、ないじゃん」

あまり言葉が見つからないのがもどかしかった。ただ、話していたら確実に泣き出してしまう予感があった。

「父さん、少し前まで生きてたんだよ。そんなの、忘れる訳ないじゃない」

思った通り、語尾が少し震えた。

史親は仕事を辞めてから、しばらく部屋に籠《こ》もりきりの日々を過ごしていた。景子や雅彦はそんな史親を鬱陶《うっとう》しく思っていたようで、史親自身も二人にはきつく当たる時があった。優しく物静かという印象しかなかったので、まるで人が変わったかのような態度に戸惑いを覚えたが、こと太一に対してだけは以前と同様の接し方だったので安心していたのだ。

日曜日には必ず一緒に遊んでくれた。一、二時間程度のことだったが、史親はいつも笑顔を絶やさないでいてくれた。

だから火事の翌日、父親が焼け死んだと聞かされても実感が全く湧かなかった。正直今になっても、どこかで生きていてひょっこり顔を出すんじゃないかとさえ思う。

しかし、そんなことが金輪際起きないことも知っている。焼け出され、史親の焼死体が発見されると、その日のうちに景子が呼び出されて死体が史親本人なのかどうかを確認させられたらしい。そこで景子は死体が確かに史親であると証言したのだ。

「顔も身体も炭みたいに焼けてしまってたけど、左手の薬指にね、ちゃんと結婚指輪が嵌《はま》ってたのよ」

景子は太一と雅彦にそう説明してくれた。警察は念のために史親が以前かかった歯医者からカルテを取り寄せ、死体の歯型と比較したらしい。太一は初めて知ったのだが歯型というのは人によって異なるため、個人を特定するのに有効なのだという。たとえば飛行機が墜落して乗客の誰が誰なのかを調べるため、事故現場に歯科医が呼ばれることがあるらしい。

とにかく太一の気持ちはどうあれ、史親が死んでしまったのは動かしようのない事実だ。それを思う度に胸が締めつけられたようになる。お腹の中がずっしりと重たくなる。

気にいったオモチャが買ってもらえない時よりも、母親に手ひどく叱られた時よりも、ずっと深い感情が身体の芯を貫く。すると決まって、太一は我慢できずに泣いてしまう。今もまた、必死に堪《こら》えようとしているのに、あっという間に涙腺が決壊してしまった。熱い塊が後から後から溢れ出てくる。

せめて泣き声だけは洩らすまいと念じた。自分が泣くと母親が余計に悲しむ。それは父親の死が現実のものになった日から何度も経験したことだった。だから、母親にだけは自分が泣いていることを知られたくなかった。

「ったくよー。何でいつもいつも俺がお前のお守りしなきゃならないんだよ」

雅彦は唇を尖らせながら太一を抱き寄せる。布団の端で乱暴に涙を拭い、太一の頭をわしわしと撫でる。

不思議なもので、まだ中学生だというのに、雅彦の仕草は時折史親とそっくりに見える時がある。体臭も史親に近い。自分が善吉に似ている分、雅彦は史親に似ているのだろうか。

しばらくそうしていると涙も止んできた。

「さ、もう寝ろ」

「うん」

そして太一も布団に入ろうとした時だった。

「二人とも、まだ起きてる？」

戸の向こう側から景子の声がした。

雅彦が返事をすると、景子が改まった様子で入って来た。

「二人に話があるの」

そう言って居住まいを正す。こんな風に話し掛けてくるのは初めてだったので、太一はまじまじと母親を見た。

「今日からこうしてお爺ちゃんの家にお世話になることになりました。だから、お爺ちゃんとお婆ちゃんの言うことはできるだけ聞いてね」

できるだけ、というところが少し引っ掛かったが太一は素直に頷いてみせた。今のところ、善吉から無理難題を出されてもいない。

「ここから先の話はお爺ちゃんにもお婆ちゃんにも内緒になるけど、秘密にしていられる？」

二人が頷くと、景子も確認したように頷く。何やら秘密の会合をしているような気分で、太一は少しどきどきしてくる。

「でも、お母さんはいつまでもここの家のお世話になろうとは思ってないの。いつかは三人で住めるお家を見つけて、そこに移ろうと思う。もう一度、三人だけの家庭を作りたいの」

「どうして？」

太一はすぐに質問した。ここにいてはいけない理由が分からない。

「どうしてって……だって当たり前でしょ。お母さんとあなたたち二人で家族なんだもの。太一はまた三人で住みたくないの」

慌てて太一は頭を振る。

「でも、それにはおカネが要《い》ります。だからお母さん、明日からお仕事を探そうと思うの」

「母さんが働くの？」

今度は雅彦が意外そうに訊いた。

「何よ。お母さんが働いたらおかしいの」

「だって……俺、母さんが働いているところなんて見たことないよ」

「あのね、お母さんだってお父さんと結婚する前は働いてたのよ。それにお父さんが会社を辞めた時だって、その気だったんだから」

黙っていたが、意外というのなら太一も同じだった。台所に立ったり掃除洗濯をする景子の姿は始終見ているが、制服を着てレジ打ちをしたりお客に頭を下げている景子の姿など想像もできなかった。

ただ、父親と結婚する前は働いていたという話ももっともだと思った。

そして不意に不思議な気持ちになった。

いつも傍《そば》にいるのに、母親には自分の知らない部分がある。自分には想像もできない歴史がある。だったら、雅彦にも、それから死んでしまった父親にも、自分の知らない顔があるのだろうか。

「でもさ、仕事なんてあんの？　その、母さんにでもできる仕事」

「……あ、あるわよ。決まってるじゃないの」

「母さん、特に資格とか取ってないだろ」

「資格なんてなくたって仕事は沢山あるのよ。選《よ》り好みさえしなきゃ」

「仕事にありつけないヤツだって沢山いるじゃんか」

「あれはね、自分には向いてないとか、ちょっとした条件が気に食わないとかで、選択肢を狭めているだけの……」

そこまで言ってから、景子は急に口を噤《つぐ》んだ。雅彦も気まずい様子で、母親の固まった口元を眺めている。

「とにかく、お母さんは仕事します。仕事して、おカネを貯めて、必ず三人だけの生活を取り戻す。だから二人ともお母さんを手伝ってね」

「手伝うって、何をすればいいの」

「仕事で帰りが遅れる日は自分たちで掃除や洗濯をしたり、簡単な食事を作るとか」

ああ、それなら簡単だと太一は安堵した。今までも母親の手伝いで掃除や洗濯をしたことがある。一人でやれと言われても多分困ることはない。困るとすれば、それは雅彦の方だろう。とにかく雅彦は家の中にいることを嫌う。飯時になればもちろん帰って来るが、それ以外はずっと外で友達といるらしい。母親の手伝いをしているところなど、一度も見たことがない。

景子は二人を真正面から見据える。二人がこれにも頷いて応えると、ようやく安心した表情で立ち上がった。

「それじゃあ、おやすみなさい」

景子が部屋を出て行くと、雅彦が難しい顔をしていた。

「どうしたの」

「……無理しなきゃいいけど」

「何が無理なの」

「絶対、テンパってんだよな、あれって」

「テンパるって？」

「お前、全然気づいてないのか」

「何を？」

「父さんが仕事辞めただろ」

「うん」

「そうしたら当然、給料とか入らなくなるだろ。ウチ、結構その状態が長かったの知ってるよな」

「うん」

「だから母さんはテンパってるのさ。自分がおカネを稼いでないと、今度何かあった時に困るって。実際、世の中はカネがなかったら何もできねえし何も言えないからなあ。あのよ、太一。父さんが仕事辞めた後、部屋に閉じ籠もりきりで、段々機嫌が悪くなっただろ」

「うん。でも」

「お前が例外だったたってのは今更いいんだよ。ただき、俺、聞いちゃったんだよ。父さんと母さんが喧嘩してるとこ。母さんの言い分だとさ、父さんがずっと再就職できなかったのは、仕事を選り好みしてるからだって。ほら、さっき仕事にありつけないヤツの話になった時、言いかけて途中でやめただろ？　あれ、モロに父さんのことだもんな。だから仕事を選り好みしてたら、絶対仕事にありつけないと思って焦ってるんだよ」

「それ、よくないことなの？」

「お前は母さんの性格を全部把握してないからな。俺が言うのも何だけど、あの人ってパニクるととんでもない間違いを犯すタイプなんだよ」

雅彦は悩ましげに小首を傾《かし》げてみせた。

2

転校生、というのはちょっとばかり謎めいた響きを持っている。さしずめ得体の知れない隣人といったところか。

まさか自分が転校生になるとは想像もしていなかったので、新しいクラスに放り込まれた時、太一は周囲からの好奇心に驚かされた。それらは主に女子連中からのもので、自己紹介が終わってからも太一は好奇の目に晒《さら》された。

「ねえねえねえ、どうして転校して来たの。お父さんの仕事の関係?」

「太一って珍しいよね。お母さん、ジャニーズのファン?」

「どこに住んでるの」

「得意科目、何?」

女子たちはまるで太一を珍獣でも見るように取り囲み、矢継ぎ早に質問を投げてきた。

火事で家を失ったと言うのも憚《はばか》られるので、曖昧《あいまい》に答えておいた。名前の由来については親に訊いたこともないので答えられない。得意科目にしても、新しいクラスの水準がどの程度なのか知らないのでおいそれと答えることができない。辛うじて返事ができたのは現住所くらいだ。

「今は工務店に住んでるよ」

「工務店？」

「うん。お爺ちゃんが大工さんなんだよ」

「えっ、大工さん？」

質問した女の子は尚更珍しそうに目を輝かせた。

そんなに大工という仕事が珍しいのかと思ったが、よく考えてみれば、前のクラスでも父親の職業はほとんどがサラリーマンで、大工というのは一軒もなかった。

元より太一は口数が少なく、自分から人の輪に飛び込む社交的な性格ではない。第一印象ほどには秘密めいた男の子ではないと分かると、最初色めきたった女子たちもあっさりと興味を失ったようだった。

太一の隣に座っていたのは千琴《ちこと》という女の子だった。千琴は太一を珍獣扱いすることもなく、おずおずと対応してくれた。

「あのさ」

千琴は声を低くして言った。

「太一くんて目立ちたい方なの？」

「ううん。ちっとも。どちらかと言うと目立つのは苦手な方だよ」

「それならいいけど」

「どうしてさ」

尋ねると、千琴はますます声を潜めた。

「このクラス、あまり目立っちゃ駄目なの」

目立つのがどうして駄目なのか疑問だったが、千琴が怯《おび》えているようなので、突っ込で訊くことはしなかった。

三日もすると、太一はこのクラスの雰囲気にずいぶん慣れてきた。雅彦が指摘した通り、自分には割と順応性があるのかも知れない。

観察したところ、このクラスには突出した生徒が見当たらなかった。取り立ててイケメンがいる訳でもなく美少女がいる訳でもない。満点を取るのを生き甲斐にしているような優等生もいなければ、授業を放棄するような札付きもいない。誰も彼もが平均的でこれといった特徴がない。千琴が警告してくれたように目立つのが危険だから、という訳ではないのだろうが、それにしても突出したところがなさ過ぎる。

だがそれにも拘《かか》わらず、太一のセンサーはこの集団から不穏なものを察知していた。どこがどうとは言えない。はっきりと言葉にもできない。それでも感じることができる。どろりとした粘液質で昏《くら》い色をした何か――。

心配していた授業のレベルは前の学校と大差なかったので、少し安心した。初めて行われた小テストで、太一はクラス中ちょうど中間という見事なポジションを獲得した。転校生がトップ付近やビリではどうしても目立つ。何につけ注目されるのが苦手な太一には、願ってもない好位置だった。

女子たちの興味が一段落すると、今度は男子から話し掛けられた。四人組。一人がボスで後の三人は取り巻きだとすぐに見てとれる。ボスは増渕《ますぶち》彰《しよう》太《た》という名前だった。クラスでも一番背が高く、肩幅もある。図体だけなら中学生といい勝負だろう。

「秋山さー、俺らのグループに入んない？」

それが彰大の第一声だった。

「グループって？」

「グループはグループだよ」

彰大以下、メンバーの顔触れを見ていると大方の予想はつく。少なくとも苦手科目を教え合うというような建設的なグループでないことは確かだった。

「何かと団体行動取った方が得だぞ」

「そうそう、転校して、まだ知り合い少ないだろ」

彰大は胸を反らせて太一を見下ろす。断られることは最初から考えていないといった態度だった。

太一は咄嗟《とつさ》に周囲の状況を窺《うかが》った。教室の隅で女子が三人、こちらを見てひそひそと囁き合っている。その子たちの目が酷薄に笑っているのを見て、彰大のグループがどういう性格のものであるか得心がいった。

不穏な空気の正体はこれだったのか。

だったら近づかないに越したことはない。

「ごめん」

「ん？　何つった」

「特定のグループに入ったら、他の子と友達になり難くなるじゃない。だから悪いけど……」

「俺らの誘いを断るってか」

「うん。誘ってくれたのにごめんね」

「ごめんね、か」

彰大の声はがらりと乱暴になった。

「そんなにあっさり断られるとは思ってなかったな」

そう言うなり、いきなり太一の襟首を摑《つか》み上げた。

同い年のはずなのに太一とは比べものにならないほどの腕力だった。

「謝れば、それで済むと思ってるのか」

「何が気に障《さわ》ったのか分からないけど……ごめん」

突然の威迫《いはく》に訳が分からなくなっていた。前の学校にも乱暴なクラスメートはいたが、喧嘩沙汰にならなければ手を上げるようなことにはならなかったのだ。

「ホントにごめん」

「だからよー、そーやって謝れば済むだろうって態度が気に食わないんだよな。おい、お前ら、どう思う？」

彰大が問い掛けると取り巻きの三人が口々に応える。

「事なかれ主義って言うの？　それ。男らしくないよね」

「何もしてないのに謝るってのは、ちょっとさー」

「そーやって何にでも逃げてると、そのうちに逃げ場所もなくなっちゃうぜ」

何故、何も悪いことをした覚えもないのに逃げなくてはならないのか訳が分からない。それでもしばらく沈黙を守っていると、彰大は不敵に笑って太一から手を放した。

「後悔すんなよな」

捨て台詞も同じ十歳の口から発せられたものとは到底思えなかった。

四人組から解放された太一が席に戻ると、千琴が慌てて顔を背けた。その仕草で、千琴が警告していたことに思い至った。

「目立つのが駄目って、こういう意味だったの？」

「……うん」

「変だな。僕、特に目立つようなことしたつもりないんだけど」

イジメについては雅彦と話し合ったことがある。雅彦によればイジメの対象にされる者には目立った共通点があるというのだ。

たとえば肉体上の特徴、たとえば住んでいる場所、そしてたとえば親の職業——要は本人の努力の及ばない部分を突いてくる。

そこで太一は自分の身を顧みる。容姿は十人並み、住んでいるのはごく普通の下町、祖父の大工という職業も珍しくはあっても侮蔑の対象になるものではない。だから、太一には苛《いじ》められる理由が見当たらない。

「転校生っていうだけで目立つんだよ」

太一は驚いた。それでは最初から悪意を防ぎようがないではないか。

「気をつけて」

理不尽な話に憤慨していると、また千琴がこっそりと言う。太一の方を見ずに口を動かしているので、傍目には独り言を呟いているようにしか見えない。

「あいつら、執念深いから」

そこまで言われると却《かえ》って問い質したくなる。

「執念深いって、僕をどうする気なのさ」

「……知らない」

「でも、それって前に誰かがやられたってことでしょ」

「うん」

「……イジメ？」

「知らない」

どうやら都合の悪い質問には「知らない」で答えているようだ。

「じゃあ、その子はどうなったの」

「新学期になってからクラス替えになった」

進級の時ならいざ知らず、学年の途中でクラス替えというのは珍しい。つまり、そうしなくてはならないほど何かのトラブルがあった証拠だ。

去った者の話をするだけで千琴は怯えきっている。それでも勇気を振り絞って太一に警告してくれた。それには感謝しなければならない。

「ありがとう」

太一が礼を言うと、千琴はさっと顔を伏せた。どうしてそうしたのかは分からなかった。

転校してきてから二週間目になると、クラス全員の顔と名前が一致するようになった。

二時間目までの休み時間、教室の隅で女子たちが固まっていた。

太一がふと見ると、美弥《みや》という女の子が三人の女子に取り囲まれて涙ぐんでいる。

女子同士でイジメかよ——そう早合点しそうになったが、聞き耳を立ててみるとどうもそうではないらしい。

「あー、悲惨」

「どーしようもないね、このつんつるてん」

「このワンピ、可愛かったのにねー。残念ー」

三人の声がいかにも切なそうだったので、ついひょいと覗いてみた。

美弥が涙ぐんでいる理由はすぐに判明した。彼女の着ているワンピースはチェック柄のノースリーブなのだが、肩口が不釣り合いなほど短い。丈も本人の体格に比べてずいぶん短く見える。

「新品なのにぃ。洗って乾燥機にかけたらこんな風に縮んじゃってたの」

「でもわざわざ着てくることないじゃん」

「朝は急いでて、学校着いてから気づいたんだよお……」

「どっちみち、もうこれ着られないよね」

きっとよほど気に入っていたのだろう。美弥は涙目になって、未練がましく肩口を引っ張っている。

口を挟んだのは半ば衝動的だった。

「何とかなるんじゃない」

瞬間、美弥を含む四人がこちらを怪訝《けげん》な目で見た。お呼びではない、という顔をした子もいるが、ここでやめるのも不自然だった。

太一は気まずさを堪えながら美弥に話し掛ける。

「それ、コットン地でしょ」

「そう……だけど」

「普通に洗濯して、普通に乾燥機かけたんでしょ」

「う……ん。だって、この間の日曜は天気悪かったし」

「コットンてさ、水を吸っちゃう性質があるんだよ。吸った分、繊維が膨らんで全体が縮むでしょ。それで乾燥機に入れるから縮んだまま乾いちゃう」

「そんなこと知らなかったもん！」

「心配しなくていいと思うよ。多分元に戻るから」

「えっ」

「今度は逆に水を吸わせればいいんだよ。まず水に浸してから軽く絞るでしょ。それからタオルか何かで最低限水分を押し出して、重しを下げて干しておけば縮んだ分、伸びるはずだから。コットンは自然乾燥させるのが一番なんだよ。あ、そうだ。水に浸す時に柔軟剤を入れておくとベスト」

全部、母親の手伝いをしながら得た知識だった。この程度のことは女子なら大抵の子は知っていると思い込んでいた。

大間違いだった。

女子たちの目が一瞬にして畏敬の視線に変わった。

「何、それ！」

「太一くん女子力高っ。ヨメに欲しいっ」

「何で男子のくせにそんなこと知ってんのよ」

「いや何でって……みんな知ってることだろ」

「知らないって！」

今まで涙ぐんでいた美弥もぱっと表情を輝かせていた。

「ねえ、太一くん。今言ったこと、ホントにホントなんだね？」

「本当だよ。僕も一回失敗したけど、その方法で戻ったから」

「ありがとう！　家に帰ったら試してみるっ」


翌朝、美弥は喜び勇んで太一に報告しに来た。

「太一くん、すごい！　ワンピ、ちゃんと元に戻ったよ」

よほど嬉しいのか、美弥は太一の手を握ってぶんぶんと振った。太一としてみれば親切心というよりは気紛れに近い口添えだったので、多分に面食らった。

「また何か困ったら助けてねー」

美弥は精一杯の愛嬌を振り撒《ま》いて立ち去った。

何となくこそばゆい気持ちで自分の席に戻ると、千琴が難しい顔をして太一を見ていた。

「どうしたの、そんな顔して」

「……太一くん、ババ引いたね」

「ババ？」

「八方美人てさ、結局損するんだよ」

「な、何のこと」

千琴は視線を一瞬だけ移した。

その視線の先に彰大が立っており、太一を昏く、いじけた目で睨んでいた。

「美弥ちゃんの気を引くとさ、嫉妬するヤツがいるのよ」

そこまで説明されてやっと事情が理解できた。

気紛れで口出ししたことで逆恨みされるとは思ってもみなかったが、もう後の祭りだった。

もう一度彰大を一瞥《いちべつ》したが、相変わらずこちらを注視している。まるで太一を突き刺すような視線だった。

二日後の昼休み、彰大が薄笑いを浮かべながら太一の前にやって来た。三人の取り巻きたちも一緒だ。

「秋山ぁ、お前の前の家って火事になったんだってな」

いきなりだったので、太一は息が止まるかと思った。

「新聞に出てたのをこいつの親が見つけてくれたんだよ」

そう言って彰大は紙片を突き出した。

新聞の切り抜きで、どうやら全焼した時の記事らしかった。

「転校して来たのは親の仕事の都合じゃなくて、住む家がなくなったからなんだな。だから実家に転がり込んだんだろ」

彰大は聞こえよがしに喋り続ける。地声が大きいので教室中どころか、廊下にまで洩れるのではないかと思える。

教室の中はしん、と静まり返る。皆、思い思いの方向に顔を向けているが、彰大の言葉に耳を傾けていることは丸分かりだ。

「夜遅くに起きた火事だったから、家財道具も持ち出せなかったらしいなあ。パジャマのまま焼け出されたんだよなあ。可哀想だよなあ、全く」

彰大はへらへら笑いながら言う。

「でもさあ、お前んち火災保険とか入ってなかったのか。保険に入ってたら保険金で新しい家が建てられるのによ」

言いたいことが山ほど浮かんだが、唇が凝固したように動こうとしない。

「しかも、その火事でお前の父ちゃん焼け死んだよな」

ひと言で場が凍りついた。

「この記事にも書いてあるぞ。父ちゃん、炭になるまで焼けたって」

他の三人が被せるように囃《はや》し立てる。

「全身炭化ってすごいよな」

「家が火葬場、みたいな」

「そんなんでよく見分けついたなあ」

言葉の一つ一つが錐《きり》になって胸に突き刺さる。

言葉がこれほどまでに心を痛めつけるというのは初めての体験だった。今までこんなに容赦ない言葉を投げかける者はいなかったから免疫もできていない。

免疫を持たない脆弱《ぜいじゃく》な心にとって、彰大たちの言葉は凶器以外の何物でもなかった。

どこかで〈言葉の暴力〉と聞いたことがあったが、本当にその通りだと思った。聞く度に耳どころか胸が張り裂けそうになる。学校にいる間は忘れられたはずの辛い思い出を無理やり掘り起こされて、叫び出したい気持ちになる。

お前ら、よくそんなことが言えるな。

住み慣れた家が、自分の部屋がなくなることを考えたことがあるのか。

大切な宝物や、思い出の品物や、見慣れた天井や壁がひと晩で灰になるんだぞ。その悔しさと情けなさを、一度でも想像したことがあるのか。

いきなり父さんが焼け死んだんだぞ。

寝る前に言葉を交わした。ゲーム機のアダプター借りるよ——ほんの何気ない会話だったけど、それが最後になった。いつも近くにいて、いつも笑ってくれる人が炭みたいに焼かれて死んだんだ。お前ら、自分の親がそんな風に死んだら、今みたいに笑ってられるのかよ。

焼け出された翌日、まだもうもうと煙が立ち上る焼跡の前で、母親は近所の住人に向かって何度も何度も頭を下げ続けていた。腰が曲がるんじゃないかと思うくらい、頭を下げていた。

その姿を黙って見ていることしかできなかった気持ちが、お前らに想像できるか。焼跡の真ん中で父さんが炭みたいな姿になっているのに、謝り続けなきゃいけなかった惨めさが分かるのか——。

胸の裡《うち》に様々な感情が渦を巻き、溢れんばかりになっていた。それをすんでのところで押し留めているのは恐怖心だ。今、この感情を全て吐き出したら、自分はとんでもないことをするのではないか――その恐怖が安全弁となって働いていた。

だが、彰大は他人の神経を逆撫でする名人だった。俯《うつむ》き加減になった太一の顔を下から覗き込みながら、決定的なひと言を放った。

「あとよー、これが一番重要なんだけどよ。まだ犯人っていうか出火原因不明なんだってな。これって俺が思うにさ、お前の父ちゃんが自分で火を点《つ》けたんじゃないのか？」

そのひと言で安全弁が吹き飛んだ。

まるで他人の手で操られているように、太一は彰大に殴りかかった。

しかし予想していたのか、彰大は突き出された腕を難なく後手に捻《ひね》り上げると、太一の身体を突き倒した。体勢を崩した太一は堪《たま》らず床に突っ伏す。倒れる時、顎に激痛が走ったのは、机の角にぶつけたからだった。

俯《うつぶ》せに倒れた太一の肩に、彰大は足を載せる。全体重をかけているせいか、立ち上がろうとしても上半身を起こせない。

「俺の名推理、どうだ？　当たってて何も反論できないから殴りかかったんだろ」

踏みつけられた体勢で周囲に視線を走らせた。隣に座っていたはずの千琴はいつの間にか姿を消していた。その他のクラスメートたちも遠巻きに眺めるだけで、彰大を止めようとする者は誰もいない。

「これでお前の父ちゃんは犯人確定な。てことは、お前は放火魔の息子だ」

「へえ、犯罪者の子供かあ」

「それはちょっと、かなり問題だよな」

「問題児だよな」

他の三人も遅れてならじとばかり、次々と足を載せてきた。中の一人などは太一の頭を踏みつけてきた。

頭上から、彰大の勝ち誇った声が響く。

「俺らのグループに入れてやるって前言は撤回な。俺ら正義の味方だから、犯罪者の息子のお前を徹底的にやっつけることにした」

「おおっ、宣戦布告」

「まっ、これからずっと俺らのドレイになるって誓うんだったら許してやらないこともないんだけどよ。さ、どうする？」

あまりの悔しさに言葉が出てこない。

黙っていると、いきなり背中に蹴りを入れられた。肺の中に残っていた空気が一気に吐き出される。

「ちっとも反省してないみたいだな。まあいいさ。明日っから覚悟しとけよ」

次の授業を知らせるチャイムが鳴った。

紋切り型の捨て台詞を残して、彰大たちはその場から立ち去る。

太一は床に手を突いてようやく立ち上がる。上半身の節々がずきずきと痛い。

だが、それよりも胸の中の方が痛かった。

3

彰大たちのイジメはもちろん肉体に対する加虐もあったが、その多くは心をいたぶるものだった。とにかくイジメの対象が嫌い、劣等感を覚えるところを狙って正確に爪を立ててくる。そういう部分を見つけるのは彰大の才能とも言えた。

太一の場合、それは父親だった。

普段は気づかなくても、失った時に自分にとって大事なものだったと思い知ることがある。いつもただ穏やかに笑っていた史親がいなくなった途端、胸にぽっかりと穴が開いたような気がした。そしてその穴に、彰大たちは容赦なく蔑《さげす》みの言葉を押し込んでくる。

放火魔の息子。

犯罪者の子供。

史親を糾弾するとともに太一を貶《おとし》める二重の悪口だったが、これがボディブローのように効いてくる。学校でそう蔑まれると、下校途中も、家に帰ってからも脳裏にこびりついて離れない。〈言葉の暴力〉というのはこういうものかと思う。言葉にじわじわと心が食い荒らされる。食われた跡は腐り始め、嫌な臭いを発しながら底の方に沈んでいく。

自分でも嫌になるのは、彰大たちに言い返す言葉が思い浮かばないことだ。父親は放火なんかしていない、あれは完璧な失火だった——そう言い切ることができたなら、少しはマシなのだが、警察や消防の捜査でもまだ真相は明らかになっていない。考えたくないことだが真相が判明していない限り、史親が家に火を点けたという可能性も完全に否定できないのだ。

太一は家に帰ってから母親の姿を探した。積極的に相談しようとした訳ではない。できるのなら、母親の方から様子を訊ねて欲しいと薄々思っていた。こんなことを自分の方から打ち明けるのは、どこか後ろめたい気持ちがある。

だが景子は職探しを本格的にしているらしく、ハローワークから戻ってもずっと履歴書作成に没頭して、傍に太一がやって来てもなかなか気づいてくれない。

これほど懸命な様子の母親は見たことがなかった。父親の収入に頼っていた頃は何の悩みもなく、ただふわふわとしているだけだったので尚更だ。

それだけ今は秋山家が緊迫している——そう考えると、自分の悩み事を相談するのが、ひどく我儘《わがまま》のようにも思える。

相談したいのにできない日が続いた。部屋で復習していても、彰大たちの言葉が邪魔をして内容が頭に入らない。

最初に気づいてくれたのは、やはり雅彦だった。太一がノートを開いたまま考え込んでいると、横から声を掛けてきた。

「どしたの？　お前」

「え」

「え、じゃないよ。こっちに気づいてくれ気づいてくれって信号が大き過ぎ。そういうのをこれ見よがしって言うんだぞ。お前、それを母さんの前でもやったのか」

「僕が横に立ってても、気づかなかった」

「言っただろ。今、母さんはテンパってるって。あの人はさ、テンパったら目の前に熊が立っていても気づきやしないよ」

「えっ、この辺は熊が出るの」

「あのな、それはものの喩《たと》え。で、いったい何なんだよ」

母親には話し辛いことでも、何となく雅彦には打ち明けられる。それに雅彦は太一と違い、前の学校でもよく騒ぎを起こしていた。大抵は向こうから喧嘩を吹っかけてきたのだが、雅彦には過剰防衛の傾向があり、結果的には相手が深手を負うことが多かった。だから暴力沙汰の相談にはうってつけだと思ったのだ。

太一は自分がイジメに遭っていることを訥々《とつとつ》と話し始めた。

聞いている途中から雅彦はみるみる不機嫌な顔になっていき、最後の方には口をへの字に曲げていた。

「で、お前抵抗しなかったのか」

「うん……」

「そういう時は、これ」

そう言って右の拳を突き出してみせた。

「力には力。とにかくガンガンやり返す。一発殴られたら二発、二発殴られたら三発殴り返す」

「相手は四人だよ」

「だったら相手の四倍手数を出しゃいいんだよ」

「無理だよ」

「それなら急所を狙う。鼻の頭、弁慶の泣き所、キンタマ。どんなに相手が強くっても、そこだけは鍛えようがない」

「やり返す以外の方法ってないの？」

「ない」

雅彦は断言した。

「俺も小学校の時にイジメに遭ったから身に沁《し》みて知ってる。あのさ、イジメにかかるヤツって無抵抗な人間をターゲットにするのな。言い換えたら反撃とか逆襲が堪らなく怖いんだよ。だから徹底的に反撃したら、すぐに標的から外す。もう二度と構ってこない。でも逆らわなかったら、延々と続ける。こいつはイジメられるのが嬉しいんだとか何とか、とんでもない風に受け止めて、そのうちイジメるイジメられるが日常化するのっ」

「……兄ちゃんもそうだったの？」

「ああ。最初はよ、そのうち担任とか周りが止めてくれるだろうとか、こいつらもそのうち飽きるんじゃないかとか思って我慢してたんだよ。一応、平和主義だったし」

一瞬、平和主義の意味が分からなかった。

「そういう目で見るなっての。とにかく！　その時はこっちが我慢してたら自然に解決すると思ってたんだよ！　大間違いだったけどさ」

当時を思い出したのか、雅彦は宙を憎々しげに睨む。

「目的がある行動って、目的さえ達成できたら続ける必要がないだろ。だから俺に怪我をさせたり、悔しい思いをさせたら、それで目的達成で終わると思ったんだよ」

「そうじゃなかったんだ」

「イジメって目的じゃなくて、そいつらにしてみれば生活の一部なんだよ。ほら、飯食ったり風呂入ったりトイレ行ったりとか、別に目的とかどうとかじゃなくて自然に済ませてるだろ。あれと同じだ。だからこっちがどれだけ泣いたって、どれだけ傷ついたって絶対にやめない。やめさせるには、こいつに手を出したら危険だって思わせるしかないんだよ」

イジメを日常感覚で行う、という件《くだり》にはぞっとしたが、何となく納得もした。

彰大や他の三人の顔を思い浮かべても、確かに何かに熱中しているという風ではなく、淡々と暴力を振るっていた。彰大たちにとってイジメは決して昂奮《こうふん》するゲームではなく、学校生活の一環でしかないのだと思える。

「……やっぱり、そうするしかないのかなあ」

すると雅彦は不機嫌そうなまま、顔をぐいと近づける。

「お前、そういうの嫌なんだろ。そうやって降り掛かる火の粉を払うの。どっちかって言うと、耐火性のマント羽織ってやり過ごしたいって感じ？」

「だって喧嘩なんて、兄ちゃんとしかしたことないし……」

「力貸してやろうか」

雅彦は肘《ひじ》で太一を突く。

「相手、四人なんだろ。中学生の俺が加勢してちょうどいいくらいだ」

嬉しいし心強いけれど、それはどうかと思う。人数からすればその通りだが、雅彦は明らかに喧嘩慣れしている。慣れているということは無茶の加減も知っているということだから、相手の限界値までとことんやり尽くす。太一の物差しではやり過ぎの部類に入ってしまう。

更に、この申し出は別の意味で気が進まない。これはどう考えても太一自身の問題だ。雅彦が絡んでくるのは間違っている気がする。

「気が進まないって顔してるな」

「え」

「顔が正直過ぎるんだよ、お前は。知恵は借りたいけど腕まで借りたくない。そうなんだろ、ええ？」

「そう……だと思う」

雅彦は太一の頭に手を置いてくしゃくしゃと撫でる。

素っ気ない仕草だったが、悪い感触ではない。

「お前ってさ、昔っからそうだよな。弱っちい癖して、変なところですっごい強情なんだよ」

「ごめん」

「そこは謝るとこじゃないっつうの」

「そうなの？」

「それじゃあ、どうするよ」

「……もうちょっと頑張ってみる」

雅彦は短い溜息を吐いた。

「らしいっちゃらしいんだけどさ、無理だけはするなよ。覚えがあるから言うけど、そういう無理って自分を痛めるだけで、強さにはなんねえぞ。何て言うのかな、病気みたいなもんでさ、無理すればするほど弱っていくんだ。だから、もう限界だと思ったら絶対俺に言え。黙ってるんじゃないぞ」

うん、と頷くと少し元気が出た。

こんなに強い雅彦でさえ、少し前まではイジメを受けていた。自分と一緒だ。だったら、自分も雅彦のように強くなれるかも知れない——そう思った。


翌日登校すると、早速彰大たちのイジメが待っていた。

一時間目の国語が終わった直後だった。彰大たち四人が太一を取り囲み、退路を塞いだ。

「さあて、矯正《きょうせい》の時がやってきた」

彰大は両手を擦り合わせながら、楽しそうに言う。

「矯正って何だよ」

「決まってるじゃないか。犯罪者の息子を矯正させるんだよ」

「違う」

「ああ?」

「僕は犯罪者の息子じゃない。父さんだって犯罪者じゃない」

すると四人組は一斉に手を叩いた。

「おおー、よく言った」

「最初はやっぱりそうくるよな」

「それでこそ矯正のしがいがあるってもんだ」

彰大が一歩前に出る。

「矯正の第一歩は、自分がどんなに悪い人間なのか自覚することなんだよな。まず大声で、僕のお父さんは自分の家に火を点けましたって言ってみな」

彰大の挑発だけで胸が潰れそうになる。

返事すらしたくない。太一は自分の席に座ったまま、四人から顔を逸《そ》らした。

「言えって言ってるだろ」

「犯罪者の息子の癖して俺たちをシカトかよ」

「いい度胸してんじゃん」

不穏な空気を察してか、隣席の千琴はそそくさと席を立って行ってしまった。

「そーゆー態度取れる立場だと思ってんのかよ」

いきなり彰大が太一の後ろ髪を掴み上げた。

太一は堪らず腰を浮かせる。

そのまま髪を後ろに引かれ、胸を反らす格好になった。

「ほら、早く言えよ」

「……嫌だ」

取り巻きの一人が椅子を蹴り倒す。そのタイミングを見計らって、彰大はいきなり手を離した。支えを失くし、太一は床に尻餅をつく。

脇腹に彰大の足が載った。

「言えっつったら言え」

彰大は足に全体重をかけてくる。横隔膜の辺りが悲鳴を上げている。

言えば楽になるぞ、と心の裡で誰かが耳打ちした。

たったひと言でいいんだぞ。

言い逃れだって別に構わないじゃないか。この場でだけ言うことを聞くふりをすればいいんだ。

ほら、たったひと言。

僕は犯罪者の息子ですって言え。

それだけで解放されるんだぞ――。

駄目だ、とその声に抗《あらが》った。

それを口にすれば、この場では解放されるかも知れない。でも、その後にもっと苦しむのは目に見えている。

そっちの方がずっと怖い。

「嫌だ」

声を絞り出すように言った。言った途端に変な度胸がついた。

「お前らみたいな弱虫の言うことなんて、絶対に聞いてやるもんか」

「弱虫だと」

「一対四でかかってくるようなヤツらなんて弱虫に決まってる」

「威勢がいいなあ。俺、そーゆーの大好き」

腹の上に載せていた足に力が加わった。

身体の中の空気が押し出され、声にならなかった。

「じゃあ矯正の第二段階だ。周囲に逆らっちゃ駄目だよな。空気に従わないと」

急に腹への圧迫が消えた。足を退《ど》かしてくれたのかと思った次の瞬間、尻に激痛が走った。

彰大の爪先が尻を突いたのだ。

叫ぼうとしたが、喉に詰まって声が出ない。太一は床に倒れたまま悶《もだ》えるしかなかった。

「二度と俺たちに逆らわないよう、しつけてやるよ。秋山。今から犬になれ」

犬だって？

何言ってるんだ、こいつ。

「四つん這いになって俺の靴を舐《な》めろ。犬なら当然だろ」

「誰がそんなことするもんか」

腹に蹴りが入った。

「だっからあ、そーゆー反抗的な態度を矯正してやると言ってんだよ。ほれ」

そう言って彰大は、太一の顔の前に右足を突き出した。薄汚れた上履きの先が目の前に迫る。

自尊心という言葉と意味は知っていた。

今、彰大の上履きを舐めたら、その自尊心が粉々になることも知っていた。

自宅の焼跡で母親が頭を下げ続けている光景が浮かぶ。頭を下げているのは自分ではないのに、何故か悔しくて堪らなかった。その場から逃げ出したくてならなかった。

もう、あんな思いをするのは嫌だ。

悪いこともしていないのに、頭を下げるなんて絶対に嫌だ。

どこにそんな力があったのか自分でも不思議だった。

太一は両手を伸ばし、彰大の突き出した足を摑むと思いきり捻り上げた。

「うわあああっ」

よほど驚いたのか、彰大は情けない声を上げながら引っ繰り返った。

あまりに無様だったので胸がすっとした。

しばらく彰大は何が起きたのか分からない様子だったが、事態を把握すると顔を真っ赤にした。

「この野郎！」

今度は複数だった。

四方八方から蹴りが飛んできた。太一は囲まれて逃げる術がない。蹴りはことごとく命中した。

背中、腹、尻、足。蹴られた後からじんじんと疼《うず》く。疼きが身体中に広がり、身動き一つ取れない。

抵抗力が萎《しぼ》んでいく。どんなに強がっていても、苦痛に耐えられるような齢《とし》でもない。

「犬、舐めろ」

「いーぬ」

「いーぬ」

「いーぬ」

再び顔の前に上履きがあった。ほんの少し舌を伸ばせば届いてしまう距離だ。

避ける余裕もなかった。彰大の足は容赦なく突き出され、爪先が口を襲った。

唇がべっとりと上履きの先に触れる。

耐えきれないほどの屈辱と絶望が太一を呑み込む。

「ほーれ、舐めた舐めた」

彰大の弄《もてあそ》ぶ声が頭上から降り注ぐ。

「じゃあ、今度はワンッて啼《な》いてみな」

その時、二時間目を知らせるチャイムが鳴った。

「やべっ」

教室のドアが開くのと、四人が散開するのがほぼ同時だった。

担任が入って来て、床に横たわる太一を発見した。一瞬ぎょっとしたようだったが、すぐに視線を逸らした。

「どうしたあ、秋山。授業始まったぞ」

どうしたもこうしたもない。この場で自分が何をされたのか分からないのか——。

上半身を起こして担任を見る。理不尽な怒りが込み上げてきたが、何事もなかったかのような担任の振る舞いを見て、はっとした。

違う。担任の先生は何が起きたのか全部分かっている。分かっている上で知らんぷりを決め込もうとしているのだ。

見渡すと、他の生徒たちは全員前を向いて太一の方を見ようともしていない。皆、自分は無関係だという顔をしている。

ここに自分の味方は一人もいない。

太一は唇を千切れるほどの勢いで拭《ぬぐ》いながら、のろのろと立ち上がった。

終鈴のチャイムが鳴るなり、太一は教室を飛び出した。このまま学校にいたら、また彰大たちからイジメられる――その恐怖心が太一の足を速くさせる。

逃げているだけじゃないか。

そう思ったが、逃げなければまた屈辱を味わう羽目になる。痛い目にも遭う。逃げるのは当然の行為だ。

家に逃げ帰る道中、胸の中ではどす黒い澱《おり》が太一の内側を浸食し続けていた。

自分は彰大たちに屈服してしまった。

そして尻尾を巻いて逃げ回っている。

悔しかった。

惨めだった。

時間が経つにつれて、澱からは強烈な臭いが立ち始めた。その臭いが毒になり、全身に回る。

ゆっくりと身体の中から腐ってくるような気がする。

『病気みたいなもんでさ、無理すればするほど弱っていくんだ』

雅彦の言葉が今になって納得できる。このまま放っておいたら、自分は腐って死んでしまうかも知れない。

明日も学校がある。次の日も、また次の日も。こんな毎日を続けていく自信はとてもない。少なくとも彰大たちに立ち向かわなければ、近い将来自分は必ず奴隷に成り下がってしまう。

でも、クラスには誰一人味方がいない。それは今日の出来事ではっきりした。

やっぱり雅彦の力を借りようか。

駄目だ。昨夜、断ったばかりじゃないか。

じゃあ、どうする――？

不意にある考えが閃《ひらめ》いた。

武器だ。

素手で敵《かな》わないなら武器で対抗すればいいんだ。刃物だって棒切れだっていい。一対四だからそれくらいのアドバンテージは許されるはずだ。

そこで思考が止まった。

武器を用意するのはいいとして、どこで調達する？

ホームセンターで購入するか？　こんな子供に危険なモノは売ってくれないかも知れない。

カッターとか彫刻刀とかの学用品で代用するか？　それでは迫力に欠ける。

やがて思いついた。

何だ、馬鹿馬鹿しい。彰大たちを震え上がらせるに充分な武器が、工務店の中に溢れているじゃないか。

家に到着すると、太一は工務店の中を覗いてみた。現場に出掛けているのか、善吉と従業員の姿はどこにも見当たらない。

壁にはいつも通り大小様々の大工道具が並んでいる。直尺《ちょくじゃく》・おおがね・掛矢《かけや》・ハツリ・ノコギリ・バール・釘締め――。

最後に目についたのは棚に置かれた工具箱だった。棚はちょうど太一の首の高さなので、苦労せずに蓋《ふた》を開くことができた。

蓋を開けた時、思わず溜息が出た。

刃先の鋭い鑿《のみ》が刃先の広い順に十五本揃っている。

太一は真ん中の鑿を取り出した。柄は太一の手に少し余る太さだが、グリップの部分がざらざらして手の平によく馴染《なじ》む。

刃先がぎらりと光を反射する。よく手入れが行き届いているのか、肉厚の刃先なのに一点のくすみもない。じっと見ていると吸い込まれそうになる。

これなら目の前にちらつかせるだけで、彰大たちを威嚇《いかく》できる――そう考えた矢先だった。

「何をしとる」

いきなり背後から声を掛けられ、心臓が止まるかと思った。

「お爺ちゃん……」

「道具に興味あるのか」

善吉は太一に近づくと、ゆっくりその手から鑿を取り上げた。

「こいつはシノギノミっていうんだ。ほら、蟻溝《ありみぞ》の斜に届くように先が三角になっとるだろ。家建てる時ぐらいにしか使わん。学校の工作には不向きだぞ」

「あ、あの」

適当な言い訳も思いつけず、太一は焦りに焦る。ここはいったん引き返した方がいい。踵《きびす》を返して部屋に行こうとすると、また声を掛けられた。

「太一、その傷どうした」

善吉の声は、まるで今見たばかりの鑿のようだ。たったひと言が深く突き刺さる。しまった。今日、彰大たちからやられたイジメが二の腕や顔に残っているのをすっかり忘れていた。

金縛りに遭ったように動けないでいると、後ろから肩を摑まれた。そのままくるりと向きを返される。

「転んで……」

「嘘を吐くな」

善吉は太一の両手を上げさせて、強引にシャツを脱がせた。たちまち背中や腹に残った痣《あざ》や擦り傷が露《あらわ》になる。

「転んだくらいでこんな傷ができるか」

咎《とが》められたようで居たたまれない。

そのうち悔しさと恥ずかしさが戻ってきて胸を引き裂いた。必死に抑えていた涙腺が決壊し、あっという間に熱い塊が後から後から溢れ出す。

堪え切れず、とうとう太一は嗚咽《おえつ》を洩らし始めた。

目の前に立っていた善吉は不機嫌な顔のまま近くの作業台に腰を下ろし、じっと太一が泣くに任せていた。

熱い塊が大粒になって床に落ちる。涙目の視界の中、コンクリートの上で飛沫の跡が広がっていくのが見えた。

涙は一向に止まる気配を見せない。身体中の水分が全部涙になって流れ出るのではないかと思った。

こんなに派手な泣き方をしたのはいつ以来だろう。史親の葬儀の時だって、こんなに泣きはしなかったというのに。

どれだけ時間が経ったのか、やがて涙も涸《か》れ、嗚咽も収まった。涙と一緒に胸の澱まで流れ出たのか、少しだけつかえが取れた。

「こいつを喧嘩の道具に使おうと思ったのか」

「……喧嘩じゃない」

「じゃあ何だ。言っとくがこれは俺の商売道具で、俺の一部みたいなもんだ。それをただの喧嘩やらつまらんことのために持ち出そうとしたんなら、いくら孫でも容赦しねえぞ」

「ごめんなさい！　ごめんなさい！」

「簡単に謝るな。まず理由を言え。それとも俺には言えないような下らねえ理由か」

決して激昂《げっこう》した口調でもいたぶるような口調でもない。静かに、諭《さと》すように話す。だからこそ余計に応えた。

「あんなの喧嘩じゃない……」

太一は順を追って話し始めた。自分には何ら非がないことで目をつけられたこと。父親を犯罪者扱いされたこと。一対四で蹴られ、上履きを舐めさせられそうになったこと——。

太一が話している最中も話し終わった時も、善吉の表情に変化はなかった。もっとも善吉は四六時中仏頂面をしているので、太一の話に憤慨したのかどうかも分からない。

「弱えなあ」と、これも半ば呆れ半ば怒ったように言う。

「ごめん……」

「お前じゃない。その彰大ってヤツらがだ」

「え？」

「おとなしそうな相手しか狙わない。それに四人でかかって来るんだろ。弱いから、そういう風にしかできねえんだ。強い人間てのはな、自分より弱い人間を叩こうなんてしない。雅彦には話したのか」

「うん」

「何て言ってた」

「やられたら必ずやり返せって」

「ふん。あいつらしい物言いだな。で、お前もそうしようと思ったのか」

「うん……」

「じゃあ、お前も弱えヤツらの仲間入りだな」

善吉は鑿を工具箱に戻しながら言う。

「どうして？」

「言った通りだ。弱いヤツを叩こうなんてのは所詮弱い人間のやることだからな」

「だったら、どうすればいいんだよ。逆らわなかったら、また僕をイジメにくる。そういうヤツらなんだよ」

「簡単さ。お前が強くなりゃいいんだ」

「だから、何か武器になるものが要るんだよ」

「その武器ってのは他人を傷つけるモノでないと駄目なのか？　武器を持ってなきゃお前は強くなれねえのか？」

善吉は訳の分からないことを言い出した。

「僕は力がないし……身体も大きくないし……」

「人の強さってのは見掛けじゃない」

拳を固めて太一の胸に軽く当てる。

「人の強さはここで決まる」

「……勇気？」

「へん。洒落《しやれ》た言葉知ってんだな。けど、ちょっと違う。要は人としての大きさだ」

「分かんないよ」

「強い人間は弱いヤツらを護ってやることができる。これは分かるか」

「うん」

「だったら、お前がその彰大ってヤツらを護ってやればいい。それでお前の強さが証明できる」

ますます訳が分からなくなった。

「どうして、自分をイジメた人間を護ってやらなきゃならないんだよ」

「やられたらやり返す。イジメられたらイジメ返す。そんなことを繰り返したって何が解決する訳でもねえ。やられた人間が自分より弱いヤツを見つけて、おんなじことをするだけだ。誰かにイジメられた腹いせをする。そしてまた誰かから憎まれる。その数だけ揉《も》め事が増えていくばっかりだ。太一はそれで構わねえって言うのか」

善吉の目が太一を貫く。穏やかだが、決して逃げることを許さない目だった。

「大勢の不幸を見て見ぬふりをするのだって弱い人間のすることだ。自分は関係ない、あいつらはあいつらで解決すればいい。そういう便利な言い訳を使って、面倒なことやしんどいことから逃げてるだけだ。情けは人のためならずって言葉、知ってるか」

「他人に情けをかけても、その人のためにならない？」

「違う。まるっきり逆だ。他人に善行を施せば、結局は自分も報いられるって意味だ」

「……変な理屈」

「やられっ放しならそう思うだろうな。だから護ってやるのさ。そうすりゃ、そいつと友達にもなれるだろ」

「友達に？」

「敵を作るより友達を作った方がいいに決まっとる。それに」

善吉は両手を伸ばし、太一の肩を摑む。老人なのに、万力のような力だった。

「仕返しをする力より、護る力の方がずっと強い」

4

翌日も、学校では執拗なイジメが太一を待っていた。

休み時間の教室で四人が太一を取り囲み、延々と言葉で責め立てる。

「犯罪者の息子」

「昨日みたいに犬になってみろ」

「首輪してやろうか」

「それで放課後、校内を散歩させてやろうか」

何と、彰大は本当に首輪を持参した。わざわざ買ってきたのか、まだ真新しい首輪だった。

首輪をつけられ、四つん這いで引き摺《ず》られる姿を想像するだけで吐き気がした。

彰大は指で首輪を回しながらへらへらと笑っている。後の三人も同様だ。

昨日までの太一なら恐怖に駆られて逃げ出すか、あるいはもっと破滅的な行動を取ったかも知れない。

しかし、善吉の言葉を聞いた今は彰大たちの脅しを冷静に聞き流すことができた。

「やるならやってみろ」

自然に口をついて出た。

彰大たちはひどく驚いたようだった。

「お前たちなんて全然怖くない」

「……秋山って、馬鹿なの？　昨日あんだけやられたのに、まあだ懲りてないのかよ」

「弱えなあ」

「何だと」

「おとなしそうなヤツしか狙わない。しかも四人でよってたかって襲ってくる。それってお前たちが弱いからだろ。強い人間はそんなことしないよ」

太一がそう言い放った瞬間、教室の空気が固まった。

異様な雰囲気に周囲を見回すと、いつもは見て見ぬふりをするクラスメートたちが目を丸くして太一を凝視している。凍りついた表情というのは、こういうものを言うのだろう。皆、目と口を開いて呆然としている。その中には美弥や千琴の顔もあった。

何かまずいこと言ったのかな——太一は少し狼狽《うろた》えた。

呆然としているのは彰大たちも同様だった。しかしこちらの方はすぐ我に還って、太一に食ってかかった。

「俺たちが弱いだと？　もう一度言ってみろ！」

彰大は目を吊り上げて威嚇するが、不思議と怖いとは思わない。それどころか弱い犬がキャンキャンと啼いているようにしか見えない。

不意に合点した。

自分はうっかりと、言ってはならない真実を口にしてしまったのだ。

似たようなシチュエーションをどこかで聞いたっけ——しばらく記憶を辿《たど》って、思い出した。

裸の王様だ。本当は裸なのに、本人も臣下も民衆も豪奢《ごうしゃ》な衣装を着ていると思い込んでいた。あれと一緒だ。彰大は裸の王様なのだ。本当は弱いのに、偽りの鎧《よろい》を着てクラスメートたちを見下している。

それがクラスの脅威になり、法律になり、秩序になった。誰もが真実に覆いを被《かぶ》せ、その秩序に委ねた。理由は簡単だ。イジメの対象が自分以外ならどうでもいいことだし、覆いを剝《は》がせば面倒なことになると思っているからだ。

王様は裸だと言った子供は、物語ではどうなったのだろうか——ぼんやり考えていると、彰大の顔が目の前に迫っていた。

「もう一度言ってみろよ。ええ？」

もう、どんな威嚇をされても何も感じなかった。逆に彰大が哀れにさえ思えてきた。

「彰大は強いふりをしているだけだよ」

彰大はもう一度、あんぐりと口を開いた。

「時々、心細くなったりするだろ？」

すると彰大は顔色を変えて、太一の胸倉を摑まえた。

「黙れよ、この野郎」

否定せずに黙れ、と言うのが可笑《おか》しかった。

その時、始業チャイムが鳴った。彰大は舌打ちをして太一を突き飛ばす。

「放課後、楽しみに待ってろ」

捨て台詞を残して立ち去る姿はどことなく滑稽だった。

担任が入って来て授業が始まる。

隣席から、さっと紙片が差し出されたのはそれから間もなくだった。

『どうするのよ、あんなバクダン投下して』

一瞥すると、千琴がひどく深刻そうに教壇を見ている。太一はその文章の横に返事を書いて突き返した。

『みんな心配してるの？』

再信。

『バクダンに火つけた張本人が何を落ち着いているのよ』

また返す。

『バクダンだって知ってるなら、どうしててっきょしなかったんだよ』

『太一くんて空気読めないの？』

『空気、読めばよかったの？　それが嫌な空気でも？』

その文章に目を通した千琴は、何故か傷ついた様子だった。

『わたしたちが悪いっていうの』

『そんなこと、いってない』

『悪いことといわないから、今日は早びけしなよ。絶対ただじゃすまないよ』

『逃げるのは嫌だ』

そう返信すると、千琴は怒ったように紙片を丸めた。

授業中でも教室の空気に違和感を覚える。千琴は疑問を呈したが、太一にも周りの空気を読む力はある。いや、ひょっとしたら他人より鋭敏なのかも知れない。

違和感の正体は恐怖と期待と好奇心だ。クラス全員が太一の発言に凍りつき、一方で放課後のくるのを待っている。王様は裸だと叫んだ子供が処刑されるのを心待ちにしている。

何だ、そういうことか。

太一は唐突に理解した。

直接手を下しているのは彰大たちだが、それがイジメの正体ではない。

イジメというのはこの空気のことなのだ。

自分とは無関係の誰かが理不尽に虐待される。その状況を消極的に楽しみ、自分の鬱憤晴らしにしている。そしていざイジメが表面化したら直接の犯人を糾弾するつもりで、虎《こ》視眈々《したんたん》とその機会を窺っている。つまり一粒で二度美味しいという理屈だ。

だったら余計、逃げる訳にはいかない。

このまま時間が過ぎれば、放課後には間違いなく襲われるだろう。それが分かっていても、奇妙に心は平静を保っていられる。

彰大たちに絡まれることを思うと正直、気が萎える。だからといって逃げたところで、教室にこの空気が蔓延《まんえん》している限り、太一はずっと虐待され続けるだろう。

そう考えると度胸がついた。

きっと今日も殴られたり蹴られたりするだろう。それでも相手が全員弱者だと思っていれば恐怖も半減した。きっと恐怖というのは、正体が分かった途端に怖くなくなるのだろう。

痛みには耐えればいい。無理やり首輪を嵌《は》められそうになったら、とことん抵抗してやろう。いよいよとなったら、相手の指を噛み千切るくらいのことはしてもいいはずだ。

ところが案に相違して、放課後は穏便に事が進んだ。終業後、太一が担任に呼び出されたからだ。

呼び出しを食らった時には何事かと思ったが、行ってみれば太一が委員になっている図書委員会の打ち合わせに過ぎず、結局雑用で一時間を費やす羽目になった。

教室に戻ると彰大たちの姿は消えていた。残っていた者に聞くと、しばらく太一が戻って来るのを待っていたが、そのうち帰ってしまったのだと言う。

難を逃れた安心感と、気勢を殺《そ》がれた脱力感で少し白けてしまった。

それでも何事もないのが一番いい。太一は一人で家路につく。

通学路は見晴らしのいい幹線道路沿いに設定されており、民家も立ち並んでいるので太一たちも単独で行き来できる。ただ、幹線道路から裏手に外れると民家はまばらになり、開発途中の敷地が点在してくる。秋山善吉工務店はその先にある。

特に不審者が出没しているというような報告はないが、それでも人気のない場所で道草を食わないように——学校側がしつこいくらいにそう繰り返していたのを思い出した。

やがて太一は小さな林の入口に差し掛かった。そろそろ夕暮れも迫り、鬱蒼とした林の中では一足早く闇が拡《ひろ》がりつつある。気味の悪さも手伝って足早に通り過ぎようとした時、林から三つの人影が飛び出してきた。

三人を見て驚いた。彰大の取り巻きたちではないか。

自分を待ち伏せしていたのか。

太一は瞬時に身構えたが、予想に反して三人はあさっての方向に逃げて行く。

そして聞こえた。

「助けてえ」

林の中から聞こえてきたのは、紛れもなく彰大の声だった。

おい、近づくな。

頭の中で警報が鳴り響く。だが好奇心の方が圧倒的に強かった。太一はそろりそろりと林の中に足を踏み入れた。

鬱蒼とはしていても、街の中に点在する林なので歩道らしきものがある。しばらく歩くと薄暗さに目が慣れてきた。

歩道脇に何人かが集まっている。数えてみると五人。その中の一人が四つん這いになり、周囲を取り囲まれている。

四つん這いになっているのは彰大だった。何と首には自分で調達してきたあの首輪を嵌められ、リードで繋《つな》がれている。

「ほーれ。啼いてみろよ、ワンッて」

「ホント、お誂《あつら》え向きのモン持ってたなあ、こいつ」

「DIYつったっけ、こーゆーの」

「たかが四年生の癖にでかい面しやがって」

話の内容から、他の人間は上級生らしきことが分かる。取り囲まれた理由も大方の見当はつく。きっとミイラ取りがミイラになった類の話なのだろう。

自分に犬の真似をさせようとした彰大が、今は犬にさせられている。

本来なら快哉《かいさい》を叫ぶ場面なのだろう。

だが全然、気持ちが晴れ晴れとしない。却って胸の裡にまた澱が沈んでいく。

「誰だっ」

いきなり誰何《すいか》されて身体が硬直した。すぐに一人がこちらに駆け寄って来た。

目の前に立つと、太一よりもずっと背が高い。

「何だよ、お前。俺らと学年違うな」

「……四年」

「さっさと行っちまえ。顔と学年覚えたからな。誰かにチクったりしたら承知しねーぞ」

「おー、どーしたー」

「んー、何でもない。今、このガキんちょ追い払うから。ほらっ、行けったら行け」

別に関わり合いになる必要なんてないよな――そう思って背を向ける寸前、彰大がこちらを見ているのが視界の隅に入った。泣きそうな顔をしていた。

思わず足を止めた。

何てことだ。

無関係の誰かが虐待されるのを消極的に楽しんでいる。これではクラスの連中と同じじゃないか。

振り返ってみる。首輪の彰大がリーダー格に引き摺られている最中だった。

あれは僕だ。もう一人の秋山太一だ。

その時、善吉の声が甦《よみがえ》った。

『護ってやればいい』

どうしてこんな間の悪い時に限って、という思いを呑み込んで、太一は彰大の許《もと》に向かう。

おい馬鹿やめろこら。お前そいつに何言われて何されたと思ってるんだ。

うるさい！

リーダー格は背が高い上に肩幅も広かった。

「おう。どうしたよ、四年坊主。お前もこいつイビりたいのか？　だったら構わないぞ」

「……放してやってよ」

「ああ？」

「こんなこと、ひどいじゃないか。された者の身にもなれよ」

リーダーは一瞬きょとんとしたが、仲間と顔を見合わせてから爆笑した。

「何？　お前、こいつのダチな訳？」

「違うよ。クラスメートだよ」

「へ？　理由、そんだけかよ」

理由なんて要るか。

「お前さ、そんな弱っちいなりして正義の味方気取るつもりなの」

「正義の味方じゃなかったら、クラスメート助けちゃいけないのか」

リーダーはちっと舌打ちした。

「クラスメートっつうけどよお、こいつ、あんまし評判よくねーらしいぞ。そんなヤツ助けて、お前にどんなメリットあるんだよ」

メリットの有無で人助けするのか、と思ったが口にはしなかった。

「放してやれよ」

「こいつも生意気だったけど、お前も相当生意気だな」

リーダーの目つきが一変した。

凶暴な目だった。齢も背も肩幅も、全部自分より大きい。持っていたリードを他の一人に手渡し、太一の前に立ちはだかる。

急に弱気が頭を擡《もた》げてきた。

今ならまだ間に合う。ごめんなさいと頭を下げてこの場から立ち去れ。そうすれば痛い目に遭わずに済む。彰大もこんな様を見られたら、恥ずかしくてもうお前をイジメなくなるかも知れない――。

黙っていろ、と太一は心中で怒鳴る。

たったの二日で思い知った。この世には身体で受ける傷よりも痛い傷がある。ここで彰大に背を向けたら、その傷がずっと疼き続ける予感がする。

「放してやれよ」

「しつけーな。嫌だっつったらどーするよ」

「喧嘩はしない」

太一は胸を反らせて言った。

「僕は誰も傷つけたくない」

その途端、頬に平手が飛んできた。

痛みを感じる暇もなく、太一は後ろに転がった。

「じゃあ、こっちから殴ってやるよ」

リーダーは無理やり太一を立ち上がらせて、もう一度顔を平手で叩いた。

ばしっ。

相当な力だ。太一はまた後方に倒れる。

「謝れ」と、リーダーは言った。

「土下座して、生意気言ってすみませんでしたって謝れ。それから、この犬に靴を舐めさせろ。それで許してやる」

よくもそんなことを思いつくものだと感心する。

太一はふらつきながら立ち上がる。

「嫌だ」

「そーかよっ」

右頬に激痛。今度は拳骨が飛んできた。太一は真横に吹っ飛ぶ。

ただし平手で叩かれて感覚が麻痺したのか、衝撃は感じても痛みはさほどでもない。だから言い返すことができた。

「何も、悪いことしてないのに、謝るなんて、絶対に、嫌だ」

「ホントに言うことがいちいち生意気だな」

今度は左の頬に一発。

「謝れ」

「嫌だ」

「ひと言でいい」

「ひと言、だって、嫌だ」

更に右と左に一発ずつ。太一は拳を食らっては倒れるが、その度に立ち上がる。

何度でも、何度でも。

不思議だった。

痛みはあっても屈辱はない。

馬乗りになられているのに、支配されている感じはない。むしろ爽快ですらある。

その時、鼻の奥に異物感を覚えた。

「おい、もうその辺でやめとけ」

他の一人が声を掛けた。

「こいつ、血ィ流してるぞ」

「げ」

言われて初めて気づいたらしく、リーダーは自分の拳と太一の顔を代わる代わる眺めた。

「お、お前が悪いんだからな」

リーダーは急に怯えた声になって、太一から離れた。

「お前があんまり生意気言うから悪いんだ」

それが捨て台詞になった。

四人は後ろも見ずに林の外へと駆け出して行った。

「太一」

彰大が上から覗き込んでいた。

「お前、血」

「知ってる?」

太一はゆっくりと上半身を起こした。顔は疼痛《とうつう》が続いていたが、それ以外に痛みはない。

「鼻の血管てさ、細いからすぐ切れちゃうんだってさ」

片手で鼻を拭うと、べっとり血が付着した。なるほど上級生でも腰が引けるくらいに出血している。

「彰大、後ろ向きなよ」

「何だよ？」

「首輪。後ろからでないと外せない」

首輪はベルト穴式だったので、少し力を入れると簡単に外すことができた。太一は首輪とリードを纏《まと》めて、林の中に放り投げた。

その途端、達成感で胸が一杯になった。

「別にいいだろ？　野良犬が気に入ったら使ってくれるかも知れない」

「助けてくれなんて頼んでないぞ」

彰大は歯を剝き出して言った。わずかに残った自尊心を手放すまいとする必死の形相のように見えた。

「うん。頼まれてない」

「礼でも言って欲しいのかよ」

「聞きたかないね」

「このこと、クラス中に言いふらすつもりなんだろ」

「頼まれたって嫌だよ、そんなの」

「じゃあ、何で助けたんだよ」

「そうするように教えられた」

「誰から」

「……さあね」

太一は立ち上がって服についた泥を払った。ずいぶん暗くなったのでどれだけ汚れたか判然としないが、そうでなくともこの顔を見たら家族全員が驚くだろう。

いや、善吉だけは驚かないかも知れない。平然と太一を睨みつけて、誰と喧嘩してきたんだと聞いてくるに違いない。

まあ、いいや。

誰も傷つけずに、一人を護ることができた。

それができたから、後は何がどうなっても構わない。

ふと背中から嗚咽が聞こえてきた。

「こんなことで感謝するなんて思うなあ。またイジメてやる」

彰大が泣いている。

こういう時、泣き顔見られるのは嫌だよな――。

太一は一度も振り返らず、そのまま帰路についた。

次の日登校すると、太一の顔を見た者は例外なく驚愕した。

「ちょっ、何それ、太一くん……」

「人相、変わってんじゃん」

「ひでえ、タコ殴りかよ」

昨夜、家族からも同じようなことを言われたので免疫はできていた。

ただ、やはり善吉のような対応をする者は一人もいない。善吉はぱんぱんに腫れ上がった太一の顔を見るなり、ぶすっとしたまま軟膏を差し出したのだ。

塗っとけ。効くぞ——確かに薬の効能あらたかで、これでもずいぶん腫れが引いた方だった。

まだ両方の頬に疼痛が残っている。飯を食う時には顔を顰《しか》めながら咀嚼する有様だった。

それでも気分は爽快だった。善吉の言った通りで、人を傷つけるより護った方が数段気持ち良かった。何だか自分が強くなったような気もする。

しばらく誇らしさに浸っていると、彰大の取り巻き三人が早速目の前に現れた。

「昨日は予定が狂っちゃったよなー」

「ま、不測の事態だったし」

「改めて昨日の続きしようや」

またか。

やっぱりひと晩で状況が一変するなんて滅多にないらしい。

内心で溜息を吐いていると、案の定彰大もやって来た。真打ち登場だ。

他の三人は期待に満ちた目で道を空ける。

これ以上、顔が腫れるのは嫌だな——そう思っていると、いきなり彰大は居並ぶ三人にデコピンを食らわせた。

「痛っ」

「急に何すんだよ」

「お前ら、誰が太一に手ェ出していいなんて言ったよ」

「へっ？」

「勝手なことすんなあっ。太一をイジメていいのは俺だけだ」

「な、何言い出すんだよ」

彰大は太一に背を向けたまま、高らかに宣言する。

「みんなにも言っとくぞ。今後、太一をイジメたいヤツはまず俺の許可を取ること。もし破ったら俺が許さねーから」

取り巻き三人を含めた全員が呆気《あっけ》に取られる中、彰大は悠然と自分の席に戻って行く。

太一が席に座った彰大を一瞥すると一瞬、目が合った。

彰大は慌てて目を逸らした。

やっぱりお爺ちゃんの言った通りだな。

「ねえ、今のってどういうことよ」

千琴が不思議そうに訊ねてくる。

「あんたたち、いつの間に仲良くなっちゃったのよ」

太一は頬の痛みに耐えながら言った。

「だってさ、敵を作るより友達を作る方がいいじゃない」

二　雅彦、迷走する

1

お前、と弘文《ひろふみ》が話し始めた瞬間に雅彦は蹴りを入れた。

「ぐふっ」

鳩尾《みぞおち》を直撃された弘文はひと言呻《うめ》いて、その場に崩れ落ちた。

「いきなり何しやがる！」

急襲に驚く和義《かずよし》に向き直り、今度はその鼻面に正拳を叩き込む。無防備だった和義は堪らず後方に吹っ飛んだ。

「この野郎」

斜め左前から体格のいいヤツが――こいつは名前を忘れた――飛び掛かってきたので、雅彦は身体の向きを変えることなく左の裏拳を力任せに突き出す。

拳は左頬に命中し、相手はぐらりとよろめいた。

無防備だった分、ダメージは深い。先制攻撃を食らった三人は地べたに転がっていた。

手を緩めるつもりは毛頭ない。雅彦は三人の脇腹にそれぞれ爪先を蹴り込んだ。腹への打撃は鈍いが持続する。最初に与えておけば戦闘能力も戦闘意欲も簡単に殺《そ》ぐことができる。下手に殴り合いをするよりも、ずっと効率的だった。

体育館の裏。まるで下手なドラマに出てくるようなシチュエーションだが、本館から離れているので人目はない。多少物音を立てても気づく者は少ないだろう。

「卑怯《ひきょう》もの」

弘文が息も絶え絶えに抗議する。

「挨拶も抜きに、いきなり、蹴りやがって」

「なあに、フカシこいてんだお前」

雅彦は弘文の脇腹に足を載せ、全体重を掛ける。

「ぶふうっ」

「そっちから一対三で喧嘩吹っかけてきたんだろ。卑怯なのはどっちだ。ざけんなよ」

弘文はすっかり戦意を喪失した模様で、後の二人も地べたに倒れたまま一向に立ち上がろうとしない。肩で風切ってのし歩いていた三人組だったが、対戦してみれば口ほどにもない。これがクラス一の不良だというのなら、後は推して知るべしだ。

「こっちから仕掛けるつもりはないから、もうちょっかい出してくんなよ」

言い残して、雅彦は体育館裏を出る。衆人環視の中でぶちのめしていないので、恥はかかせていない。卑怯の度合いも向こうの方が大きい。これなら恨まれるにしても最低限で済む計算だった。

墨田西中に転校してからというもの、二週間に一度は喧嘩を吹っかけられた。転校初日からそこら中にガンを飛ばしまくっていたので、目をつけられるのは当然の成り行きだったが、連中の歯応えのなさには辟易《へきえき》しかけていた。この学校で不良扱いされているヤツらは大抵口だけだ。実際に交戦してみると向こうの実戦経験が乏しいせいか、難なく撃破できる。

ただし連中が絡んでくるのは雅彦の態度以外にも理由があった。

噂だ。

『今度転校してきた秋山雅彦ってヤツは、前の学校で一番の不良だったらしいぜ』

『学校どころじゃないって。墨田区内で一、二を争うって話だぞ』

『だったら雅彦をのしちまえば、いきなし俺たちがランキング入りできるってことだよな』

悪事は千里を走る。そして悪い噂ほど本人の耳に入り易い。自分が不良たちの標的にされているのを知ったのは、転校してまだ一週間も経たないうちだった。かくしてこんなつまらない喧嘩を繰り返す羽目になったが、お蔭で新天地における自分の評価も定まりつつある。あと一カ月も今の言動を続ければ、この学校で自分に刃向かう生徒は一人もいなくなるはずだ。

新天地と言えば聞こえはいいが、墨田西中は区内でも底辺学校と蔑まれている。生徒の多くは半グレで、全体の偏差値も低い。今更、以前の素行を秘匿する気も猫を被《かぶ》る気もない。

校門へ向かう途中、体育館裏へ急ぐ野球部員とすれ違った。おそらく用具を取りに行くのだろうが、そこで三人の姿を発見したらいったいどんな顔をすることやら。

通学路はメインストリートなので、下校時間でなくとも様々な人が行き交う。外回りの営業マン、子供連れでスーパーに急ぐ主婦、散歩中の老人、宅配業者、駐車監視員――。

そういう大人たちを見る度に、雅彦は優越感を覚える。特に根拠はないが、自分はこいつらよりもマシだと思っている。一般市民は法律に守られ、一方で法律に縛られている。たかがタバコを喫《す》うにも、路上で喫煙するなと条例で決められたら、人目のない場所でこそこそとタバコを咥《くわ》える。犯罪でもあるまいし、何をそんなに怖れているのか。

タバコに限った話ではない。大人はいつも何かを怖れている。

会社での地位は安泰なのか。

自分の子供が何か問題を起こさないか。

老後の保障はあるのか。

未来は安泰なのか。

まだ十四歳の子供にも、大人の不安など手に取るように分かる。卑近で、みっともなくて、直截《ちよくせつ》だからだ。

馬鹿らしい、と雅彦は思う。明日のことなど誰にも分からないし、やってくるものは確実にやってくる。悲劇に前兆も警告もないのだ。ちょうど前の家が火災に見舞われ、父親が焼け死んでしまったように。

それに比べて自分には怖いものがない。教師も校則も不良どもも、そしてお巡《まわ》りもクソ食らえだ。

目に入る景色の全てがみすぼらしく映る。

目に入る全ての人間が意気地なしに見える。

雅彦は弱者の街を闊歩《かつぽ》する。物陰に潜む悪鬼、妖怪、貧者。そいつらはみんなザコキャラだ。ただ一人の勇者である自分の敵ではない。誇らしげに顔を上げ、口笛を吹きながら歩く。

ところが工務店に近づくにつれて、次第に昂揚感が萎んできた。

怖いもの知らずの雅彦だったが、ひとつだけ苦手なものがある。この家の主、祖父の秋山善吉だった。

一階の工務店からは今日も木を削り、鑿を打ち込む音が往来に洩れている。

視線が徐々に下がる。自分でも気づかないうちに頭を垂れていたからだ。

引き戸をそっと開けて中に入る。ちらと横目で見れば、いつも通り従業員の立ち働く奥で善吉が煙管《キセル》を咥えている。

なるべく顔を合わせたくないという意識が雅彦の足を進ませる。

その途端、怒号が飛んだ。

「雅彦。帰って来たら挨拶くらいしねえかあっ」

耳がじんじんとした。

元より地声の大きい善吉が怒鳴ると、工務店の窓ガラスが震えるのではないかと思う。

「た、ただいま」

「おう」

この爺さまは怒鳴ればそれで気が晴れるらしく、それ以上は言ってこない。雅彦の方も追加で叱られるのはご免なので、そそくさと家の中に引っ込む。

やはり善吉だけは苦手だ。そして苦手だという意識が尚更、雅彦を弱腰にさせる。

善吉に初めて怒られたのは忘れもしない五歳の頃、善吉宅を訪れていた時だった。まだ弟の太一は生まれたばかりで遊び相手にならず、工務店で手持ち無沙汰にしていた。

ふと作業台を見やると、鑿が置いてあった。雅彦が初めて見る道具で、刃先が鏡面のように綺麗に研がれていた。何気なく握ってみると、自分が強くなったような気がする。

それでしばらくの間、鑿を振り回していたら、いきなり頭上からカミナリが落ちてきた。

「ガキの遊び道具じゃねえぞっ」

怒声とともに善吉の平手が飛んできた。雅彦は堪らず壁際まで吹っ飛ばされた。

その時に殴られた痕は痣となり、しばらく消えることがなかった。しかし善吉への畏《おそ》れは痣が消えた後も、ずっと続いている。

部屋に戻ると先に太一が帰っていたが、その顔を見て仰天した。青痣に腫れ、傷に打撲とまるで人相が変わっていた。出血をしたのか鼻には丸めたティッシュが詰められている。

明らかに殴られた痕だった。

「どうしたんだよ、その顔」

「んー、やられた」

「誰に!」

「上級生」

「もちろんタイマンなんだろうな」

「一対四」

それを聞いた瞬間、頭に血が上った。

上級生が一対四だと。

さっきの自分よりも条件悪いじゃないか。

「そいつら、今どこにいる」

雅彦は太一に迫る。

「案内しろ。全員包帯だらけにしてやる」

「もう、いいよ、兄ちゃん、仕返しなんてしなくても」

「いいことあるか。上級生で一対四て何だよ、それ。ただのリンチじゃないか。こういうのは仕返しじゃない。抗議活動って言うんだ」

「ものは言い様だね。でもホントにいいんだよ。別に負けた訳じゃないんだから」

「それで勝ったって言えるのかよ」

「……多分」

痛みを堪えるようにして喋っているが、太一本人はさほど悔しくないらしい。事情を訊いてみると、クラスメートの盾となって代わりに殴られたということだった。

「……誰に何を吹き込まれた」

「お爺ちゃん。本当に強い人間なら自分を苛めた人間も護ってやれって」

善吉の言いそうなことだと思った。そしてまた、善吉の言葉を鵜呑みにして実行する太一も太一だ。

「クラスメートはさ、何とか護りきれたから、とりあえず僕の勝ちじゃないかな」

凸凹《でこぼこ》に歪《ゆが》んだ顔なので分かり難いが、太一は笑っているらしい。一瞬、頭を撫でてやりたくなったが、そこも怪我をしているかも知れないので、伸ばした手を途中で止めた。

「その、何だ。男前だね、お前って」

「そう？」

「前も言ったけどさ、弱っちい癖にすっげえ強情。その上、今度はクラスメートを庇《かば》っただと。どんだけハイスペックなんだよ」

「えーっと。一応誉《ほ》めてくれてるんだよね？」

「おう、これが最上級」

「兄ちゃんはさ、強い癖にすごい口下手」

「るせーよ」

新しい学校、新しいクラスで太一がどこまで踏ん張れるか心配していたのだが、この分ならまず大丈夫だろう。

「あれ、そう言う兄ちゃんも怪我してるじゃん」

「へっ？」

太一に指摘されて自分の左手を見ると、甲が赤く腫れている。先刻、氏名不明のヤツに裏拳を見舞った際の怪我だった。

「あいつの顎の骨、意外と硬かったんだな」

「何だ、兄ちゃんも喧嘩してきたんだ」

「あんなもん喧嘩じゃない。飛んできた火の粉を振り払っただけだ」

「そっちはタイマンだったの」

「一対三」

「あ、僕の勝ちだ」

「馬鹿、俺の方は三人ともちゃんとのした。こっちは完全勝利」

するとは太一は不思議そうに首を傾げた。

「どうして同じ兄弟でこんなに違うんだろ」

「違わねーよ。俺だって決して喧嘩が好きな訳じゃない」

「それで？」

「言ったじゃないか。火の粉が飛んでくるから振り払ってるだけだって。第一、俺だって昔はお前と同じくイジメに遭ってたしな」

「それだよ、それ。そのイジメ受けてた人間が、どうしてそんな風になったのさ」

「そんな風ってどんな風だよ。もういいからじっとしとけ。殴られた直後はまだ神経が昂《たかぶ》ってるからさほどでもないけど、寝る頃になったらムチャ疼くんだぞ」

「えー、それは嫌だなあ」

「もう母さんに見せたのか」

「ううん、まだ。さっき台所にいたみたいだったし」

「……薬、塗ってもらってこい」

太一は頷くと、素直に一階へ下りて行った。

母さんがあの顔を見たらさぞ驚くだろうな——その光景を思い浮かべると少し愉快だった。

そう言えば自分がイジメに遭って帰って来た時も、景子は一人で大騒ぎをしていた。騒ぐだけ騒いだが、それで何が解決した訳でもなかったので却って鬱陶しかった記憶がある。

雅彦は小学校に上がってからイジメに遭った。周囲の人間が止めてくれるだろうと最初は無抵抗でいたのだが、いくら待っても救援は来てくれず、苛める方も飽きる気配を見せなかった。

待っても待っても事態は変わらなかった。

担任は明らかにイジメの事実を知っていたにも拘わらず、見て見ぬふりをした。一度などはイジメの現場に居合わせながらも回れ右して、その場を立ち去った。

他のクラスメートも遠巻きに眺めるだけで介入しようとはしない。それどころか、中には雅彦の惨めな姿を見て忍び笑いを洩らす者までいた。

テレビのヒーローもので謳《うた》われる〈正義〉というのは絵空事なのだと知った。

このままイジメが日常化すれば、自分の居場所はなくなってしまう――その恐怖に押される形で、雅彦は逆襲へ転じた。相手は三人、圧倒的に不利だったが、捨て身の雅彦の前で人数は問題ではなかった。無我夢中で繰り出した拳と蹴りはことごとく相手に命中し、決戦は五分で終結した。最後まで立っていたのは雅彦一人で、相手方三人は地べたに蹲《うずくま》って泣いていた。

当然のように相手の親が学校に乗り込んで来たものの、普段から三人の行状は学校側にも知れ渡っていたため、喧嘩両成敗という解決に落ち着いた。その後、三人は二度と雅彦にちょっかいを出すことはなかった。

その日を境に雅彦は生まれ変わった。所詮、暴力に対抗できるのは暴力でしかない。そしてイジメを企てるような者は大抵一人では何もできない弱者なので、こちらが予想外の逆襲に出た途端に尻尾を巻いて逃げ出す。

そんなことを繰り返しているうちに喧嘩慣れしてきた。子供の喧嘩は体力勝負だから、こちらがほんの少しテクニックを使うだけで形勢は大きく変化する。雅彦は喧嘩のテクニックに関して天性の素質があったらしく、喧嘩慣れすると同時に最小の力で最大の効果を得る攻撃方法を会得した。

小学校を卒業する頃になると、もう誰も雅彦を苛めようとする者はいなくなった。その代わり数々の武勇伝が祟《たた》って、雅彦は札付きとして扱われるようになった。

自分の身を護るために闘い続けた褒賞が札付きの称号というのはあまりに理不尽だったが、雅彦は粛然とこれを受け止めた。大人という生き物がいかに臆病者で、いかに建前だけで生きているかを嫌というほど教えられたからだ。

札付き？　結構じゃないか。

大人が怖れて隔離したがっている存在。

それこそが自分に相応《ふさわ》しい場所だと思った。


風呂から上がってテレビを見ていると、新作ゲームのＣＭが目に留まった。

偶然、ではない。ソフトの製造元が満を持して発表した人気シリーズの最新作だから広告を大量に投下している。一時間もテレビを視聴していれば最低でも二回は目にするほどだ。

俄然、欲しくなった。

そして、すぐに落胆した。

以前のシリーズは火事でゲーム機ごと失ったので、今最新作を楽しもうとすれば両方を買い揃えなければならない。

しかし、どこにそんなカネがある?

母子三人着の身着のままで焼け出され、今は父方の実家に居候している。母親の仕事は未だ決まらず、仮に決まったところで元の生活に戻れるとは到底思えない。祖父母に小遣いをねだるという手段もあるが、思いついた途端に善吉の渋面が浮かんだので即刻却下した。

中学生でも雇ってくれるバイトが、どこかにないものだろうか——雅彦はそんなことを考えながら漫然とテレビを見ていた。


彼に遭遇したのは翌日のことだった。通学路の途中にあるコンビニエンスストアを通り過ぎようとした時、いきなり名前を呼ばれたのだ。

「あれ。ひょっとして秋山?」

声のした方向に振り向くと、そこに見知った顔の男が立っていた。

曽我圭介《そがけいすけ》。前の中学で二学年上だった男だ。同じ部で先輩後輩の間柄でもあった。目を瞠《みは》ったのは曽我のヘアスタイルだ。短髪と眉を真っ赤に染めており、パンクロッカーもかくやという出で立ちだった。こんな髪型を許可している高校があるとは思えないので、おそらくまともに登校していないに違いなかった。

「あ、久しぶりです」

「だよな、俺が卒業してから全然会ってねーし。おっと、そう言やお前ん家《ち》、火事だったらしーじゃないか。災難だったな」

卒業生の耳にまで届いていたのは意外だったが、他人の不幸はあっという間に、そして広範囲に伝播《でんぱ》する。

「まあ……命があるだけめっけもんです」

「強えなあ、やっぱりお前。一年坊主の頃からタフなヤツだってのは知ってたけどよ。で、今はどこよ」

「墨田西中です」

「あの墨田西中？　かーっ、選《よ》りにも選ってあそこかよ。半グレの群生地じゃねえか」

自分で母校の悪口を言う分には構わないが、他人に言われれば何となく腹が立つ。それでも言っていることに間違いはないので黙っていた。

「ま、半グレ連中の中だったらお前最強だから、それはそれでいいか」

目の覚めるような赤髪、そして知れ渡っている不幸。

だが、雅彦の関心は曽我の手元に集中していた。

例の新作ゲームが握られていた。

ずいぶん熱心に見ていたのだろう。曽我は雅彦の視線に気づいたようにゲームソフトを目の高さに掲げた。

「何、お前。このゲーム好きなの？」

「いや……そのシリーズ、全部揃えてたものだから」

「まだ、こいつ買ってなかったのか」

「はい」

「よけりゃあ、やるよ。ほれ」

曽我が無造作にゲームソフトを差し出したので、雅彦は驚き慌てた。

「って、先輩。今、ここのコンビニで買ったばかりなんでしょ。まだ包装紙破ってない新品じゃないですか」

「いーよ別に、こんなもの。どーせ安物だし、持ってけ持ってけ」

「その……火事でゲーム機まで焼けちゃって」

「あ、そーか。そりゃソフトだけあってもしょーがないよな」

「でも安物ったって、それ確か八千円くらいするでしょう」

「八千円なら安物じゃねーか。そんなんだったらダース買いしてやってもいいぞ」

曽我はゲームソフトをぷらぷらと振ってみせた。

曽我の誘いで喫茶店に入った。在学中に世話になった先輩から奢《おご》ってやるとまで言われたら、付き合わない訳にもいかない。

話を聞くうち、曽我が工業高校を中退したことを知った。

「あんな高校、行ってられっかよ。いるのは少数のとんでもない秀才とその他大勢のとんでもない劣等生でよ」

曽我がどちらに属していたかは聞くまでもなかった。

「無事に卒業したって、高卒に今日び碌な就職先はないしよ。そこで目端が利く俺は自主退学と、まあそーゆーこった」

「じゃあ、今は就職してるんですか」

「してねーよ。俺は現在、自由人なんだ。満員電車に揺られたり、定時に出勤したりとか、そんなのは真っ平ご免だ」

高校中退で無職。それなら先刻の羽振りのよさは何だったのか。

「あ。今お前、不信の目で俺を見ただろ。こいつ、どうやってカネ稼いでんだって」

「いや、そんな」

「ま、お前なら別にいーか。ホント、思ったことがすうぐ顔に出るのは昔のまんまだな。分かり易くって、そーゆーの嫌いじゃないけどよ」

曽我は手招きして雅彦の顔を近づけさせる。その時点で真っ当な話ではないことが窺い知れた。

「俺は今、時代の最先端を行くニュービジネスに参加している」

「ニュービジネス？」

「ハーブだよ、ハーブ。知らね？　乾燥させた葉っぱによ、香料の粉末を振りかけるんだ。ほら、アロマとか何とかあるだろ。癒し効果とか何とか。あれだよ、あれ。それをちゃんとした店舗で販売する。俺、そこの店長」

「乾燥させた葉っぱって、そんな物売れるんですか」

「そりゃもう、飛ぶように」

曽我は大きく鼻の穴を広げる。

「何せ原料は葉っぱだからタダみたいなもんだ。だけど売る時にはひと袋三千円。モノが小さいから狭い店にも沢山置けるし、粗利が大きい。三日やったらやめられねーよ」

「そんなに儲かるんですか」

「疑《うたぐ》るんなら、これ見てみろ」

そう言って曽我は財布を取り出した。ヘビ革の分厚い財布だった。

中には紙幣が束になって入っていた。そんな大金を見るのは初めてだったので、雅彦は一瞬息を止めた。

「言っとくけどこれは売上金じゃないぞ。あくまでも給料だかんな」

「給料ってことはやっぱり会社なんですか。さっきは自由人だって言ってたのに」

疑義を呈すると、曽我は鼻で笑った。

「お前って、そーゆーのは鈍いんだよな。おい、耳貸せ、耳」

言われた通り耳を近づけると、曽我は一段と声を低くした。

「宏龍会《こうりゅうかい》って知ってるか」

名前だけは聞いたことがある。関東を拠点とする日本最大の暴力団だ。

「ハーブを売ってる会社ってのは、その宏龍会のフロント企業。つまり俺は宏龍会の準構成員って訳だ」

「先輩、それって……」

「おい、間違ってもヤクザなんて言うなよ。今は反社会的勢力って立派な呼び名があるんだ」

曽我は悪びれもせず、むしろ傲然と胸を張る。

ヤクザとハーブ——一見、結びつかない奇妙な組み合わせに思考がなかなかついていかない。

「どうしてそんなヤク……反社会的勢力がハーブなんて売ってるんですか」

「やっぱりお子様は何も知らないんだな。いいか、反社会的勢力ったって犯罪紛いのことばかりしてる訳じゃない。土木建築、公営競馬、パチンコ、芸能プロダクション、貿易、人材派遣会社、その他もろもろ。今や表の商売で堂々と利益上げてるんだぜ。看板だって大したもんだしよ。例えば」

曽我は有名企業の名前を次々と連ねていく。その中にはテレビCMで聞き知る企業名もあり、雅彦を驚かせた。

「な、全部真っ当な優良企業だろ。で、俺はそういうところのナンバー2な訳さ」

わずか十六歳で店長、しかも給料は財布が膨らむほどときている。売っているのはアロマのハーブ。お洒落ではあっても、拳銃や麻薬などという物騒なモノでは決してない。

目の前に座る曽我が、急に大人物のように見えてきた。確かにうだつの上がらない高校生活を過ごすよりも、はるかに魅力的な仕事であり、はるかに魅力的な立場だった。

思っていることがまた顔に出たらしい。曽我は雅彦の顔を覗き込んで、薄く笑った。

「秋山さ、よかったらちょっと手伝ってみるか」

「え」

「俺が店長やってる店でバイトしてみないか。お前だったら俺が自信を持ってオーナーに推薦してやるよ」

急な申し入れにすぐ言葉が出てこない。

「ちょうど今、人手不足でよ。店に留守番の一人でもいねーと、碌に外出もできやしない。どうよ、バイト代は弾むぜ」

瞬時に思いついた質問は一番卑俗なことだった。

「バイト代っていくらくらいですか」

「そーだな。時給千円てのはどうだ」

ハンバーガーショップなどで〈スタッフ募集〉の張り紙を見ることがある。あれは確か時給千円を切っていた憶えがある。十四歳で時給千円なら破格の待遇ではないか。

「平日は学校終わってから夜まで、土日は終日。それなら結構な小遣い稼ぎになるだろ。うん？」

言われるまでもない。単純計算しても十日働くだけで、ゲームソフトばかりかゲーム機本体まで買える。

思考全てが吸い寄せられるようだった。大元の会社がヤクザだという一点を除けば、待遇もステータスも文句なしのバイト口だ。

「最初っから本採用ってのもアレだからよ。まずは体験入店ってことでどうよ。自分に向かないと思ったら、その場でやめりゃあいい」

それで心は決まった。

2

次の日曜日。

東向島《ひがしむこうじま》駅前の商店街をしばらく歩いていると、花屋とモバイルショップに挟まれた狭小店舗に辿り着いた。

今はまだシャッターが下りており目立つ看板もないので、外見からは何の店舗なのか全く想像できない。

「ここだ、ここ」

曽我は持っていた鍵で開錠するとシャッターを押し上げた。

外光が射して、中がはっきり見えた。

店舗の中は外見通り、おそろしく狭い。客が十人も入れば満杯になるだろう。しかし品物自体は壁の全面にずらりと掛けられているため、陳列に場所を取っていない。とにかく店舗と称するにはあまりに殺風景で、ハーブを売っているというのに煌《きら》びやかさは欠片《かけら》もない。雅彦の知る範囲では、トレーディングカードの売り場の雰囲気が最も近い。

ハーブは種苗用の平たい紙袋に入っているらしい。袋の厚みもさほどなく、重ねて掛けておいても嵩《かさ》張らない。パッケージはどれもこれもタロットカードのような意匠で、表示も全て英文になっている。きっと輸入品なのだろうと思った。

「品物の詳しい説明は客の方で知ってるから、お前はキャッシャー席で会計だけやってりゃいい。値段は袋の裏に全部印刷してあるから」

「仕事ってそれだけですか」

「それだけ。もし自分で対処できない事態になったら、ケータイで俺を呼べ」

曽我の連絡先は既に登録済みだった。

「じゃあ、俺はちょっと出てるから留守番頼むわ」

「え。いきなり俺一人でですか」

「たりめーだ。その狭いキャッシャー席に二人も座れねーだろ。大丈夫だって、簡単な仕事なんだからよ。じゃあ頑張れ」

それだけ言うと、曽我はさっさと立ち去ってしまった。

初めての場所で体験する初めてのバイト。

雅彦はじわじわと不安に襲われ始める。

客あしらいが失敗したらどうしよう。

代金の勘定を間違えたらどうしよう。

あれこれと思い悩んでいると、店先にのそりと人影が立った。

作業着を着た中年男性だった。

恰幅《かっぷく》はいいが、目つきがどんよりとしている。

「い、いらっしゃいませ」

記念すべき第一声は見事なまでに舌が縺《もつ》れた。

男は雅彦の方を見向きもしなかった。壁に陳列してあるハーブを端から目で追い、これはと選んだ袋を片手に握っていく。その間、雅彦は男の背中から目を離さないでいた。十五分も経っただろうか。男は雅彦の前に進み出て、握っていた袋をキャッシャー台の上に置いた。

「いくら」

雅彦は袋裏面の値札を見ながら、レジのキーを叩く。計算ミスがないように電卓で計算を二度繰り返す。

「ご、合計で四千五百円です」

男は五千円札一枚をカルトンの上に投げる。雅彦は商品を黒無地のレジ袋に入れて男の眼前に差し出す。

「えっと、お釣り五百円です」

男は釣りとレシートと品物を受け取ると、無言のまま店を出て行った。

「ありがとうございました」

今度はちゃんと声が出た。

指示された通りの流れだった。

計算ミスもない。

何だ、案外簡単じゃないか。

雅彦はほっと胸を撫で下ろす。それからは平常心を取り戻すことができた。

その後もぽつりぽつりと客が訪れた。大学生風の若い男。ネクタイ姿のサラリーマン、OL、宅配業者。ハーブを買う客もいたし、冷やかしで何も買わない客もいた。

曽我が戻って来たのは夕方五時になってからだった。

「どうだった」

「お客さんは五人。売り上げは全部で二万八千五百円でした」

「四時間で二万八千五百円か。まあまあってところか。おし、じゃあ今日はもう帰っていいぞ」

曽我は自分の財布から千円札四枚を抜いて雅彦に差し出した。

「受け取れよ。今日のバイト代だ」

雅彦は少し汗ばんだ手をシャツの裾で拭ってから、おずおずと紙幣を受け取った。生まれて初めて自分で稼いだカネだった。今まで小遣いとして与えられたカネとは意味も重さも大きく違っている。意匠の野口英世《のぐちひでよ》さえがひどく神々しい。

「また来ていいですか」

「ん、合格。じゃあ明日っから正式採用な」

「ありがとうございました！」

雅彦は深々と一礼し、元来た道を歩き出した。

足取りは軽く、胸はちょっとした昂奮で震えている。許されるものなら、道往く人たちに向かって大声で自慢したいと思った。

俺は自分でカネを稼いだ。労働に見合った賃金を獲得した。

これで大人と同じだ。もう誰にも子ども扱いはさせない。

駅に向かう途中でコンビニエンスストアを見掛けた。雅彦は誘われるように店内に入って行った。

四千円ではまだお目当てのゲームに手が届かない。しかし飲み物くらいなら楽に買える。ポカリスエットの五百ミリペットボトルを一本。会計を済ませる間、雅彦は店員の一挙手一投足を凝視し続けた。代金の受け取り方、お釣りの渡し方。それらの仕草を後で思い出せるよう目に焼きつけた。

店を出てからペットボトルの蓋を開け、中身を一気に呷《あお》る。よく冷えた液体が喉を通過し、胃袋に落ちていくのが実感できた。

自分で稼いだカネで買った飲み物。

それはこの上なく爽快な味がした。


バイトに正式採用されて五日が経過したが、その件は家族に内緒にしていた。

後ろめたさからではなく、逆に誇らしさからだった。どうせ告げるのなら、バイト代が溜まり目当ての物を買ってからの方が、より誇れるような気がしたからだ。

五日間働いてバイト代は早くも二万円を超えていた。この調子ならゲーム機本体とソフトを同時購入できる日も、そう遠くはない。雅彦はあと何日働けば目標金額に達するか、皮算用するのが楽しみの一つになった。

だがその日の夕食を終え、何気なくテレビを見ていたら、あるニュースに目が釘づけになった。

『では次のニュースです。今日の昼頃、新宿三丁目の交差点で暴走したクルマが通行人四人を次々に撥《は》ねるという事件が発生しました。現場は終日人通りの多い場所で、一時現場は騒然とした雰囲気に包まれました』

画面に現場が映し出される。街灯の支柱に正面から激突し、ボンネットが完全にひしゃげたワンボックスカー、舗道に残されたハイヒールの片方と血痕、そして黒々と刻印されたタイヤ痕。

『運転していたのは清掃会社勤務の佐伯大二《さえきだいじ》容疑者三十三歳。事故発生時に理解できない内容を口走っていたため新宿警察署で調べたところ、佐伯容疑者は運転中に脱法ハーブを吸引していたことが判明しました。警察では佐伯容疑者の意識が安定するのを待って、脱法ハーブの入手先を聴取する予定です』

画面には男の顔が大写しになった。

〈佐伯大二容疑者（33）〉

雅彦はそれを見て愕然とした。

見間違えるはずもない。

ハーブショップへ最初に現れた、あの作業着姿の中年男性ではないか。

『今月に入ってから脱法ハーブ吸引による事故は既に三件、死傷者は八人を超えました。相次ぐ事件に警察庁は全国の警察に特別警戒態勢を取るよう指示しました。また指定薬物を含有する脱法ハーブの発見について東京都は……』

慌ててテレビを消した。

『乾燥させた葉っぱによ、香料の粉末を振りかけるんだ』

指定薬物。

脱法ハーブ。

まさか、自分の売ったあの品物が脱法ハーブだったというのか？　あのハーブを吸ったためにこの事故が起きたというのか？

背筋にざわざわと悪寒が走る。

胸が締めつけられ、口の中がからからに乾く。

携帯電話が着信を告げたのは、ちょうどその時だった。

心臓が跳ねる。

表示部には曽我の名前があった。雅彦は飛びつくようにして通話ボタンを押す。

「先輩、今、テレビのニュースで……」

『俺も見た。今からすぐ店に来い』

「えっ」

『えっ、じゃねえ！　妙な疑いを掛けられる前に対処するんだよ。いいから急げ』

「でも」

『でももクソもあるか。来なかったら家族に全部チクるぞ。それでもいいのか』


友達から呼び出しを受けた――満更嘘ではない口実で家を出た雅彦は、そのまま店に直行した。

ハーブショップは既にシャッターが下りていたが、雅彦が到着するなり物陰から曽我が現れた。

「家族に怪しまれなかったろうな」

「それはいいですけど、先輩。あの販売していたハーブって、ひょっとして脱法ハーブ……」

言い終わらぬうちに平手で軽く叩かれた。

「声が大きいんだよ、馬鹿！　誰かに聞かれたらどうするつもりだ。ほら、これ」

突き出されたのはレジ袋たっぷりに詰め込まれたハーブだった。受け取ってみるとかなりの量であるのが分かる。

「こいつを始末してこい」

「始末って……」

「このハーブひとかたまりは指定薬物を成分に含んだ品物だ。当座はこれさえ処分しちまえば俺たちが警察に捕まることはねえ。まだこのショップを営業し続けられる」

「……証拠湮滅《いんめつ》ですか」

「人聞きの悪いことを言うなよ。あくまでも疑われる可能性のある品物を事前に処分するだけの話だ」

充分に証拠湮滅ではないかと思ったが、口には出さなかった。

「大体だな。お前が何を勘違いしてるか知らねーけど、これは違法薬物でも何でもない。ただ使い方によっちゃあ違法薬物に近い効果があるってだけだ。仮にだ、仮にこいつの成分のどれかが違法薬物に指定されたとしても、ちょいと調合を変えれば別の物質になるからそれは指定外の薬物になる。俺たちがやってるのは決して犯罪じゃないからな。そこんとこ間違えるなよ」

理屈は何となく分かる。しかし一方、違法ではないのに証拠を隠そうとする曽我の態度は全く腑《ふ》に落ちなかった。

「本当は全部焼いちまうのが一番手っ取り早いんだが、それが無理なら袋ごとどこかに捨てちまえ。ただし、絶対に回収できない場所にだ」

「これ、俺が全部処分するんですか」

「俺の方は完全にマークされてるから持ち出しできないんだよ。何せ宏龍会の準構成員だからな。その点、お前はノーマークで自由に動ける」

ぽんと肩を叩かれたが、不安が消えることはない。

「言っとくけどな。きっちり処分しないとお前に妙な疑いが掛かることになるんだからな。そうなりゃお前の家族がえらく迷惑する」

バイトのことは秘密にしている。今更打ち明けたところで家族が狼狽えるだけなのは目に見えている。

「家族に迷惑掛けたくないだろ」

「……はい」

「よし、それじゃあ解散。追ってまた連絡する」

言い終わると、曽我は駅の反対方向へ駆け出して行った。

人通りもまばらとなった通りで、雅彦は一人途方に暮れる。

しかし、いつまでもそうしている訳にはいかない。ハーブひと袋を胸に抱いて、駅方向に歩き出した。

ところが二、三歩進んだところで足はぴたりと止まった。遠くからパトカーのサイレンが聞こえてきたからだ。

即座に心臓が早鐘を打ち始める。自分を捕まえにくる訳がないと言い聞かせても、鼓動が緩くなる気配はない。そうこうするうちに、サイレンはどんどん接近してくる。

駅方向から迫ってくる回転灯が見えた。

咄嗟に雅彦は脇道に滑り込み、建物の陰に身を隠した。

心臓の音がひどく大きく聞こえる。

畜生、鎮《しず》まれ。

腋《わき》の下から、つつっと嫌な汗が流れる。

呼吸が浅くなる。

回転灯とサイレンが極限まで近づき——そして離れていった。

見つからずに済んだ。

雅彦は肩を落として脱力した。今の数分間だけで一日分の体力を消費したような気分だった。

駅の入口は煌々《こうこう》としているのがここからでも見える。こんな袋を抱いたまま構内に入れば、嫌でも目立ってしまう。

駅に向かうのは断念するしかなさそうだった。

家には持って帰れない。そうかと言って土地鑑のないこの場所で、どこを当てに行けばいいのか。

考えろ。

考えろ。

そして閃いた。

川だ。

電車で東向島に来る途中、高架下で橋を見掛けた。雅彦の記憶が確かなら、駅の北側にその高架があったはずだ。そして橋があるのなら、そこには当然川が流れている。

雅彦は北に向かってとぼとぼと歩き始めた。

それから十分か、二十分か。

土地鑑のなさが不安に拍車をかける。

自分の進んでいる方向が本当に正しいのか疑わしくなる。

すれ違う人々が皆、警察関係者に思える。

どうして俺は今、こんなところを歩いているのだろう。つい一時間ほど前は家族に囲まれて、欲しかったゲームソフトのことを楽しく夢想していたというのに。

いったい誰のせいだ。

少なくとも俺のせいじゃない。俺はハーブの成分も碌に知らされずに品物を渡しただけだ。

では曽我が悪いのか。一瞬肯定しかけたが、よく考えてみると曽我は厚意から自分をバイトに誘ってくれただけではないか。最初から事件に巻き込むつもりなどはなかっただろう。

あいつだ。

あの佐伯大二という男が悪い。あいつさえ運転中にハーブなんか吸わず事故を起こしていなければ、こんなことにはならなかった。あいつは品物を慎重に選んでいる風だった。つまりどんな成分が含まれていれば、より違法薬物として効果的なのかを知っていたに違いない。あいつは違法薬物と知りながら吸引し、ハンドルを握ったのだ。

畜生、何て無責任で恥知らずの大人なんだ。

何の罪もない俺をこんな目に遭わせやがって。

畜生。

畜生。

一度顔を合わせたきりの男に怨嗟《えんさ》の声をぶつけ続けているうち、雅彦はとうとう彼方に橋を発見した。

やった！

逸《はや》る気持ちを抑えてその方向へと急ぐ。近づくごとに安堵する。橋の真下には小さいながらも、やはり川が流れていた。

橋の中央まで進んで川面を見下ろす。それほど急ではないが、ハーブの欠片を流し去るには充分な流れと思われた。

周囲に人影がないことを確認してパッケージを破る。逆さに振ると中身のハーブがひらひらと川面に向かって落ちていく。

ひと袋、そしてまたひと袋。

雅彦は周囲に神経を集中させながら廃棄作業を続けた。茶褐色のハーブが真下の川面を埋め尽くし、そして緩やかに流されていく。

ようやく全てのハーブを廃棄し終えると、後には空のパッケージだけが残った。雅彦は橋の上に座り込み、今度はパッケージを細かく裁断し始めた。細かくしてしまえばこれは紙の塊に過ぎなくなる。コンビニエンスストアの店先に設《しつら》えてあるゴミ箱に少しずつ捨ててしまえば、誰にも気づかれないだろう。

すっかり裁断したパッケージの塊は、何とかズボンの両ポケットに収めることができた。

雅彦はその膨らみを手で隠すようにして、今来た道を引き返す。

仕事をやり遂げた達成感で胸が充足したがそれは一時のことで、今度は後悔の念に苛《さいな》まれ始めた。

曽我が何と言い繕おうと、これは証拠湮滅に違いなかった。そして自分はそれを実行してしまった。もし曽我の行為が犯罪と認定されれば、自分はれっきとした共犯者ということになる。

共犯者。

ほんの数分前まで思いつきもしなかった単語が、今や凶器となって雅彦の心を貫く。

自分は何も悪くない。

そうだ。

俺は被害者なんだ。

雅彦は家に戻るまで、ずっとその言葉を胸の裡で繰り返していた。


翌日になって、また携帯電話に曽我から連絡が入った。

『首尾はどうだった？』

あの後ハーブ全てを川に流したことを報告すると、曽我も安堵した様子だった。

『ご苦労さん、よくやってくれた。やっぱりお前、有能だわ』

「どうも」

『ビビったりしなかったか』

「……ちっとも」

『頼もしいじゃねーか。それでこそ秋山だよな。紹介する俺も鼻が高いや』

「紹介？　紹介って何です」

『いや、お前が有能だってことが分かったからさ。今度、正式に店のオーナーに紹介してやろうと思ってな』

「先輩が店長じゃなかったんですか」

『俺はただの雇われ店長だよ。オーナーはちゃんと別にいるんだけど、今度の一件で是非お前の労をねぎらいたいと言ってるんだ』

3

曽我に連れられて行ったのは、一階に中華料理屋の入った雑居ビルの最上階だった。まだ真新しいビルで、ドアには〈瀬能《せのう》出版〉と金メッキのプレートが嵌められている。

出版会社だから、中は書籍や原稿で溢れ返っているかと思ったが、部屋の中央に四脚の机があるきりで書物や本棚の類はどこにも見当たらない。

「連れて来ました」

引き合わされたのは瀬能という三十代の男で、高級そうなスーツに華奢な身を包み、これまた高級そうな椅子に座っていた。

「おお、お前が噂のルーキーかよ」

瀬能は立ち上がると、雅彦の手を両手で握り締めた。今までこんな風に扱われたことがなかったので雅彦は驚いた。

「雅彦くんのお蔭で東向島の店が助かった。あの店は結構売り上げを伸ばしていたから、畳むとなると痛手だった」

店舗には翌日、警察の立ち入り調査が入ったのだが、違法と疑われそうな商品は前夜のうちに雅彦が処分したため摘発を免れていたのだ。

「今、バイト代の時給はいくらだ？」

「千円です」

「よしっ、今回の手柄を勘案して三千円に昇給してやろう」

「えっ。嬉しいですけど、でもあれってただの店番ですよ。そんなにもらっちゃあ……」

「違うんだよ、雅彦くん」

瀬能は人差し指を振ってみせる。

「給料というのは流した汗の量で決まるんじゃない。責任の重さ、侠気《おとこぎ》の大きさで決まるんだ」

「侠気？」

「そうだ。自分の身一つで組織を庇う。一人だけで皆が嫌がるような汚れ仕事をする。そういうのが男の仕事だ。そういう仕事をするヤツに大きな報酬を払うのは当然だろ？」

そして肩に手を置かれた。

「聞けばまだ十四歳らしいじゃないか。その齢で大したもんだ、全く」

横で聞いていた曽我も言葉を添える。

「真面目なヤツでしてね、しかも物覚えがいいし機転も利く。即戦力ですよ。それに腕っぷしも強い」

「ほお」

瀬能は感心したように雅彦の肩甲骨の辺りを軽く叩く。

「強いのか」

「まあ……学校じゃ負けたことないです」

「すげえな、お前。ますます気に入った！」

瀬能は親しげに雅彦の背をばんばんと叩く。

「よし、今から一緒に飯食いに行こう。おう圭介、ちょっと留守番してろ」

曽我を残し、瀬能は雅彦を連れて外に出た。どこか近所の定食屋にでも行くのかと思ったが、舗道に出るなり瀬能はタクシーを止めた。

「六本木までやってくれ」

このままどこに連れて行かれるのだろう——不安に思っていると、タクシーは瀬能の指示で六本木のレストラン前に停まった。

中に入ってたちまち緊張した。恭《うやうや》しく出迎えるボーイとウエイトレス、内装は雅彦が見たこともないほど豪華で、高い天井から吊り下げられたシャンデリアは燦然《さんぜん》と煌めいている。その光を見ていると眩暈《めまい》がしそうになる。

周りにいる客もきちんとした身なりをしている。普段着のままやって来た雅彦は危うく逃げ出しそうになった。

選ばれた者だけが出入りできる場所だと思った。

「さ、何でも好きなものを注文してくれ」

目の前に開かれたメニューには見たこともない料理が載っていた。だが雅彦が一番驚いたのは料理の写真ではなく値段だった。すぐ目についたステーキは二百グラムで一万二千円、一番安い炭酸ミネラルウォーターでも千五百円。

慌ててメニューを返そうとしたが、瀬能に突き返された。

「大人が好きなもの頼めって言ってるんだ。遠慮なんかするな。よし、この一番高価《たか》いサーロインステーキにするか」

雅彦の返事も確かめずに瀬能は二人分のステーキを注文する。

それからの一時間はまるで夢心地だった。緩やかなピアノが流れる中で味わう料理は、声が出るほど美味しかったが、値段を思い出す度に顎が止まる始末だった。

「こういう場所は初めてか」

「はい」

「お前ならここの常連客になれる」

瀬能は肉をがっつきながら言う。

「本当の男ってのはな、早くから自分の居場所を見つけるもんだ。どうだ、今すぐとは言わん。バイトと言わず、将来は俺の下で働いてみないか」

饗応というのはこういうことを言うのだろう。高級なレストランで美味しい料理を口に運びながら、自分への賛辞を浴びる。

学校では級友からも担任からも疎まれ、火事で焼け出されてからは社会からも弾かれたと思っていた。そんな自分を認めてくれる人がいる。高級レストランが相応しいと誉めてくれる人がいる。

雅彦は料理と言葉に酔い痴《し》れ、しばらく時の経つのも忘れていた。

曽我から聞いていたので、瀬能が宏龍会の構成員であることは知っていた。要はヤクザだ。だが瀬能の立ち居振る舞いやカネの使い方を見ていると、ただヤクザを悪者だと決めつけていた自分の常識が幼稚に思えてくる。

「瀬能さん、何歳なんですか」

気になったので訊いてみた。

「三十一」

三十を過ぎたばかりで小さいながらも会社のオーナーになれるのかと、雅彦は感心する。

だが裏を返せば、二十代からこの世界にいなければ、この若さで今の地位には上れなかったはずだ。

「あの……今の会社に入ったきっかけは……」

勇気を出してそう切り出すと、瀬能は軽く噴いた。

「か、会社って。いいよ、どうせ俺の素性は圭介から聞いてるんだろ。格好つけなくていいからよ。きっかけ、ねえ。あのな、たとえばサッカー選手に憧れてクラブに入るとか、画家に憧れて絵を描き始めるとかはあっても、ヤクザに憧れて事務所のドア叩くヤツはいない訳だよ。分かるか？」

「何となく」

「俺もそうだし兄貴たちもそうだけど、ヤクザになろうとしてなったヤツはあんまりいないんじゃないのか。別に資格も特技も問われないしな。知り合いにヤクザがいてつるんでいるうち、知らん間に自分もヤクザになってた……そういうのがほとんどだと思うぞ」

瀬能の説明では、自然に引き寄せられた者が多いということになる。つまり共同体のようなものだ。

そう考えると、急に瀬能や曽我が身近に感じられた。社会から弾かれたという共通点を持つ男たちの共同体。カネ儲けや義務で繋がった人間関係よりは、ずっと健全なような気がする。

レストランでのひと時を境に、雅彦は瀬能に懐いていった。店でのバイトの帰り、一週間に一度は事務所へ顔を出すようになった。嬉しかったのは、事務所に組関係の人間が居合わせると、「こいつ見どころがあるんですよ」と、例外なく紹介してくれることだった。組の関係者から親しく言葉を掛けられる度に、自分がより深く受容されていく感じがした。

顔を覚えられると他の仕事を割り振られるようになった。事務所の別室で脱法ハーブを作るのだ。

作り方は至って簡単だった。道端や公園に生えている雑草でも何でもいい。とにかく葉っぱを集めてきて、これに中国の工場から輸入された合成粉末を振り掛ける。後はひたすら乾燥させるだけだ。なるほど道端の雑草を原材料にするのだから、粉末以外に元手はかからない。粗利が大きい訳だ。

そこいらの雑草に粉末を塗《まぶ》し、紙袋に入れて値段は二千円そこそこ。何と割のいい商売だろう。まるで枯草を高く売るようなものだ。

しばらく事務所に出入りしていると、雅彦の周囲は俄《にわか》にざわめき出した。

こればかりは本当に不思議なのだが、どこからともなく〈雅彦がヤクザの事務所に出入りしている〉という噂が囁かれるようになったのだ。誰に目撃された覚えもないのに噂の内容はかなり正確で、曽我の名前も取り沙汰されていたのだから侮れない。

ただし雅彦自身はあまり気にも留めなかった。

箔《はく》、とでも言うのだろうか。噂が広まるにつれて雅彦は以前にもまして弾かれるようになったが、それで疎外感を感じることはなくなった。いや、学校で弾かれれば弾かれるほど瀬能たちへの依存度が高まっていく。雅彦にはそれが嬉しくてならなかった。

本当の男は早くから自分の居場所を見つけるものだ、と瀬能は言った。それはまさしく雅彦のことではないか。自分は早くも瀬能たちの集まりを自分の居場所と見定めている。

一方、クラスメートたちの反応はひどく露骨だった。男子も女子も雅彦が近づいて来ると、さっと身を避《よ》ける。ちらちらとこちらを盗み見る視線はすっかり怖気《おじけ》づいている。何のことはない。雅彦をヤクザと同様に扱っているのだ。

店の番にハーブの製造が加わると、家に帰る時間が更に遅くなった。最近では家族と顔を合わせることも少なくなってきた。ただし同じ部屋を使っているので、どうしても太一とは言葉を交わさざるを得ない。

「最近、遅いね。兄ちゃん」

太一は悪気なく訊いてくる。

「ひょっとしてバイトとかしてるの？」

弟の癖になかなか鋭い。こういう時、太一に嘘を吐いてもすぐ分かってしまうのは経験済みだ。

「これ以上、カネのことで母さんに気を遣わせたくないからな」

「どんな仕事さ」

「そこまで教えたくない」

「おカネ儲かるんなら僕もやってみたいな」

「お前は絶対にやるな」

雅彦は太一を睨みつける。弾かれた自分はともかく、皆に好かれる弟を道連れにするつもりは毛頭ない。

「母さんとか他のヤツらには言うなよ」

「どうして」

「だって中学生がバイトしてるってだけで心配するじゃないか」

太一は不満そうに唇を尖らせる。その顔を見て合点がいった。

本当は太一も心配しているのだ。


雅彦がバイトに励んでいるうち、警察とマスコミは脱法ハーブのことを危険ドラッグと改称するようになった。

名前を変えたくらいでハーブの利用者が怖気づくことはなく、却って瀬能の店には好奇心を丸出しにした初見の客が来るようにさえなった。本当に危険なものなら、ヤクザでも何でもない一般人が買い求めるはずがない。だから自分の売っているモノは世間で言われるほど危ないものではない——雅彦はそう自分に言い聞かせた。それくらいに思っていなければ、とても平静な気持ちで店にいることができなかった。

だが、とうとう自分を騙し果《おお》せなくなる時が到来した。

ある日、同じクラスの輝美《てるみ》が鬼のような形相で雅彦に食ってかかったのだ。

「雅彦。あんたでしょ、ウチのお父さんに変なクスリ売りつけたのは！　今更、とぼけてんじゃないよ。このヤクザ」

普段は碌に口も利かない。それでなくても目立たない存在の輝美からヤクザ呼ばわりされて、すっかり面食らってしまった。

「お、お前何言ってるんだよ」

「あんたがヤクザの手下になってることなんて、みんな知ってんだからね」

輝美の激昂した理由はこういうことだった。

一昨日、自衛官である輝美の父親が訓練中に銃を乱射、数名の死傷者を出すという事件が発生した。父親はその直前、危険ドラッグを吸引していたのだという。

「あたし、知ってる。お父さんは非番の時、東向島の商店街へよく散歩に行くんだ。あんたがクスリを売ってる店って、あそこにあるんだろ」

雅彦は愕然とした。

事件報道を見た瀬能からはすぐに指示が下りていた。自衛官が東向島の店でハーブを購入した可能性が高いので、少しでもそれらしき商品は即刻撤去しておけ——そう命じられ、雅彦はその日のうちに大量の商品を始末したばかりだった。

しかし、その自衛官がクラスメートの家族だったとは夢にも思わなかったのだ。

「どうやって責任取るのよ」

輝美は殺気の籠もった目で雅彦を睨みつける。

「お父さん、同じ隊員の人を撃ち殺した。殺人犯になったんだよ。優しいお父さんだったのに、ひ、人殺しになった。もう自衛隊辞めなきゃいけない。刑務所にも入らなきゃいけない。もう、ウチはメチャクチャになった。いったい、どうやって責任取ってくれるのよおっ」

いきなり輝美が殴りかかってきた。

たかが女子だ。普段なら避けるなり、手で受け止めるなりできたはずだが、防御本能が麻痺してしまっていた。

放たれた右の拳が左頰を直撃した。もちろん男子のそれよりは威力がなく体勢を崩すこともなかったが、不思議に痛かった。

「この、ヤクザ！　お前のせいで、お前のせいで……」

二度三度と拳が飛んでくる。まるで身体が動かず、雅彦はただ殴られるに任せている。

突き飛ばされて床に倒れると、輝美が上に覆い被さってきた。

「お前なんか死んでしまえっ」

雅彦は凍りついた。

今まで色々な言葉を浴びせられたが、死ねと言われたのはそれが初めてだった。

「お前が生きてたら迷惑なんだよ、このヤクザ！　死ね。死んじまええええっ」

さすがに他の女子が見かねて止めに入ったが、それで収まる輝美ではなかった。何度も何度も雅彦は胸を叩かれた。

そのうち、頬の辺りにぽたぽたと水滴が落ちてきた。涙だ。輝美は泣きじゃくりながら雅彦を殴り続けている。

「このクソヤクザ。ウチの中、メチャクチャにしやがって。お母さんは寝込むし、近所からは嫌がらせされるようになるし。あたしたちに何の恨みがあるのよ。優しかったお父さんを返せ。元気だったお母さんを返せ。平和だったウチを返せ」

ひと言ひと言が胸に突き刺さる。殴られる痛みより、そちらの方が数段応えた。

授業開始のベルが鳴り、やって来た教師によって輝美は引き剝がされたが、呪詛《じゅそ》の言葉は止まるところを知らなかった。

雅彦はKOを食らったボクサーよろしく、よろよろと自分の席に着いた。

嗤《わら》われた時は無視ができた。蔑まれた時には聞き流すことができた。

しかし向けられた憎悪に対処する術は知らなかった。

授業が始まっても教師の声はひと言も耳に入らない。頭の中に響いているのは輝美の罵声だけだ。

俺が輝美の家庭を破壊した。

家を焼け出された時、自分は火災の原因を恨んだ。家族に手を差し出してくれない世間をとことん憎んだ。

それなのに、今の自分は輝美に同じ仕打ちをしているのだ。

罪悪感と自己嫌悪で身体が石のように固まる。心の芯から自分が腐っていくような気がした。

その日の夕方、雅彦は事務所を訪れた。

「雅彦。どうしたんだよ、その顔」

瀬能は雅彦を見るなり、驚いてみせた。

「クラスの女の子に殴られました」

「クラスの女？　はっはっは、お前その齢で二股でもかけたのかよ。なかなか隅に置けねえな」

「……俺を殴ったのは、危険ドラッグを吸引して銃を乱射した自衛官の娘です」

そう答えると、瀬能は笑い顔をさっと引っ込めた。

「何でその娘がお前を殴るんだよ」

「その自衛官は非番の時、よく東向島の商店街を散歩していたって」

「ちっ、そういうことか」

瀬能は舌打ちをして自分の顎を撫でた。

「現物を撤去してあるから現行犯で挙げられることはないにしても、警察から疑われたらちいっと厄介だな」

「あの、ひょっとして俺の売ったハーブが本当に乱射事件を引き起こしたんですか」

「そいつはまあ、確率論てヤツだ」

「確率論？」

「ロシアン・ルーレットって知っているだろ」

聞いたことはある。回転式のピストルに一発だけ銃弾を塡《こ》め、一人ずつ順番に引き金を引いていくという死のゲームだ。

「あれと一緒さ。どのハーブが作用して客を凶行に走らせるのか。調合された化学物質の性質か、それとも量か。そんなこたあ、誰にも分からない。おそらく使った本人でもな。分かっているのはクスリのロシアン・ルーレットを続けていけば、運のいいヤツは最後まで生き残るだろうし、運の悪いヤツは正気を失ったまま事件や事故を起こす。でもな、そりゃあ弾倉に弾を仕込んだ人間の責任じゃあない。当たり、いや、この場合は外れか。そいつを引いたヤツのくじ運が悪かっただけの話さ」

詭弁《きべん》であることは雅彦にも分かった。大体、ピストルに弾を入れなければ誰も死ぬはずがないではないか。

すると瀬能は、雅彦の心中を見透かしたように皮肉な笑みを浮かべる。

「今、下手な言い訳だと思わなかったか？　弾を塡めたヤツも同罪だと思わなかったか？　ところが、これが違うのさ。別に俺たちが弾を用意しなくたって、ゲームを楽しみたいと思うヤツらは必ず他から弾を調達してくる。そう、必ずだ」

「……どうして、そう言い切れるんですか」

「それがあいつらの本性だからさ。あんな風にニュースネタになっちまうとハーブを吸ったヤツも被害者だみたいな論調になるが、俺に言わせりゃお笑い草だ。あいつらだってハーブに麻薬と同じ作用があることを知っている。知っているから買い求めるんだ。何故だか分かるか。麻薬と同等の作用がありながら、違法じゃなくて捕まらないからだ。何のこたあない、あいつらは一人残らずジャンキーなのさ。ジャンキーなのに自分がオシャレでカッコイイとか思っている。被害者面するなってんだ。知能の低いジャンキーの癖しやがって。人を撥ねて、銃を乱射して、それぞれ一生を台無しにしたところで、そりゃあ自業自得ってもんだ」

瀬能はけたたと嗤う。嗤っている対象はもちろん顧客だろう。

瀬能の話にも一理あると雅彦は思った。自分が最初に接客した作業着姿の男。彼も執拗な品定めをした上で商品を買っていた。あの熱心さを思い返すと、たとえ東向島の店がなくても他の店でお気に入りのハーブを求めただろう。一概に彼らを被害者と括ってしまうのに抵抗があるのも事実だ。

しかしあくまで一理は一理にしか過ぎない。その一理に正当性があったとしても、瀬能の行為を正当化することはできない。

「……それでも、やっぱり俺は嫌です」

「おお？」

「俺が売ったかも知れないハーブでどこかの家が、誰かの人生が壊れるのは嫌です」

「ほう。ずいぶん殊勝なことを言うじゃないか」

「瀬能さん。すみません、このバイト辞めます」

「辞めるだと？」

不意に口調が変わった。瀬能はくいくいと人差し指で雅彦を近寄らせる。

「本心から言ってんのか？」

はい、と返事をしかけた時、いきなり横っ面に拳骨が飛んできた。

堪らず雅彦は真横に倒れた。

「ふざけるんじゃねえよ」

頼れる兄貴からヤクザに変貌した瞬間だった。

「何、今更綺麗ごと言ってやがる。新宿三丁目で起きた暴走事故も自衛官の乱射事件も、全部手前《てめ》ェが関わってるんだ。確かに直接お前が手を下した訳じゃないが、全く無関係だと思ったら大間違いだぞ」

「さっきは確率論だって……」

「言ったさ。しかしな、それとは別の問題がある。お前、ハーブの製造にも手ェつけただろ。店で売ってるだけなら知らぬ存ぜぬでも通るだろうが、製造にまで首突っ込んじまったら何の言い訳もできねえぞ」

やっと目が覚めた。

この男は自分を認めてくれた訳ではなかった。

ただ安価で扱い易い労働力が欲しかっただけなのだ。

瀬能は腰を屈め、雅彦の頭を鷲掴みにする。痩せぎすの身体には似合わない力で、雅彦は微動だにできない。

これが大人の力だった。同じ中学生を相手にするのとでは全く勝手が違う。

「分かるか。もうお前は俺たちの共犯者なんだよ。そんなヤツを簡単に辞めさせると思うか？　その辺の甘さはやっぱりガキだな」

頭を上から押さえつけられると、口を開くこともできなかった。

「お前はバイト感覚だったのかも知れんが、こっちは遊びじゃねえんだ。公園の水鳥と一緒でな、優雅に泳いでいるようでも水面下じゃあ必死に足を掻いてるんだ。ん？　分かってんのか」

瀬能が少しだけ力を緩めたので、わずかに口を動かすことができた。

「お願いします。抜けさせてください」

「抜けさせてくれ、か。まるで一人前のヤクザの言い分だが、手前ェがそれを言うのは十年早い。その台詞は取りあえず十年後にもう一度聞いてやる」

「じゅ、十年後って」

「まあ、そん時にゃ一端のヤクザに成長しているから、そんな台詞を吐こうとも思わんだろうけどな」

「お願いしま」

最後まで言葉は続かなかった。また瀬能が頭を押さえつけたからだ。

「お願いする中身が違うだろ？　抜けさせてくださいじゃない。これからも末永くお願いします、だ。ほれ、立て」

無理やり立たされた。

「言ってみろ。これからも末永くお願いしますって」

暴力には多少慣れているので痛みは堪えることができた。一方、背中に這い上がってくるような恐怖だけは如何《いかん》ともし難い。

生来の向こう気の強さが服従を拒んだ。

「バイト、辞めさせてくださ」

また最後まで言えなかった。

鳩尾の深いところに瀬能の拳がめり込んでいた。

「ぶふうっ」

雅彦は前屈みになって空嘔《からえずき》をする。胃の中身が食道までせり上がった感覚だった。

「好きだぜ、そういう強情さ」

そしてもう一発。

「でも、そういう返事は嫌いだな」

前屈みになった雅彦の背中に両方の拳を叩きつける。雅彦は糸の切れたマリオネットのような格好で床に伸びる。

「色々と会社の内情を知っちまったんだ。そうそう簡単に抜けられる訳ないだろう」

「誰にも、誰にも言いませんから」

「お前よ、自分の体裁だけ考えてるみたいだけど、家族のことを少しでも考えたか」

——え？

「ここでお前が抜けてみろ。俺たちにとっちゃあ、お前がいつ警察にタレ込むか分かったもんじゃない。おちおち枕を高くして寝られやしない。そういう時にはな、人質って便利なものがあるんだ」

「まさか……」

「そのまさかさ。母親と弟がいるんだってな。お前が抜けた途端に、二人がどこかで災難に遭うかもな。さあて陸橋の階段から転げ落ちるか、それとも暴走車に撥ねられるのか」

ぞっとした。

どうせ自分の愚かさが招いた結果だ。自分の身体が痛めつけられるのは構わない。しかし家族は無関係だ。景子と太一が瀬能たちの手に掛かるのを想像すると、恐怖心が胸を貫いた。

「さあ、答えろ」

瀬能の顔が眼前に迫る。だが目の前に浮かんだのは景子と太一の顔だった。

まるで鉛を吐き出すような思いで口を開く。

「これからも……よろしく、お願いします……」

4

雅彦が家に戻った頃には夜の九時を少し回っていた。一階の工務店からはまだ煌々とした灯りが洩れている。

汚泥に首まで浸かった気分だった。屈辱感と敗北感で身体も魂も薄汚れ、自分は悪臭を放っている。家族に見られたくない、できればこのまま消えてしまいたい。

そっと引き戸を開ける。従業員たちは既に帰ったらしく、奥の方に法被《はっぴ》姿の善吉だけがいた。鉋《かんな》を目の高さまで持ち上げて刃口を凝視している。通り過ぎたい気持ちもあったが、前回こっぴどく叱られた記憶がそうさせなかった。

「ただいま」

「おう」

無愛想な声だけが返ってくる。この祖父の数少ない長所は、この時間に帰って来てもあれこれと詮索しないことだ。その日のうちに帰宅し、ちゃんと挨拶しさえすれば何も文句は言わない――はずだった。

「雅彦。ちょっとこっちへ来い」

しわがれた声だが威圧感は半端ではない。居間に向かおうとした足は、びくりと停止する。

「早く来い」

逃げ出したい気持ちとは裏腹に、身体は勝手に向きを変えて善吉の方に進んで行く。

「そこに座れ」

命じられるまま善吉の前に座らされる。

善吉は目の高さに掲げた鉋に視線を固定して話し始める。

「今日、妙な噂を聞いた。お前最近、碌でもない連中とつるんでるそうじゃねえか」

やはりその話か。

噂が最後に伝わるのは本人、その直前は家族だ。してみると雅彦のよからぬ噂はほとんどの関係者に行き渡っていることになる。

「その顔、どうした。どう見ても殴られた痕だな。誰にやられた」

一瞬、全てを打ち明けようと思ったが、瀬能の脅し文句が告白を思い留まらせた。もしも不用意に危険ドラッグの件を洩らしてしまえば景子と太一、ことによると善吉や春江にも累が及ぶかも知れない。

駄目だ。それだけは絶対に避けなければ。

何をどう答えようか逡巡していると、善吉は徐《おもむろ》に鉋を作業台に置いた。

そして雅彦の目を覗き込む。

何て爺さんだ。

声もそうだが目力《めぢから》も半端ではない。重そうに目蓋が半分下りているものの、眼光はまるで槍のようだ。視線が実体化すれば、雅彦の身体におそらく貫通していることだろう。

「どうした。答えは、はいかいいえのどちらかだぞ」

やっとの思いで浅く頷く。

「お前の意志か。お前がよかれと思ってそいつらと付き合っているのか」

これに答えてしまえば、後は芋づる式に全部打ち明けなければならなくなる。雅彦は必死に首を振るのを堪えた。

「答えたくないか」

また浅く頷く。

善吉はまだこちらを睨み続けている。射竦《いすく》められて、雅彦は身体を縮みこませる。緊張で指先が冷たくなり、腋からは大量の嫌な汗が噴き出してきた。ヘビに睨まれたカエルというのは、きっとこういう状態を言うのだろう。

「お前の気持ち次第だ」

沈黙を破ったのは善吉だった。

「俺はそんなに賢くないし世間も広かねえ。他人より知ってるのは精々大工道具の扱いと建てた家の良し悪しくらいのもんだ。だから最近のヤクザがどんなもんなのか、お前の付き合っているヤツらがどんな人間なのかも知らん。それに世間の評判が悪くたって尊敬できる人間はいくらでもいるし、その逆だってある。そいつらも世間から見てろくでなしでも、お前にしたら先生以上の人間かも知れん」

違うよ、爺っちゃん。

あんなヤツら、尊敬なんてできるものか。逆だ。自分が今まで見てきた中で最低の人間なんだ。

「どんなダチを作るかなんざ本人の勝手だ。親や周囲がとやかく言うこっちゃねえ。かく言う俺だって、昔からの知り合いは半分が凶状持ちだからな。元よりそんな資格もねえ。けどな、自分で選んだ限りは筋を通さなきゃいけねえ。ダチが困っていたら、どんな時でも助ける。ダチを正当な理由もなく罵《ののし》るヤツを許さない。親兄弟に嘘を吐いてもダチには吐かない。そして決して裏切らない。そういうことを全部守れるんだったら、お前が誰をダチに選ぼうが俺は何も言わんし、文句を言うヤツに全力で文句を言ってやる」

不意に善吉の目尻が緩んだ。

間近に見て思い出した。ずっと昔、こんな目で見つめられたことがあったのだ。

そうだ。五年前ここに来た時、当時五歳の太一が公園の遊具から落ちて怪我をした。工務店まで一キロ以上の道程だった。途中で何度か挫けかけたが、雅彦は太一を背負って歩き通した。すると家で二人の帰りを待っていた善吉は雅彦を抱き上げ「よくやった」と誉めてくれた。

　これはあの時の目と同じだった。

　自分で自分を殴りたくなった。

　何て馬鹿だったのだろう。

　自分を認めてくれた人間がこんな近くにいたではないか。あんな瀬能の軽々しい言葉ではなく、温もりのある両腕で伝えてくれたではないか。

　もう堪えていられなかった。

　噛み締めた歯の間から細い嗚咽が洩れ始める。途中で止めようとすると更に大きくなった。

　やがて目の前が熱くなり、大粒の涙があふれた。

　畜生、泣きたくないのに。家族の前で泣きたくなんてないのに。

「ほれ」と、手拭いを差し出された。

「やっぱり兄弟だな。泣き方が太一とそっくりだ」

　しばらく雅彦は手拭いに顔を押しつけたままで泣き続けた。

　そして涙が涸れかけた頃からぽつりぽつりと事情を説明し始めた。先輩の曽我と偶然会ったこと、誘われるままにハーブショップのバイトを始めたこと、そして実はそれが危険ドラッグであり証拠湮滅に加担したこと――。

不意に善吉の表情が変わった。

「それなら雅彦。お前は新宿の暴走事故の原因がその葉っぱかも知れないのに、バイトを続けていたのか」

「うん」

「馬鹿野郎！」

怒声とほぼ同時に平手が飛んできた。

首が捥《も》げるかと思った。

だが、ビンタはその一発だけだった。叩かれた頰がじんじんと熱くなるが、不思議に苦痛ではない。

雅彦は途切れ途切れに説明を続ける。クラスの輝美に責められて己の罪に気づいたこと、バイトを抜けさせてくれと申し入れたところ瀬能に脅かされたこと、従属を誓わされたこと。

「そうか」

全てを訊き終えた善吉は視線をついと外した。

「お前、最初はその曽我とかいう先輩にも瀬能とかにも気を許したんだな。それはどうしてだ」

雅彦はしばらく考えてから答えを捻り出した。

「何だか、そこが俺に相応しい場所みたいに思えたから」

「お前に相応しい場所だと」

「俺は前の学校でも札付きで、今も同じだ。クラスのヤツらにも先公たちにも怖がられている」

「そんなもの、怖がられてるんじゃない。嫌われてるだけだ」

「でも、俺にはそれしかないんだよ！　どうせ今の成績じゃあ碌な高校にも行けない。就職するにしても、あまりぱっとしないところしか口がない。そんなのカッコ悪いじゃないか。まだ二十そこそこで人生の負け組なんて。だけどあいつらと一緒だったら、もっと違った可能性が出てくると思った」

「この馬鹿野郎」

今度は脳天に拳骨を食らった。

「痛《いて》ェなあ。まだ殴られるのかよ」

「当たり前だ。子供が間違っていたらその場で叱る。それが年寄りの役目だってのを知らねえのか」

「どこが間違ってるんだよ」

「たかが十四、五歳の分際で己の人生を決めつけることがだ」

「十四、五にもなれば選択肢なんて限られてくるんだよ」

「それが馬鹿だって言ってんだ。その気になりゃあ人生の選択肢なんぞいくらだってある」

「そんなのないんだったら。全然、見えねえもん」

「見えないのは探さないからだ。まさかぼうっと突っ立ってたら、向こうから明るい未来とやらがやって来るのか。ふざけるんじゃねえ。そういうのは自分で歩いて、草を掻き分けて、爪先立ちして探すもんだ」

「だって」

「だってもクソもあるか。勝手に自分を決めつけて、勝手に不平不満拵えて、勝手に諦めやがって。少し自分の思い通りにならないと、すぐにへそ曲げやがる。要は楽な方楽な方に逃げてるだけじゃねえか。汗も涙も血も流さんような怠け者に、どこの誰が振り向いてくれるってんだ。いいか、ヤクザってのはそういう努力を放り出した怠け者の末路なんだ。今度呆《ほう》けたこと言い出したらタダじゃおかねえからな。よおっく覚えとけ」

善吉は雅彦の頭を乱暴に撫でてから、作業台の鉋を工具箱に仕舞い込む。

それから奥の部屋に向かって声を掛ける。

「婆さん。今から雅彦と一緒にちょっと行ってくらあ。玄関に鍵ィ掛けといてくれ」

春江の返事が聞こえると、善吉は法被姿のまま工務店の引き戸を開けた。

「行くぞ」

善吉に案内を命じられて、雅彦はまた事務所の前に戻って来た。

「ここか」

「そうだけど……爺っちゃん、いったいどうする気だよ」

それには答えず、善吉はいきなりドアを拳で殴り始めた。どうやらノックのつもりらしい。

『やかましいっ、誰だあっ』

「誰だと訊かれたから入るぞ」

怖ろしい理屈をつけて善吉は事務所の中に足を踏み入れる。中には瀬能と曽我がいた。

すぐさま反応したのは曽我だ。

「何だ、あんた」

「ここにいる馬鹿の爺いだよ」

すると瀬能が椅子から立ち上がった。

「やあ、これはこれはお爺さん。いったい当社に何の御用で……」

「この馬鹿の落とし前をつけさせてもらおうと思ってな」

そう言って、瀬能の机の上に白封筒を投げ出した。

「これは？」

「中身を検《あらた》めてくれ。こいつが今まであんたからもらったバイト代、全額が入っている」

瀬能は封筒の中を一瞥してから向き直る。

「どういうご趣旨ですか」

「趣旨もへったくれもねえさ。あんたのところのいかがわしいバイト、今日限りで辞めさせてもらう。あんたも肩書持ってるんなら、子供が謝ったくらいじゃ引っ込みがつかんだろう。だから俺が代わりに謝りに来た」

どう見ても謝っているようには見えない。

同じことを思ったのだろう。瀬能は怒りを堪えるかのように、こつこつと指で机を叩き始めた。

「その様子じゃ雅彦くんから全て事情を訊いたみたいですね」

「ああ」

「それなら、あんたの孫が相当ヤバい立場に置かれているのも承知しているはずだ」

「ああ」

「お孫さんを引き渡したら、俺たちがヤバい立場になることもだろ。そんな状況で、俺があんたの要求を呑むと思ってるのか」

「呑んでもらわにゃならん。保護者だからな。孫がみすみす愚連隊の仲間入りするのを放っちゃおけん」

「愚連隊ってのはいつの時代の言葉だよ。とにかく、そんな冗談に付き合ってる暇はない。とっとと帰れ、クソジジイ」

瀬能はそう言って封筒を床に投げつけた。

「カネをぞんざいに扱うな」

「けっ、そんなはしたガネ」

「とにかくこれで筋だけは通させてもらった。金輪際、孫には関わらんようにしてくれ」

「呑み込みの悪いジジイだな。そいつはもう俺たちの片棒を担いでいる。おいそれと手放すなんてできねえんだよ。それに共犯てことになったら、そいつだって警察の厄介になるんだぜ」

「悪さをしたら叱る。罰があるなら従わせる。いくら孫だからって黙認するつもりはねえ。赤の他人のお前らには尚更だ。しかし今ならまだ大目に見てやる。お前らの悪行、警察には黙っててやるから店ェ畳んでどこへなりとも行っちまいな」

「何を上から目線で喋ってるんだよクソジジイ」

今まで二人のやり取りを見守っていた曽我が初めて口を開いた。だが善吉はまるで取り合おうとしない。

「お前も孫とそう変わらん子供だろう。さっさと家へ帰って寝ろ。雅彦、用が済んだから俺たちも帰るぞ」

「勝手なこと言ってんじゃねえよっ」

目の前を通り過ぎようとした善吉に、曽我が背後から摑み掛かろうとする。

それは本当に一瞬だった。

目にも止まらぬ速さで後方に振った善吉の裏拳が、曽我の顔面を正確に捉えたのだ。

ぐしっという音とともに曽我が後方に倒れる。勢いよく迫ったのがカウンターになった。

見ている雅彦が思わず自分の鼻を庇ったほどだった。

「おっと悪いな。つい手が出た」

床に倒れた曽我は鼻を押さえながらのたうち回っている。両手の隙間からは血も溢れ出ている。この様子では当分、立ち上がれないだろう。

「この野郎」

瀬能が机を飛び越えて来る。

「敬老精神はここまでだ。老人ホームより先に病院へ行ってもらうぞ」

善吉は呆れたように言う。

「もう少しマシな喧嘩台詞を思いつかんのか。聞いているこっちが恥ずかしくなる」

「すぐに何も聞こえなくしてやらあ」

言うが早いか、瀬能は右足を繰り出す。狙ったのは善吉の脇腹だった。

避けろ。

雅彦がそう念じた瞬間、善吉の片手がその足首を捉えた。そして身体を捻ると、瀬能もまた身を捩《よじ》らせて転倒する。

とても八十歳の運動神経とは思えなかった。

「クソッ」

瀬能は仰臥《ぎょうが》体勢から再び足を振り回す。善吉の膝辺りを蹴りつけるつもりらしい。だが善吉がひょいと片足を上げたため、盛大な空振りになった。

「ち、畜生っ」

「クソだとか畜生だとか、ちょっとは上品な言葉を使え」

どの口でそれを言うんだと思った。

「殺してやる」

慌てて立ち上がり、八十歳の老人に向かって身構える。少しは善吉の戦闘能力を警戒したようだ。

一方の善吉はと言えば、自然体で両手もぶらりと下げている。

「どうした若いの。そんなに離れていたらこの老いぼれに引導を渡せんぞ」

「うるせえっ」

途端に繰り出される瀬能の右ストレート。

だが善吉はそれを素早く躱《かわ》すなり、右腕を捉えたまま腰を沈める。

これもまた一瞬だった。

一本背負い、一閃《いっせん》。

瀬能の身体は大きく宙を舞い、次の瞬間床に叩きつけられた。

「むうぅっ」

受け身なし、しかも床は薄手のカーペット一枚。投げ下ろされた衝撃は骨身に沁みたはずだ。

「この辺で、やめとけ」

善吉は情けなさそうに言う。

「なりは大きいが無駄な動きが多過ぎる。その程度でこの老いぼれを組み伏せられると増長したか。もうちぃっと鍛錬しておけ。お前ら喧嘩が生業《なりわい》だろうに」

「やかましいっ」

悪態を吐きながらふらふらと立ち上がる。

「いいだろう。ヤクザの喧嘩ってのを見せてやる」

瀬能は机に戻り、回り込んで抽斗《ひきだし》から何かを取り出した。

大振りのサバイバルナイフだった。

「えらく派手な道具だな」

「美しいだろ。趣味で集めてるんだ」

形勢逆転と見たのか、瀬能はようやく笑みを取り戻した。

「まさか実戦で使う羽目になるとは思わなかった」

「やめとけ。お前の腕じゃそんな代物は使いこなせねえ。見てたら分かる」

「使いこなせないかどうか、自分の身体で確かめてみろよ」

「やれやれ」

善吉は軽い溜息を吐いて瀬能に近づく。

「爺っちゃん！」

「雅彦はそこでじっとしてろ。すぐに片づく」

「やっと意見が一致したな。そうだ、すぐに片づく」

机にゆっくりと近づく善吉。

それを待ち構える瀬能。

だが、善吉は雅彦が全く予期しない行動に出た。すっと腰を屈めて縁に両手を引っ掛けると、そのまま力任せに机を持ち上げたのだ。スチール製の事務机ではない。およそ百キロはありそうな社長机だ。それを八十歳の老人がいとも容易《たやす》く抱え上げる。

「わあっ」

瀬能が叫んだ時にはもう遅かった。逃げ場を封じられた格好の瀬能に社長机が上から襲い掛かる。

盛大な音と悲鳴が上がった。

雅彦が恐る恐る覗き込むと、そこには真っ二つに割れた机の残骸と大の字に伸びた瀬能の姿があった。

「要らん力使わせよって」

いや、それって使い過ぎだから――という言葉は奥に引っ込めた。

「こんなことしてただで済むと思ったら、大間違いだぞ」

身動きの取れないまま、瀬能が呻いた。

「宏龍会を敵に回して生きていられると思うなよ」

すると善吉は腰を下ろして顔を近づけた。

「ふん、宏龍会かい。それならお前らの上の上の方に山崎岳海《やまざきたけみ》ってのがいるだろ」

瀬能はぎょっとした様子だった。

「どうして渉外委員長の名前を……」

「ほう、委員長というからにはあいつも出世したと見える。あいつが堅気だった頃からの知り合いでな、俺は善吉って名前だ。よろしく伝えといてくれ。何なら俺から伝えても構わんが、まあ、どちらにせよお前らの得にはなるまいよ。行くぞ、雅彦」

善吉はそう言い残すと、雅彦を連れて部屋から出た。

ビルを後にしてから、雅彦はおずおずと尋ねてみる。

「なあ、爺っちゃん」

「何だ」

「あんた、いったい何者なんだよ」

「ただの大工だ」

不機嫌そうな物言いに、危うく噴き出しそうになった。

「……さっきのカネ、有難う」

「誰がくれてやると言った。勘違いするな」

「ええっ」

「これで妙なバイトとは縁が切れたんだ。明日っから俺の仕事を手伝え。それで帳消しにしてやる」

「どんな手伝いだよ」

「何にしても楽な仕事はさせん。給料は掻いた汗の代金だってことを身体に叩き込んでやる」


翌朝、学校へ向かう雅彦の足取りはいくぶん軽かった。

昨夜の騒動の直後、善吉の許に山崎と名乗る男から電話が入ったのだ。雅彦は横でびくびくしながら二人の会話を聞いていたが、驚いたことに向こうはひどく低姿勢らしく、ものの数分で話は決着した。今後一切瀬能たちを秋山の家族には近づけさせないので、矛を収めて欲しい——そういう内容だった。

いったい宏龍会の山崎という男とはどんな因縁があったのかを尋ねてみたが、善吉は眉間に皺を寄せるだけで何も答えてくれなかった。

まあ、いい。いつか気の向いた時にでも話してもらうさ。

そんなことを考えながらいつもの道を歩いている時だった。

「秋山雅彦くんだね」

突然、後ろから声を掛けられた。

振り向くとスーツ姿の男が立っていた。すらりと背が高く、目鼻立ちが嫌味なくらいに整っている。まるで刑事ドラマの主人公のような風貌だった。

「呼び止めて済まないね。警視庁の宮藤《くどう》という者だ」

宮藤は懐から警察手帳を取り出した。

途端に心臓がせり上がる。

まさか昨夜の悶着をもう聞きつけて来たのか。

警戒心が顔に出たのだろう。宮藤は少し慌てたように片手を振ってみせた。

「ああ、別に怖がる必要はないから。ちょっと君に確認したいことがあったんだ」

「確認？」

「そう。墨田区にあった前の家が火事になった件で」

奇異な感に打たれた。

「今更どうして」

「どうしてって、まだ火事の原因も不明のままだからな。未だに捜査は続行中ということさ」

宮藤はやれやれという風に肩を竦めてみせる。

「通常なら焼跡から出火原因が特定できるはずなんだが、これが上手くいかなくって。火元は二階にあったお父さんの部屋だった。これは知ってるな」

「うん」

「当時、部屋にはスプレー缶とか可燃性のものが多く放置されていた。そこに持ってきての火事だ。可燃性の薬剤に次々と引火したせいで爆発火災となり、現場は綺麗に吹き飛ばされてしまった。そのお蔭で出火原因も特定できず、なかなか捜査が前に進まない」

何となく意味ありげな口調に耳が反応した。太一ほど人の話を素直に聞けないのは年齢の差ではなく、もはや性格の違いと言うしかない。

「でも、何で警察なんだよ。そういうのって消防署が調べることじゃないのかよ」

「出火原因が明らかにならない限り、単純な火事と決めつけることはできないだろ」

宮藤は頭を掻きながら言う。

「たとえば放火の可能性だってある」

「まさか」

「そう思っているのは君ら家族だけかも知れない。いや、ひょっとしたら君自身も疑っているんじゃないのかい」

「別に話すことなんてないよ」

雅彦は狼狽えた顔を見られまいとそっぽを向く。足早にその場を去ろうとした時、背中に言葉を浴びた。

「隠していることはいつか必ず露見する。真実というのは知られたがる性質があるからな」

三　景子、困惑する

1

　景子が夕飯の買い出しから帰って来ると、工務店の前にトラックが停まっていた。すっかり見慣れてしまった資材運搬用のトラックなので、それ自体は珍しくも何ともないが、景子の目を引いたのは、石膏ボードを抱えている雅彦の姿だった。

「よし、ゆっくり手渡せ」

「重い……！」

「今、手ェ離したらボードが割れる。我慢しろ」

　石膏ボードは大きさが畳一畳分、厚さ一センチほどの板だが、重さは二十キロほどもある。雅彦は頑健な方だが、それでも一人で運ぶのは楽ではないのか、足元がふらついている。

「資材を破損したら弁償させるからな」

「これ以上、借りを作って堪るかよ」

雅彦は懸命に石膏ボードを支え続け、ようやく荷台に上がった善吉に渡す。

その瞬間、見ていた景子はほっと胸を撫で下ろした。

「よし、どんどん持って来い」

言われて雅彦は後ろを振り返る。工務店の中には、まだ石膏ボードが十枚ほど積まれている。

「爺っちゃん。資材運びのリフトとかないのかよ」

「たかがあれだけ運ぶのにそんなもの要るか。余計に手間食うだけだし、第一、お前はリフトなんざ扱えねえだろ」

「ちぇっ」

雅彦は唇を尖らしながら工務店に取って返す。そしてまた石膏ボードを抱える。

雅彦が善吉の仕事を手伝い始めたのは二日前からだった。詳しくは教えてくれなかったが、何でも善吉に借りができたので労働力を提供する形で返済しているのだという。

善吉から闇雲に小遣いを与えられるのも気が引けたので、家庭内バイトをするという雅彦の申し出に反対はしなかった。しかしそれでも、いかにも重そうな資材を持ち運びしている場面を見ると、つい口を挟みたくなる。挟まないのは、荷台の上で仁王立ちしている善吉が何となく近寄り難いせいだった。

「おう、景子さん」

「ただ今、戻りました」

挨拶をするだけなのにひどく緊張してしまう。嫁だから、という理由だけではない。善吉のような人間は基本的に苦手なのだ。無愛想な態度、べらんめえ口調、古色蒼然とした考え、どれを取っても景子の肌に合わないものばかりだった。

景子の父親は市役所の収入役を務めた男で、感情を面《おもて》に出すことも珍しく話し方も穏やかだった。母親もおっとりした性格で、景子は二人から怒鳴られたり手を上げられたりという記憶がない。

だから史親との結婚を決め初めて善吉夫婦と顔合わせした時、その粗暴さに嫌悪感を抱いたものだった。結婚後、秋山の実家から足が遠のいたのも道理だった。

その敬遠していた秋山の実家に、今はこうして居候の身でいる。それだけでも心中穏やかでないのに、子供たちが善吉夫婦にあっさり順応してしまったことが妙に腹立たしい。下の太一は最初から抵抗なく接しているし、最近では善吉を怖れていた雅彦さえがあれこれと親しげに話し込んでいる。

「馬鹿野郎、荷揚げなんざ日払い大工の雑工でも一番簡単な仕事だ。お前にできる仕事と言やあこれくらいしか見当たらん」

「日本には労働基準法って法律があって、十五歳以下の子供については……」

「まだ文句言えるだけの体力が残ってるんなら、さっさと運べ。本当はボード四枚を担いで一人前なんだ。だからお前は半人前のそのまた半人前だ。口動かす前に手ェ動かせ」

「へえへえ」

反抗期を迎え、母親の自分には距離を置きながら、善吉には言葉の応酬を繰り返す。それも景子の疎外感を一層煽《あお》る原因だった。

いや、それよりも雅彦が大工仕事に馴染んでいくことの方に警戒心が働く。今はまだ単純作業しか任されていないが、このままどんどん専門知識を叩き込まれたら雅彦本人がその気になり、大工になりたいなどと言い出しかねない。

秋山家の長男が大工？　とんでもない話だ。

雅彦はわたしが何としてでも大学まで行かせ、上級公務員に就かせる。史親を辞めさせたような不安定な民間企業ではなく、国から身分を保証された安定的な職業に。今の成績はとても誉められたものではないが、決してこれが雅彦の実力ではない。あの子はやる気さえ出したら優秀な成績を残せるはずだ。自分の子に限って中卒や高卒で終わるはずがないではないか。

また石膏ボードを担ぎ上げた雅彦は重そうに顔を顰める。しかし決してつまらなそうではない。その点が、やはり景子には不満だった。


夕飯の献立は今日も春江が考えた。サバの味噌煮、アサリの酒蒸し、ピーマンの肉詰め、箸休めにピリ辛叩きキュウリ。

秋山善吉工務店に身を寄せてから和食のメニューが続いているのは、厨房に立っているのがもっぱら春江だからだ。少しでも子供寄りのメニューにするべく厨房の実権を握ろうとしたのだが、その度に春江に粉砕されている。

「駄目よ。女がこの齢になって台所から離れると一気に老け込むんだから。当分、ここはわたしのお城」

春江はそう言って景子を寄せ付けなかった。今までは夫婦二人分の食事を作ればよかったのに、それが五人分になった。これくらいの人数分でなければ作り甲斐がないと、却って張り切るようになってしまった。哀れ景子は春江のメモを片手に買い物を命じられるしかなかった。

しかも忌々しいことに春江のこしらえたものはどれも美味しく、最近では和食の苦手だった子供たちもものも言わず黙々と箸を動かすようになった。

「今日はどうだったの、景子さん」

不意に春江が質問を投げてきた。訊かれているのはもちろん就職活動の成果だ。

以前住んでいた家から焼け出されて以来、景子はずっと職を探している。食事の支度や家中の掃除は春江がやってしまうので、景子の家事といえば洗濯しかない。工務店関係でも経理関係は春江が一手に握っているので、これまた景子の出番はない。それをいいことに、日中は就職活動に充てることにしたのだが、これがなかなか上手くいかない。

「条件に合うのがなくて……」

「そうよねえ。今は若い人でも職にあぶれているって言うからねえ」

若くない景子は尚更大変だとでもいうのか——と、つい皮肉な聞き方になる。

「無理しないでいいのよ。前から言ってるように、ウチの事務仕事手伝ってくれるだけでも結構な時間潰しになるんだから」

かちん、ときた。

何も時間潰しで就職活動している訳ではない。こっちは母子三人が暮らしていくのに充分な定収入を求めているのだ。

「いえ、あの……やっぱりいつまでもお義父さんたちにご迷惑かける訳にもいかないので」

「そお？　こっちは全然迷惑なんて思ってないんだけどねえ。別に構わないのよ。景子さんたちがそのつもりなら、ずっとここにいてくれたって」

そういうのを恩着せがましいというのだ。

事務仕事の手伝いといっても実務は春江の専管であるため、景子にできる手伝いといえば領収書を日にちと科目ごとに分類するくらいしかない。要は雅彦や太一にもできるような仕事だ。そんな手伝いをするだけで家に置いてもらっては、いつまで経っても身分は居候のままではないか。

恐る恐る善吉はと見るが、やはり黙々と箸を動かしているだけで二人の会話に入ってくる様子はない。もっとも善吉というのはよほどのことがない限り口を差し挟むようなことはしないので、これはいつもの風景だった。

ただ違う風景も見えた。

アサリの酒蒸しから殻《から》を剥がしていた雅彦がちらとこちらを一瞥する。その目はわずかに尖っている。

何かに怒っている。蔑みの色も含んでいるが、視線は明らかに景子に向けられている。反抗期特有の拗《す》ね方ではない。どう見ても景子を非難している。

この子は自分の至らなさを責めている。

そう思うと、食事も喉を通らなくなった。

景子はハローワークにずっと通い詰めていた。

最初の日に求職の登録は済ませてあるが、希望に適《かな》った求人があったとしても担当者が優先して知らせてくれる訳ではなく、他の求職者と競合する可能性もある。だから進捗状況を知りたくて日参することになる。

当初、ハローワークを訪ねる前、来ているのは定年退職した老人や外国人がほとんどだろうと景子は予想していたのだが、それは大きな間違いだった。

働き盛りの男性が目立つ。いやそれどころか二十代の男女も決して少なくない。予想していた老人は却って少数派だった。しかも懸命に就職口を探しているのは全員真面目そうな人たちで、とても素行不良や怠惰で仕事を失ったようには見えない。

専業主婦の頃は不景気といっても、史親の給料が下がることでしか実感することがなかったが、外に出てみて改めてその深刻さを思い知らされた格好だった。

最近は婚活ブームらしく女たちの結婚願望が強くなったと聞いている。景子としては、高齢出産の危険性に目覚めた女がキャリアの積み重ねよりは子づくりの方へ舵《かじ》を切ったのかと思っていたが、この有様を目の当たりにして考えを改めた。

長引く不況で就業率が悪化したので、女たちは永久就職である結婚に活路を見出そうとしているのだ。彼女たちが相手に求める条件の上位に、年収が挙げられているのはその証拠だった。

そして若い男性の多さも意外だった。本来なら新人社員として営業に飛び回っているはずの彼らが端末と睨み合いを続けている。大学を卒業したものの就職戦線に敗れたか、折角入った会社をすぐに離れてしまったのか。いずれにしても職探しの場が若者の姿で賑《にぎ》わっているのは異様な光景だった。

そうした若者に囲まれて、景子は自分の市場価値を再考せざるを得ない。四十代、未亡人、賞罰なし、資格なし、現在居候――。

独身の頃はアパレルメーカーに勤めていた。特に資格が必要な業界ではなく、景子自身もキャリア・アップの志向が希薄だったので、日々の雑用に追われるだけで時間は過ぎていった。

あの頃は雑用をこなすだけでも社員として存在することが許された時代だったのだ。そしてその後史親と知り合い、寿退社した。

あれから二十年近く経ち、就職戦線はがらりと様変わりした。若くもなく、何の資格も持たない景子の市場価値はゼロに等しかった。

景子の目標は正社員を目指せる就職口だ。しかし少しばかり待遇のいい求人は、条件欄の最初に記載された年齢制限ですぐに外された。更に中途採用で正社員を募集している会社は例外なく、何らかの資格を条件づけていた。

しかし一方、パート・バイトで経験も資格も不問の求人は山ほどあった。中には年齢制限すら緩いものもある。しかし、これらの求人に希望者は集まらず、更新もされなかった。理由は明らかで、その求人の多くは公園やビルの清掃、工場の産廃処理といった業種だった。たしかに経験も資格も不要だが汚れ仕事で若者が好みそうな仕事ではない。賃金も安く、その収入では自分一人の生活費を捻出するのが精一杯に思える。

ふと雅彦に告げた言葉を思い出した。

『自分には向いてないとか、ちょっとした条件が気に食わないとかで、選択肢を狭めているだけの……』

あの時には史親を詰《なじ》ったつもりだったが、何のことはない。結局は自分も同じ穴のムジナではないか。必死に職を求めている癖に、どこかで選り好みをしている。少しでも見栄えのする職業、少しでも楽な仕事にありつきたいと思っている。

いいや、違う、と景子は否定する。

選り好みしているのは自分のためではなく、太一と雅彦の将来を見据えているからだ。二人に真っ当な教育を受けさせるには、ここで自分が妥協してはならないのだ。

今すぐ正社員になりたいんです。そう担当者に告げると鼻で嗤われた。

「あのねえ、奥さん。今日び、何の経験や資格もなしに、しかもその齢でいきなり正社員にしてくれって。そりゃあ、希望は希望だから登録はしておくけれど、最初からそんなにハードル上げると後から辛くなるよ」

担当者の言った通り、最初に出した条件ではどこからも反応がなかった。そこで景子は少しハードルを下げ、派遣社員での求職を試みた。景子が仕事を辞めた頃はちょうど規制緩和が行われ、派遣社員という職種がもてはやされた時代だった。スーパー派遣社員などという言葉も流行していた。派遣社員から正社員に昇格する道も拓《ひら》けていると思い込んだのだ。現に今でも派遣社員という名前には、アウトソーシングとかスキルを生かすとかいった魅力的な惹句《じゃっく》が連なっているではないか。

すると件《くだん》の担当者は、嗤いはしなかったが代わりに顰め面をした。

「あのねえ、ハードルを下げるのは結構だけど、今の派遣に過大な期待をしない方がいいよ。今や派遣社員ってのはワーキングプアの代名詞みたいなものだからね」

その言葉はニュースでよく見聞きしたが、実際のところ意味は理解していなかった。表情で景子が無知であることが分かったのだろう。担当者はその実態を丁寧に説明してくれた。

景子は自分の世間知らずに驚愕するしかなかった。派遣社員というのは正社員並み、あるいはそれ以上働いても賃金が低く抑えられており、最低限の生活しか保障されない場合が多いのだという。しかも短期契約で長時間単純作業しかさせてもらえないため、スキルアップなど夢のまた夢らしい。

「でも、ここに来る若い人たちはみんな、その派遣のクチに縋《すが》るしかないんだけどね。因《ちな》みに派遣社員だって資格が必要なところが多いよ」

この段になってくると逆に担当者が景子のあまりの世間知らずに慌て出し、何かと親身になってくれるようになった。しかし皮肉なことに担当者が親身になってくれればくれるほど、景子は自分を取り巻く環境が厳しいことを思い知った。それでもハローワークに通い続けるのは一縷《いちる》の望みに賭けたいからだった。

世の中にはこんなに多くの会社やお店が溢れている。東京は特にそうだ。だったら一社くらいは、わたしのような人間でも手厚く遇してくれる会社があるかも知れない。いくら不況だといっても、ここは日本だ。一所懸命働こうとしている者全員がワーキングプアになるはずがない――。

念じ続けていたある日、担当者が景子の顔を見つけるなり手招きした。

「あったよ、秋山さん。あなたの条件にほぼ合致する求人が！」

「えっ」

景子は驚いて、担当者がプリントアウトしてくれた求人票に目を走らせた。

〈くりむら衣料〉。

社名を見てもう一度驚いた。テレビのＣＭで名の知れた大企業ではないか。

「北小岩の店舗で急に欠員が出たみたいでね。今朝一番に求人票が回ってきたんだよ。あなたにぴったりだと思って」

急いで仕事の内容に目を通す。商品出し、在庫チェック、接客など。資格不問。年齢応談——。

資格不問の字がやけに大きく見えた。〈くりむら衣料〉はカジュアルな衣料品を生産・販売しており、国内のみならず海外にまで店舗数を拡大している上り調子の会社だ。景子も何度か足を運んだことがあるが店員には年配の者もおり、景子がその制服を着て店頭に立っても何ら違和感はないように思える。それにアパレル関係ならかつての仕事と同様だ。まるっきり別職種ではないから慣れるのも早いだろう。北小岩なら、今住んでいる場所からも近い。

更に魅力的な一文が最後尾に記載されていた。

『パート・バイトから正社員に昇格することもできます』

目が釘づけになった。

祈り、天に通ず。

捨てる神あれば拾う神あり、とはまさしくこういうことを言うのだろう。景子は目の前の担当者が、その拾う神に見えた。

「有難うございます！　ここに決めます。ここしかありません！」

翌日、景子は一張羅《いっちょうら》に身を固めて〈くりむら衣料〉北小岩店へ赴いた。現場の店長が面接をして合否判断をするのだ。

店長は三十代後半で丸山《まるやま》という男だった。前任者が急に辞めてしまったせいか、丸山は就業時間と規則、仕事内容、福利厚生、そして時給といった最低限のことしか説明せず、景子も敢えて質問しなかったので面談はものの二十分で終了した。ひと晩かかってようやく書き上げた履歴書も、一瞬目を通された程度ですぐ書類箱に仕舞われた。

「秋山さんの都合さえよければ早速明日からでも来てください。現状、一人抜けただけでもローテーションがキツいんですよ」

景子の方に否はない。雇用契約書に署名・押印してその日は終わった。

拍子抜けするほど呆気なかった。この数週間、自尊心をすり減らしながらハローワークに通っていたことがまるで嘘のように思える。

やっぱり自分も捨てたものではない。世の中には自分を必要としてくれる場所がある──たったそれだけのことで足取りはずいぶん軽くなった。そして気づいた。

心が折れそうになったのは定収入が見込めなかったせいだけではない。

自分が世間から認められていないという現実が辛かったのだ。夫に尽くし、子供二人を育て上げても、誰も自分を評価してくれないのが悔しかったのだ。

だが、それも過ぎた話だった。明日からは新しい世界が自分を待っている。努力次第で正社員に昇格でき、いずれは二人の子供との生活を営める。

景子は身体が浮き上がるような多幸感に包まれる。こんな気持ちは史親にプロポーズされて以来、久しくなかったことだった。

丸山に約束した通り、景子は翌日から出勤した。制服に袖を通すのもずいぶん久しぶりだったが、着替えるだけで気分が張り詰めるのだからその効果は大したものだと思った。

北小岩店は中規模店舗と位置付けられ、従業員は店長を含めて七人、うち二人が正社員だった。

業務の一連の流れを聞くと、さほど難しいものではない。大雑把に言えば店頭で商品を売り捌《さば》き、数が少なくなったら倉庫から出してきて、それで品切れになったら本部に発注する。他の雑用は全てその流れに派生するものだった。

京成本線江戸川駅近く、千葉街道沿いという立地条件も手伝って、店は開店と同時に客でごった返す。一人抜けただけでもローテーションが回らないという意味がそれで分かった。

業務は全て時間配分が厳格に決められていた。たとえば商品出しは一時間となっており、その制限時間内にどれだけの商品を並べられるのかが勝負となる。当然、慣れた者は数をこなせるが、慣れない者、手際の悪い者は仕事を溜めていくことになる。

日々変更するレイアウトも多忙の原因だった。売れ行きに合わせて主力商品が代わり、陳列が変更されるので、その度に商品を移動しなければならない。これもまた時間配分が決められていて、しかも接客しながらの業務なのでそれだけに専念することもできない。

業務内容自体は単純、ただし実際は時間との格闘で、初日は何が何だか分からないうちに過ぎていった。接客よりも時間に振り回されたというのが正直なところで、折角の休憩時間も大して役に立たなかった。

「まあ、初日はそんなものだよ。大丈夫だよ、そのうち身体の方が順応していくから」

忙しさに目が回る、というのは誇張でも比喩でもなかった。一日の仕事が終わる頃になると、一瞬気の遠くなることがあった。座っていたからよかったようなものの、立ち仕事をしていたら間違いなく倒れていただろう。

それでも不思議なことに充実感はあった。疲れていても爽快で、むしろ心地よくさえある。家とハローワークの間を往復し、ただ自尊心を殺されながら時間を費やすことに比べれば、至福のような時間だった。

一週間もすると丸山に言われたように、身体が忙しさに慣れてきた。商品知識がまだ乏しいので接客には不安が残るものの、仕事の流れに乗ることは苦痛でなくなってきた。

慣れてくれば上司や同僚を観察する余裕も出てくる。

店長の丸山は良くも悪くもサラリーマンの典型のような男だった。会社からの指示には何の抵抗もなく従う。揉め事を嫌い、客とのトラブルにはなるべく関わろうとせず、ひたすら売り上げの伸長とコストの削減に注力していた。

しかし、この態度は理解できなくもない。夫が勤め人だったので、店舗の責任者が何より店の収益を最優先事項にするのは当然だと思った。考えてみれば史親にはその意識が希薄だった。ゲームソフトの企画開発部に勤めていたのだが、史親はともすれば自分の趣味に走り、収益は二の次に捉えていたフシがある。会社の経営が傾いた時に生き残れるのは利益を考えられる者であって商品に拘《こだわ》る者ではない。その点で丸山は史親と違い、会社の利益のためなら己を殺すことも容易にできるタイプだった。

店長以外の正社員はフロアマネージャーを務める多賀《たが》紀子《のりこ》だ。齢は二十八、顔つきは幼いが、パートやバイトへの指示も行き届いており、頭の中に各人のスケジュール表が完璧に入っているようだった。

〈くりむら衣料〉の体制はどの店舗でもそうなのだが、正社員は大抵店長やフロアマネージャーを務め、従業員のほとんどはパートとバイトで賄《まかな》われているらしい。言い換えれば正社員に登用されれば自動的にマネージャー職が与えられるということであり、正社員の座を夢見る景子にとって、紀子は当面の目標ということになる。

仕事をしている最中は気が張っているせいで分からないが、一日が終わると途端に心身が疲労を訴えた。家事をしていた時には使わなかった筋肉を使い、する必要のなかった気遣いを強いられるようになったからだ。

電車を乗り継ぎ、家に帰る頃にはもう足腰が悲鳴を上げていた。それでも夕食は既に出来上がっている。春江が現役の主婦であるのをこれほど感謝したことはない。

「仕事、大丈夫なの？　帰って来るなりへとへとじゃない」

食事が済んだ後、春江はそう尋ねてきた。これは暗に、家の中や工務店の手伝いもできない自分への当てつけだ。

「いえ、それは大丈夫ですから。心配要りません」

とにかくここで折れて、家事手伝いをする言質《げんち》を取られるようなことがあってはならない。仕事は週休二日だから休日はいいとしても、出勤日は家の中に構っていられない。今は一日も早く実績を積み上げ、正社員への登用資格を得ることだ。そのためには私生活をいくらか犠牲にしてでも、仕事に注力するつもりだった。

「そお？　それならいいけど、あんまり根詰めちゃダメよ。無理の利く齢とそうでない齢っていうのはあるんだから」

当てつけのつもりか――景子は作り笑いで頷きながら、奥歯を嚙み締める。

今に見ていろ。

こんな家、三人でとっととと出て行ってやる。

2

身体が仕事に慣れてくると、次第に流れそのものが把握でき、従業員一人一人の個性も分かってきた。

景子と店長を除く五人の従業員は年齢も住んでいる場所もばらばらで、共通しているのは全員が女性であることくらいだった。

いや、共通していたものがもう一つある。現状の賃金に不満はあるものの、紀子のような正社員を目指している者は一人もいなかったのだ。

「どうしてですか？　求人票にはパート・バイトでも正社員へ昇格できるって書いてあったじゃありませんか」

景子は自分よりもひと回りも若い従業員に訊いてみた。するとその若い従業員は自嘲するような口調でこんなことを言った。

「あれでみんな引っ掛かるんですよ。これならあたしでも正社員になれるんじゃないかって」

「えっ、違うの」

「いや、確かにそういう昇格制度はあるんだけどすっごく狭い門なんです。もうほとんど針の穴」

「成績がいいだけじゃダメなんですか」

景子は焦り出した。面接時に丸山から受けた説明では、『成績次第で昇格試験が受けられます』と言われたのだが、その成績を何で計るのかを聞きそびれていた。

「成績っていうのは総合評価なんだって。遅刻や早退、無断欠勤がないか。仕事は時間内に終了しているか……あ、それからこれが一番大きいんだけどアンケート結果」

最初は何のことかと思ったが、言われてみれば入口近くの休憩コーナーにお客様用のアンケート用紙が置かれているのを思い出した。あれがそうか。

「あのアンケート、接客やら品揃えやら十五項目の質問事項が並んでるんだけど、その中にベスト店員とワースト店員の欄があって、ベストに選ばれる回数が多いと、正社員の道が近づくって話は聞いたことがあります」

「でも、それってお店の判断じゃなくってお客さんの判断でしょ」

「だからなんですよ。全国どころか全世界に展開する企業は、社内よりも社外での評価を重視すべきだって会長のお言葉。それで始まったシステムらしいんだけど、まず月毎《ごと》で誰がどれだけベスト店員だったかを集計するんです。それで地区別や全国総合でそれぞれ表彰対象になるんだけど、それぞれ上位に入れば勤務評定に加算されるんです。で、連続で入賞すればめでたく正社員への昇格対象」

何だ。要は人気投票のようなものではないか。

「このシステムにも一理あって、結局お客様からベストに選ばれるって接客だけじゃなくって、商品知識やコーディネーターの資質も必要になってくる。ということは、これってカリスマ店員ってことですよね。そう考えると、この会社がそういう人間を評価しようというシステムは正当だとも思えるんです」

説明されれば、なるほどと合点できた。景子自身もただ品揃えがいいだけの店よりは、そうした人気を集める店員とコーディネートの話で盛り上がりたいと思う。そして、そう思っているのは景子一人ではなく、おそらく女性客のほとんどがそうだ。

「ただ、これがアンケート形式なのが辛くって……」

彼女は再び自虐気味に笑う。

「秋山さん、アンケートって聞いた時、一瞬きょとんとしたでしょ」

「えっ、あの、それは」

「いいですよ。つまりアンケートなんてその程度でしかないし、お客様にしてみたらもっと興味の薄いものだってことです。それを集計結果で上位に選ばれるには、どれだけ愛嬌を振り撒かなきゃいけないか。つまりそういう話なんです」

彼女の自虐めいた口調の理由がそれで分かった。狭い門という意味も理解できた。

「でも、何もしないよりは……」

景子が話を継ごうとすると、彼女はぶんぶんと首を振る。

「秋山さん。忘れてません？　アンケートにはワーストっていう項目もあるんですよ」

「あっ……」

「そうなんです。ベストとおなじようにワーストも勤務評定に含まれていて、ワーストが一つでもついたら減給対象になっちゃうんです。お客様に気に入られようとしてあれこれ話し掛けたり、愛想よくしたり、でも結局それがマイナスに働くことってありますよね。それが怖いから、あたしたちパートやバイトの人間は、あまりアンケートに執着しないようにしているんです」

景子はようやく合点した。

つまり諸刃の剣ということか。

そして自らを顧みる。

今まで人と接してきて不快感を持たれたような記憶はない。そこそこ裕福な家庭に生まれ育ったお蔭で、乱暴な言葉つきにもならず他人を憎んだり嫉《ねた》んだりすることもなかった。自分でも性格はおっとりした方だと思う。服のセンスも密かに自信を持っている。

そういう人間が甲斐甲斐しく接客すれば、鬱陶しく思う客なんていないのじゃないか？

他の従業員が怖がって客に近づこうとしないのは、自分に自信がないせいじゃないのか？

一度胸に起こった思いは次第に膨脹していった。一刻も早く正社員になりたいという切実さが、ふいごのように胸を膨らませる。

わたしなら大丈夫だ。

わたしなら嫌われることはない。


「お客様、何かお探しでしょうか？」

一週間もすると、やっと客の顔をじっくり見ることができるようになった。それまでは他の業務に手を取られて、分からないことは他の従業員に丸投げするしかなかったのだ。

景子は自分から積極的に声を掛けることにした。

「もしよろしければ何着でもご試着ができますが」

話し掛けるが、決して購入を急がせない。最初は世間話でも構わない。話す時間をたっぷり取って、客の言うことに耳を傾ける。そのうち客の方から目的の服と用途を喋り始めたらめっけものだ。客と意見を交換し、素直に自分の意見をアドバイスという形で、そっと提案してみる。こういう経過の後、試着室に入った客のほぼ全員が商品を買っていってくれる。

後は会計を待つ間、「お手数で申し訳ありませんが、こちらのアンケートにご記入いただけませんでしょうか。わたくし、秋山と申します」と言い添えて、アンケート用紙とボールペンを差し出す。胸のネームプレートを見やすい場所につけ直すことも忘れない。客は満足な買い物ができたという嬉しさで、アンケートのベスト店員に〈あきやま〉を記入してくれるという寸法だ。

これは景子が独自に編み出した接客法ではない。仕事休みの丸二日間、カリスマ店員のいるブランド店に乗り込み、一日中その立ち居振る舞いを観察したのだ。

カリスマ店員というのは喩えて言うならば猛禽類《もうきんるい》だった。一人一人の客が見渡せる場所に立ち、わずかでもそれらしい動きを見せると物凄い勢いで接近して獲物を捕える。そこで巧みな話術でも交わそうものなら、数十分の後、客はいそいそと試着室へ向かう。

自分にされている時には気づかなかったが、傍から観察していると彼女たちの目的と行動パターンが読めてくる。後は、それを自分なりにアレンジして使いこなせるかどうかだけだった。

景子の場合、十人並みの器量が却って役立った。〈くりむら衣料〉の顧客層は二十代から上。十代の若者が来店することはあまりない。元々がカジュアル志向の店なので、モデルのような容姿の店員が近づいても警戒されるだけだ。その点、景子の容貌は客に安心感と親近感を抱かせる。

「あのう、秋山さん？」

件の若い店員が近づいて、そっと耳打ちする。

「何か、すごく頑張っているみたいだけど、その、ちょっとと言うか、かなり浮いてるよ」

「そうですか」

「そうですよ」

「でも、お客さんも喜んでくれてますし……」

「て言うか、お客様にアンケートを強要するっていうのはアリなの？」

「でも、断られたら失礼しましたって謝ればいいし……」

「ひょっとして、秋山さんて天然？」

傍目からはなりふり構わないように映る景子の接客だったが、そもそも他人の目など気にしていられない。人目を気にしない、思い込んだら周りが見えなくなるという性格が、今回は有利に働いた。同僚の反感や嘲笑も気にせず、そのスタイルで接客し続けていると、ある日丸山から呼び出された。

「すごいじゃないか、秋山さん」

丸山は意外そうだった。

「さっき集計してみたら、アンケートのベスト店員に秋山さんが七票も入っていた。秋山さん、出勤してまだ三週目でしょ？　三週目で七票ってすごいよ。ウチのフロアマネージャーだって月に八票が最高記録なのに」

丸山から誉めてもらったのはもちろん嬉しかったが、頭の隅には別の考えが湧いた。

紀子の接客態度を観察したこともあるが、彼女はあまり前に出ようとしない。困り果てた様子の客を見つけた時に駆け寄って行く程度で、景子のそれとはずいぶん異なる。そんなやり方でも月に八票を集めるというのは、逆に得体の知れない凄味を感じさせる。

「アンケート結果は勤務評定に含まれると聞きました。地区別と全国総合でランキングされるんだとか」

「そうそう、その通り。ウチの会社、そういうことに積極的でね」

「いったい年間にどれだけの票を獲得したら正社員になれるんでしょうか」

途端に丸山は表情を硬くした。

「何とも急な話に持っていくんだねえ」

「わたし、一日でも早く正社員になりたいんです」

「とは言っても、誰に昇格試験を受けさせるかはわたしの裁量じゃなくって本部の人事課だからなあ。それに知ってると思うけど、アンケート結果が勤務評定の全てでもないしね」

「でも、過去の記録で正社員に昇格した人の票数は出ているんですよね。それを教えてください。わたし、それを目標にしますから」

おそらく自分は訴えるような目をしていたのだろう。丸山は困惑していたようだったが、やがて不承不承という風に教えてくれた。

「さっきも言った通り、勤務評定の中身はブラック・ボックスでわたしにも分からないけどさ。去年のデータだけ言えば、全国総合なら五十位、地区別ならトップ十位に入ったパートさんが晴れて正社員に登用されている」

地区別ならトップ十位以内。それは果たしてどれくらいの競争率なのだろうか。

「地方は店舗数自体が少ないから三位以内なんだけど、首都圏は激戦区だからね。それで首都圏だけは条件が緩和されている。因みに首都圏店舗に在籍するパート・バイトさんの総数は三五二人だよ」

三五二分の十。三パーセント以下だ。

「でも知ってるかどうか知らないけど、三五二人のうち九割近くはゼロ票の人たちだからね。実際の競争率はもっと低いはずだよ」

パート職に高望みさせてはいけないし、そうかと言って絶望させる訳にはいかない。現場を預かる店長らしい物言いだったが、景子にはもう一つの指標がある。

自分はあの紀子が保持している記録に肉迫している。その紀子がフロアマネージャーを務めているのなら、当然自分にも勝機があるように思えた。

景子の背中を押してくれる別の力も存在した。他ならぬ紀子だった。

「秋山さん、素晴らしいです！　あんな接客、どこの誰に教わったんです？　それとも元カリスマ店員だったの！」

当座の目標だった紀子から称賛されたのだ。嬉しくないはずがない。景子は正直に、早く正社員になりたいのだと希望を述べた。

「どうしてそんなに急ぐんですか。秋山さんの営業力だったら、もっとゆっくりやっても充分目標は達成できるのに」

ここまで話したのなら、多少は自分の事情を打ち明けなければ共感も得られない。景子が火事で家と夫を失い、現在は義父宅に居候している身分であることを説明すると、紀子はひどく同情してくれた様子だった。

「……ごめんなさい。そんな事情があったなんて想像もしていなかったから……あの、もしわたしで協力できることがあったら何でも言ってくださいね」

第一印象ではやや冷徹な感じを受けたが、腹を割って話してみれば存外に人情肌なので驚くとともに嬉しかった。同僚の中には早くも景子を白眼視する者も出始めていたので、紀子からの予期せぬエールは少なからずカンフル剤にもなった。

決して孤軍奮闘ではない。

わたしには応援してくれる人たちがいる。

そう思うだけで明日への気力に繋がった。

こうして景子が着実にアンケートの票を伸ばしていた頃、店に勢いよく入って来る女性客を目にした。

闊歩しているという風ではなく、肩を怒らせている感じの女性だった。年の頃は三十代前半か、ひっつめ髪で着ている服もジャージの上下、加えて安物のアクセサリー。見るからにヤンキー崩れの出で立ちだ。そればかりではなく体型も問題だった。服の上からでもスリーサイズの真ん中が突出しているのが分かる。薄汚れたジャージはまるでボンレスハムの包装紙に見える。

ただしこういう客がそれほど珍奇な訳ではない。カジュアルな服を安価で提供していれば、自然に低所得者層もターゲットになっていく。却ってこういう客筋がリピーターになってくれることも多いので、店側としても無視はできない。

考える前に景子の足が動いていた。

「いらっしゃいませ。何かお探しでしょうか」

振り向いた顔を見た瞬間、言葉が詰まった。

碌に化粧もしていない。唇は乾き、信じ難いことに鼻毛まで覗いている。

「今朝の広告にあった新作のジーンズを探してるのよ」

該当の品物は今立っている隣のコーナーに陳列してある。ちらと、場所だけ案内して立ち去るという考えが芽生えたが、今や常套句となった言葉が口からこぼれ出た。

「それでしたらこちらのコーナーです。よろしければジーンズに合うシャツと一緒にご試着されてはいかがですか」

「あたしに合うようなシャツ、あるかな」

「ございますとも。どうぞこちらに」

肥満体型だからといって、最初から諦める手はない。肥満体型の多い欧米でも、その体型を有効に生かしたファッションは数限りなくある。要は太っているのを隠そうとするのではなく、太っているのを格好よく見せる技術だ。

そこで景子はストレッチが効いたスキニーデニムを選んだ。身体にフィットしたものを堂々と着こなす方が体型を気にせずに済む。

デニムの長所は着こなしが難しそうなトレンドアイテムや個性の強いものでも、比較的楽にコーディネートできることだ。景子は続いて清潔感の漂う白シャツとグリーンのアウターを用意した。白・グリーン・青の配色は軽快に見えるし、どっしりと安定感のある下半身にゆるりとした上半身の対比は見苦しさよりも威風を感じさせる。

「……いかがでしょうか」

「ちょっとお！　いいじゃない、いいじゃない、これえ！」

鏡に映った自分を見て肥満女性は感嘆の声を上げる。当然だ。買い物に来るのにもジャージの上下を着るような女なら、普段の外出着も推して知るべしだろう。こんな風に短所を長所に転じるような着こなしなど、今まで一度もしてこなかったに違いない。

「気に入ったあ。これ絶対買うー」

「ありがとうございます。シャツとアウターのサイズはそれでよろしいですか」

「ぴったりー」

「それではジーンズだけ裾上げしますので、十五分ほどお待ちいただけますか」

別室の担当者に裾上げを任せてきっちり十五分。縫い目も美しく仕上がったジーンズと他二点を早速レジに回す。

肥満女性は上機嫌だった。この様子ならアンケートにも容易く応じてくれるだろう。

「お客様。申し訳ありませんが、こちらのアンケートにご記入いただけませんでしょうか。わたくし秋山と申します」

「はいはいはいはいはい」

機嫌を損ねることもなく、肥満女性はアンケート用紙にペンを走らせる。

「ネームプレートは平仮名だけど、秋の山で漢字合ってるわよね？」

「ええ、その秋山で間違いありません」

「いやー、いい買い物したわー。また来た時にはお相手してね、秋山さん」

「それはもう喜んで」

「あ、名前言っとくね。あたし斉藤晴海《さいとうはるみ》。晴れた海って書く。よろしくねー」

晴海と名乗る肥満女性は鼻歌交じりに店を出て行った。

これで一票獲得。景子も歌いたくなる気分だった。


それから一週間後のことだった。

景子がバックヤードで休憩を取っていると、慌てた様子で同僚の女の子が飛び込んで来た。

「秋山さんご指名でお客」

指名されるのは特に珍しい話ではなくなっていた。景子の接客を気に入ってくれた客はアンケートに応えてくれるだけでなく、再訪時には必ずと言っていいほど指名してくれる。

だが、それにしては彼女の声の調子がおかしい。

「何だかぶすっとしてるよ。秋山呼んでくれって、そりゃあ偉そうにさ。秋山さん、何かミスった？」

入店当初はともかく、最近は客が怒鳴り込んでくるようなミスをした覚えはない。きっとこの子には怒っているように見えるだけかも知れないと、景子は休憩を早々と切り上げて店頭に向かった。

レジの真横で両腕を組み仁王立ちしていたのは、例の斉藤晴海だった。

「いらっしゃいませ、斉藤さま」

「これ」

そう言って晴海が無造作に突き出したのは〈くりむら衣料〉のロゴ入り袋だった。中を検めると、先日晴海が購入していった三点がそのまま入っている。

「サイズ合わないから返品しに来た。ちゃんとレシートもあるから」

「サイズが合わない？　でも先日お召しになられた時はぴったりだって……」

「合わないから合わないって言ってるのよ」

声がひどく陰険だった。

景子はすぐに気持ちを切り替える。何があったのかは知らないが、晴海は怒っている。こういう客に反論を試みるのは、火に油を注ぐのと一緒だ。サイズが合わないと主張するならそれに従うしかない。

幸い〈くりむら衣料〉はサイズ違いの返品には鷹揚《おうよう》に対処している。一週間前というのがいささか気になるが、返品を拒否する明確な理由にはならない。

「それは大変申し訳ありませんでした。では確認させていただきます」

袋から中身を取り出し、そして唖然とした。

白シャツとアウターはすっかり薄汚れ、デニムは伸びきってくたくたになっている。

通常、袖を通したがサイズ違いで返品されたものは店頭に並べられない。状態がよければ福袋に入れて奉仕品にするが、そうでなければ裁断される。だが、これはあまりにひどかった。まるで一週間、寝る時も着続けていたような傷み方だった。さすがに返品の規定には該当しない。

「あの、斉藤さま。申し訳ありませんが、この状態ですとお引き取りはできないもので……」

「何でー？」

語尾がいきなり跳ね上がった。

「あんた、たった今大変申し訳ありませんて言ったばかりじゃない。謝ったってことは自分の非を認めたってことでしょ。だったら返品させなさいよ」

「いえ、それは斉藤さまに不愉快な思いをさせてしまったことに対してのお詫びで……」

「そうよ！　気分台無しよ！　普通返品なんて料金着払いで送り返すものでしょー？　それをわざわざこっちから出向いてやってんのに、何よその態度は。いったいお客さんを何だと思ってんのさ」

顔中、口にする、というのはこういうことを言うのだろう。唇の端に涎《よだれ》が白い泡となって付着している。こちらを睨み据える目はすっかり自制心を失くし、狂気の光さえ帯びている。

「さあ言いなさいよ、どうしてこれが返品できないのよ！」

「少しお汚しに……」

「あんた何屁理屈言ってんのよおっ。〈くりむら衣料〉って一度試着した服は棚に戻すんでしょっ」

「それはもちろん」

「あのねえ、一度でも袖を通したら産毛が抜けて裏側にくっつくじゃない。それだって汚れたことになるんでしょー。あたしが持って来た品物とどんだけ違うって言うのよ。そんなの、ただの程度問題じゃないの！」

そんな理屈は初めて聞いた。

「どうせあたしのことヤンキーだとか貧乏人だとかで足元見てんだろ。だから返品にも応じようとしないんだろ」

「そんなことはありません」

「いーや、あるね。あたしこの間来店した時、レジで返品の客受け付けていたの目撃したもの。ありゃあ小綺麗なカッコした奥さんだったよね。あんたの店では客を外見で判断するんだ？」

晴海は鼻の頭がつかんばかりに迫って来る。

「〈くりむら衣料〉は客を外見で判断して、ヤンキーや貧乏人には当たり前のサービスもしてくれない。ツイッターで呟いてやろうか。それともあんたと店長を並ばせて動画を投稿してやろうかあっ」

相手の唾が顔に飛ぶ。

口臭が耐えられないほど臭い。

いや、それ以上に晴海の悪意が怖ろしくてならない。

こんな剝き出しの悪意に晒されたのは生まれて初めてだった。晴海のような女に出逢ったのも初めてだった。

「サイズ違いだけならまだしも、あたしの心をずたずたに傷つけやがって。今すぐケータイで映してやるから、そこに立てえっ」

恐怖で頭が真っ白になる。

「も、申し訳ありませんでしたっ。今すぐ交換させていただきますっ」

脳が命令したのではなく、本能が命令した言葉だった。すると、急に晴海の表情が和らいだ。

「ふん。最初っからそう言やいいんだよ」

景子は瘧《おこり》のように震える手を叱咤しながら返品されたものと同じものを揃える。衆人環視の中でひたすら平身低頭しながらサイズを確認し、裾上げも自分の手で行う。今はただ一秒でも早く晴海に出て行って欲しい。

「これで、よろしいでしょうか」

恐る恐る差し出した新品を傲然と受け取ると、晴海は代金だと言わんばかりに景子の眼前へ紙片を突き出した。

「ほら、受け取れ」

アンケート用紙だった。見ればワースト店員の欄に〈秋山〉と乱暴な字で書いてある。

晴海は後ろも見ずに店を出て行った。

まるで嵐の通り過ぎた後だった。

景子の震えはまだ止まらない。それでも災厄が去ったことは自覚できたので安堵の溜息を吐いた。

一週間で着潰した商品をどうやって返品報告しようか——新たな問題が発生したが、ヤクザ紛いの言葉で面罵されたり、動画サイトに投稿されるよりは数段マシな悩みだと思って自分を慰めた。いつの間にか掌の中でアンケート用紙を握り潰していた。

だが、それで災厄が終わった訳ではなかった。

3

晴海が持って行った新品は、景子が自腹を切ることで何とか帳尻を合わせた。

「秋山さん。あのテの客は味をしめて、きっとまた来るよ」

横で景子の応対を聞いていたレジ係の橋場《はしば》仁美《ひとみ》が心配そうに切り出す。バックヤードにいながら小声で話すのは、やはり客に聞こえてはいけない種類の話だからだろう。

「わたしさー、ここに来る前は通販のお客様センターにいたから、ああいうのはひと目で分かるのよ」

普段は気のいいおばさん風だった仁美は、前職の話に触れると途端に顔を顰めた。

「本当言うとさ、お客様センターの方が給料よかったんだけど、毎日のようにクレーム受けてたら精神病んできちゃってさ。このまま勤め続けたらどうにかなっちゃうと思って転職したのよ」

「橋場さん、そんな風には見えないんですけれど……」

「だからあ、ここに転職したから精神が安定したんだって。秋山さん、知ってる？　ここって営業時間以外の外線って、全部本部のサービスセンターに転送されるようになっているでしょ」

「はい」

「それって、つまり現場にくるクレームを少しでも減らそうっていう苦肉の策なのよ。電話でくるクレームが一番多いし、最近はそのクレームが悪質化しているから専門部署が対応する。あんな風に直接店に怒鳴り込んで来るのは少数だし、少数だから却って不気味よね」

「あの……ここの会社って、そんなにクレーム多いんですか」

「うーん。ここに限らず、不景気になればなるほどメーカーへのクレームは多くなるよ。やっぱり貧しくなるとさ、とにかく何でもいいから因縁つけてタダにしてやろうって人間は出てくるしね」

景子自身は買ったモノを無料にしてもらおうなどと思ったこともなければ、わざわざ手に取った商品を返品しようなどと思ったこともないので、仁美の話はまるで外国の話のように聞こえる。

「通販の時の先輩によるとね、こういうアパレルの会社に返品クレームが多くなったのは、大手のカタログ通販やテレビショッピングの影響が大きいんだって。あれって基本的に返品OKにしているから、こういうアパレルの店舗もそうなんだろうって勝手に思い込んでいる客が多いのよ。でもねー、通販やテレビショッピングの返品にしたって、あれはコストをメーカーに押しつけてるだけだから販売先は痛くも痒《かゆ》くもないって話で、実際は返品コストって馬鹿にならないしね」

これは景子自身もアパレルメーカーに勤めていたので、よく理解できる。メーカーにとって商品の返品は単なる負担というだけでなく、生産ラインの点検や在庫調整、最終的には決算にまで関わってくるリスクなのだ。

「橋場さん、そんなにクレーム対応ってきつかったですか」

「自分じゃ神経太い方だと思ってたんだけどねー。もちろん中には本当に不良品があってに問い合わせもあるんだけど、そういうのは大抵電話の主も丁寧で、こっちの頭が自然に下がっちゃうのが多いよね。最初っから居丈高なのに限ってモンスタークレーマーよね。何か日頃の不満や鬱憤をクレームつけることで解消している雰囲気ね。買った商品も決まって安物が多いしね。もろ毒気みたいなものだから、そんなのに当てられたらそりゃあ病むわよ。実際、身体悪くしたり、精神ぼろぼろにしたりした人が同じくらいいたもの。だから最近は、大手の通販って電話番号載せずにホームページのアドレスだけ載せてるでしょ。あれもクレーマー封じの一手」

聞きながらぞくりとした。仁美の話がひどく身近に感じられたからだ。

晴海の口汚い罵りは自分にとって、まさしく毒気だった。確かにあんなものを毎日浴びせられたら、健康な者も数日で病んでしまうだろう。

「そういうクレーマーはねー、決まってお客様は神様だろうって言うのよ。あれは本来、店側が自らを戒める言葉なのにね。ああ、この人たちは日頃報いられもせず、踏みつけられて隅に追いやられて、相当に心が荒《すさ》んでるんだなあって思ったよ。だから自分が威張れる立場になると、ここぞとばかりエゴを剥き出しにしちゃうのよ。ほら、何せ神様だから」

そして仁美は真剣な目で景子を見据えた。

「はっきり言っちゃうとね、店員が真っ当に責任持てないような要求をしてくるクレーマーなんて、もう客じゃないの。だからね、秋山さん。もう二度とあの客のクレームなんて聞き入れちゃダメよ」

仁美の話はいい教訓だと思った。

新品を立て替えた代金は痛かったが、それも授業料と考えれば諦めもつく。今後はクレーマーの対応方法も考えなくてはと肝に銘じた。

ところが、それだけで話は終わらなかった。次の日になって、景子は丸山に呼び出されたのだ。いったい何の話かと不審がる景子に、丸山はくしゃくしゃになった紙片を突き出した。

「これ、何か分かるよね」

ひと目見て分かった。景子が思わず握り潰してしまった、晴海の書いたアンケート用紙だった。

丸山は信頼していたものに裏切られたような失望感を露《あらわ》にする。

「昨日の就業後、ゴミ箱から見つけた。これ、秋山さんが捨てたの？」

すぐには言葉が出てこなかった。晴海に嫌がらせのように渡された用紙を怒りに任せて握り潰し、そのまま無意識に捨ててしまったのだ。

「困るなあ、こういうことされちゃあ。しかも見てみたら、ワースト店員に〈秋山〉って書いてあるじゃない。これって明らかに自分の減点隠しでしょう」

「それは……」

斉藤晴海という客がクレームに来て――と説明しようとしたが、あとの言葉が喉に詰まる。それを口にすれば、返品を自分のポケットマネーで処理した件を告げなくてはいけない。それは内規で禁止されているばかりでなく、景子にとってもひどい屈辱だった。

「まあ、初犯だから捨てちゃったことには目を瞑《つむ》るけど、ワーストに一票入っていることは事実だからね。当然、勤務評定には入れておくから」

「……申し訳ありませんでした」

思いついた言い訳が山のようにあったが、頭を下げるより仕方がない。景子は悔しさと情けなさに泣きたくなった。

勤務評定のマイナスがどの程度給料に響くかは分からない。今までのベスト店員としての加点にどう影響するかも分からない。いずれにしても新品の代金を肩代わりするよりもずっと高い授業料になったことだけは確かだった。


翌日、晴海がまた店頭にやって来た。

「こんにちはー、秋山さん」

その肥満体が視界に入った時すぐに逃げようとしたが、その前に見つかってしまった。

晴海はまるで十年来の友人のように、馴れ馴れしく近づいて来る。

「今日はさー、フリースで何かいいのがないかと思ってさ」

媚《こ》びた笑いを浮かべてそう言ってくる。個人的には相手をしたくないが、客として来店している以上無下《むげ》にはできない。景子は無理やり営業スマイルを作って応対する。

「左様ですか。それではフリースのコーナーはこちらでございます」

「またコーディネートお願いね」

「はい、それはもう喜んで……」

案内しながら、今度は失敗すまいと考える。とにかく念入りに、それこそ晴海が嫌な顔をするくらいサイズ確認をしてから、品物を渡せばそれでいい。

好みの色さえあればいいと言う晴海に対して、景子は自分でもしつこいと思えるほどサイズ合わせに拘ってみせる。

「ええっと。もう少し余裕があった方がいいかな」

「あ、これだと少しキツいかな」

「うーん、これよりはさっきのサイズがまだしっくりくるかなー」

試着しては脱ぎ、脱いでは試着を繰り返しているとやっと晴海の納得するサイズが見つかった。ファスナー付きのフリースで、開閉具合で襟元が調節できるため、晴海のような体型にはうってつけだった。

「これでよろしいですね」

「ああ、うん、いいよ」

「念のために再度ご確認ください」

わざわざサイズのタグを見せて、晴海自身にも確認させる。

「本当にサイズはこれでぴったりですよね」

「うっさいねー、これでいいよ、これで！」

再三、本人に確認させたのだからもう大丈夫だろうと、景子はフリースをレジに持って行く。

商品を包んでいる最中、晴海が袖を突いてきた。

「これ」

差し出してきたのはまたアンケート用紙だった。今度はベスト店員の欄に景子の名前が書いてある。

「ちゃんと筆跡変えてあるからさあ。これでまたあんたの票が増えるよね。これは今日のお礼として」

景子が止める間もなく、アンケート用の箱に放り込んでしまった。これでまた一票。それが晴海からの票だと複雑な気分だが、それでもワースト店員に票を投じられるよりは数段マシだ。

「ありがとうございました」

景子はお辞儀をしたが、胸にはしこりが残っている。クレーマー客を笑顔で見送ることができたのだから意気揚々としてもいいはずなのだが、何故か晴れ晴れとしない。晴海の小狡《こずる》そうな笑顔に終始不穏なものを感じていたからだ。

景子の予感は翌日になって的中した。またも晴海が姿を現したのだ。

「秋山さーんっ」

晴海は景子を見つけるなり大声を上げた。お蔭で店員のみならず、フロアにいた客のほとんどから注目を浴びる羽目になった。

「ちょっとお、何よこれー」

目の前に突き出したのは昨日買ったばかりのフリースだった。

「あの、サイズはぴったりでしたよね」

「サイズは合ってたけど、これ完全に不良品じゃないのさ」

「えっ」

意外な言葉に口が自然に開く。商品はメーカーから配送センターに届いた時点で一度、そして配送センターから届いた時点でもう一度検品されている。そのダブルチェックを経ているため、不良品は店頭に並ばないはずだった。

「疑うんなら、これ見なさいよ、これ」

あっと思った。

ファスナーの部分が千切れていた。それも力任せに引き千切ったように不自然な取れ方だった。

「……このファスナー、元からこうだったんですか」

「元からの訳ないじゃない！　試着する時、あんたとあれだけ確認したんだから。取れたのは家に帰って着た時！　ひっどかったのよー。ファスナー、上まで締めて胸を反らせた途端にぶちん！　あんたんとこの会社ってさー、縫製は中国でやってるんでしょ。だからこんな不良品が出るのよ」

言いがかりにも程がある。言い返そうとしたが、晴海が上目遣いで睨んでくるのでなかなか口が開かない。まるで蛇に睨まれたカエルだ。

「返金にしてよ」

「……えっ？」

一瞬、聞き間違いかと思った。

「返金よ、返金。この間のジーンズのこともあるしさあ。品物交換しても、また同じような不良品だったら怖いじゃない。だから返金にして」

返品による交換には鷹揚な〈くりむら衣料〉にも返金のマニュアルは存在していない。そんなことをいったん認めれば、使用済みの商品ばかりが山積みになっていく。

「当店では返金に応じることはできません」

何とか口にすると、その途端晴海の形相が一変した。

「何だってえ？　サイズ違いの品物は渡すわ、不良品を摑ませるわ、いったいこの店のモラルはどうなっているんだい」

晴海は一度深呼吸をしてから、喉も裂けよとばかりに声を張り上げる。

「皆さあん、聞いてくださあい。〈くりむら衣料〉では客に不良品を摑ませておいて知らん顔してるんですよおっ」

「やめてください」

「へえ、こういうことを公衆の面前では言われたくないんだ？」

「他のお客様の迷惑になります」

「それじゃあ場所を変えて話しましょうか」

丸山や他の店員の手前、バックヤードに連れて行くことはできない。景子は晴海をトイレ横の空きスペースに誘導する。

おそらくその判断がまずかった。

「本当に、他人には聞かれたくないのね。まっ、あんたの失敗だからそれは当然よね」

景子はやっと気がついた。

人目のない場所を選んだ時点で晴海に主導権を渡してしまったのだ。

「さ、早く返金してよ。ここにあたしを連れ込んだのは、そういうことなんでしょ」

「返金なんてできません。店に言っても絶対に受け付けてくれません」

「ふうん、受け付けてくれないんだ。そんならいいよ。〈くりむら衣料〉は不良品のクレームも受け付けてくれなかったって消費者センターに訴えるから」

「消費者センター？」

「基本、あそこは消費者の味方だからね。こっちの言い分を聞いたら、遅くとも翌日には本社に連絡するって話よ」

本社という言葉に怯懦《きょうだ》な心が反応する。この女のことだ。消費者センターへの訴えでも景子の名前を隠そうとはしないだろう。そうなれば本社に直接自分の悪名が轟くことになる。その破壊力はアンケート結果の比ではない。正社員への登用はおろか、もしかすると解雇されてしまうかも知れない。

「……それは……困ります」

「だったら返金しろよ。それで済む話じゃない」

フリースの代金は三千九百八十円。その程度の現金なら景子の財布からでも出すことができる。

カネさえ差し出せば、このクレーマーから逃げ出せる。今すぐ払ってしまえ。四千円足らずなんてはしたガネではないか――。

怯えた自分がそう囁く一方で、別の自分が警告を発する。

ここで財布を開くのは自滅への一歩だ。こういう女は味をしめると、仁美に忠告されたのを忘れたのか。要求を突っぱねてさっさと店から追い返せ――。

その時、何故か太一と雅彦の顔が浮かんだ。

ここを辞める訳にはいかない。早く安定した収入を得て、三人だけの家庭を持つのだ。

次の瞬間、景子の手は自分の財布に伸びていた。中を検めると一万円札が一枚と千円札が四枚入っている。

千円札四枚を取り出すと、晴海は奪うように紙幣を捥《もぎ》取った。

「釣りは要らないよね」

それを捨て台詞にして、晴海は背中を見せて店内に戻って行く。

景子は壁に身体を預けた。そうしなければ腰から崩れ落ちそうな予感がした。

無意識に、両手が祈るように組み合わさる。

もう二度とあの女が来ませんように。

もう二度とクレームが来ませんように。

だが、そうはならなかった。


祈りも空しく、晴海は毎日来店し続けた。来店して必ず何かを買っていくが、翌日には返品に訪れる。その繰り返しだった。しかも買う際には景子以外の店員から商品を受け取る癖に、返品する時は必ず景子を捕まえた。完全に景子を獲物として決め込んだ風だった。クレームの要求はもっぱら返金となった。そして、その金額は日を追う毎に増額していった。三千九百八十円の次は五千円、五千円の次は七千円と上がっていく。

晴海の側にしてみれば、いくら代金を支払ったところで、翌日には全額が返金されるのだから、その返金金額に千円二千円を加えていけばそれで済む。ところが景子の側では一方的に吸い上げられる現金が高騰する一方となる。景子の財布が空になるには三日とかからなかった。

他方、晴海が筆跡を変えて投票を続けているためか、ベスト店員の集計では相変わらず景子が群を抜いていた。

「うーん。一時は失速したけど、秋山さんやっぱり凄いじゃないか。まだ速報は出てないけど、この分なら首都圏でもベスト十位は確実だと思うよ」

事情を何も知らない丸山は浮かれたように景子を誉めそやす。だが丸山の声が跳ね上がれば跳ね上がるほど、景子の心は沈んでいく。確かに晴海の買い物が毎日続くお蔭で景子のポイントは増えていくが、結局は商品を自腹で購入しているようなものだ。給料と出費を比較すれば、明らかに出費が超過している。

景子は貯金を取り崩すより他になかった。三人で住める場所を手に入れるための虎の子だったが、背に腹は替えられない。最初は三万円ずつの出金に留まった。しかし一回毎の三万円が五万円になるのにも、それほど時間はかからなかった。

こうして景子の成績が上がる一方で、預金残高はどんどん目減りしていった。貧しくなると人間は品位を失っていく——仁美からそれを聞いた時にはあんまりな物言いだと思ったが、いざ通帳残高が減っていくと、確かに自分でも冷静さや温和さが削り取られていくような感覚に襲われる。名もなく貧しく美しくなどという言葉があるが、やはり貧しさは碌なものを生み出さないのだと実感した。

仕事を終えて家に帰っても心が一向に休まらない。だから普段でも引っ掛かりのある春江の言葉などは、神経を苛立たせるに充分だった。

戻りました、と言ってその横をすり抜けようとした時、春江が呼び止めた。

「あのねえ、景子さん」

口調で、はや小言だと分かる。

「仕事が大変なのは分かるけど、もう少しだけ早く帰れない？　折角雅彦と太一も帰っていて、家族全員が揃っているんだし」

それなら自分が帰って来るまで夕飯の時刻をずらせばいいではないかと思ったが、そもそも夕飯の時刻は子供たちの就寝時刻から逆算して春江が決めたことを思い出した。

「それから疲れているのは分かるけど、挨拶くらい元気にしなさいね。不景気が家の中にまで入ってくるわ」

虫の居所が悪い、というのはこういうことを言うのだろう。いつもなら聞き流せるひと言を今日は我慢できなかった。

「不景気で悪かったですね」

口をついて出た時、まるで他人が喋ったような気がした。

「どうせわたしは、夫の実家に居候でもしなけりゃ子供たちを食わせていけない甲斐性なしですから」

「えっ」

しまったと思ったが、口は勝手に言葉を続ける。

「でもわたしはわたしなりに頑張ってるんです。家を焼け出されて、二人の子を抱えたまちゃんとした仕事をしようとしたら、誰だって疲れるし心も折れます。毎朝毎晩へらへら笑っていられるはずないじゃないですか。家から一歩も出ず、経理の真似事さえしてればいいお義母さんと一緒にしないでください」

春江はきょとんとしてこちらを見ている。予想もしていなかったことを告げられ、どう反応していいのか分からないといった風だ。その能天気さが、また癪《しゃく》に障った。そして一度決壊した堤からは、今まで溜めていた激情が後から後から溢れ出る。

「景子さん、いったいどうしちゃったの。火事のことは大変だったけど、もうそろそろ史親も運が悪かったと諦めて……」

「主人の運が悪かったんじゃありません！　あれは」

そこまで言ってから慌てて口を噤んだ。

「すみませんっ」

景子は表情を悟られないように、顔を背けてその場から立ち去る。

危なかった。勢いに流されてつい思いの丈をぶち撒けてしまったが、すんでのところで一番秘めておいたことは口に出さずに済んだ。

春江はともかく、善吉には不思議と相対する者の気持ちを読んでしまうような不気味さがある。二人には決して気取られてはいけない。気取られたら最後、自分が必死に隠そうとしていることも露呈しかねない。

落ち着け、鎮まれ、と何度も自分に命令する。自分さえ口を噤んでいれば、誰もが忘れてくれる。隠された真実自体さえ誰にも気づかれなければ消滅してくれそうな気がする。

それでもその夜、心配ごとが二つも重なったせいで景子はなかなか寝つかれなかった。


晴海の要求が返品や返金とは別のものに変わったのは、最初のクレームから二週間も経過した頃だった。

「ねえ、おカネ貸してよ」

いつものトイレ横の空きスペースで、晴海は事もなげにそう言い放った。タバコの火を貸して、というような軽い口調だった。

「貸してってどういうことですか」

「今月さー、家計ピンチなのよ。十万円でいいから貸して。来月までには返すからさ」

「どうしてわたしが斉藤さんにおカネを貸さなきゃいけないんですか」

「んー。まあ、縁ってヤツ？　こういうことって親しい人間しか頼めないしさ」

「親しいって、わたしたち、そんな間柄じゃ……」

「なあに言ってんのよー。秘密を共有してるんでしょ。大親友に決まってんじゃん」

晴海は勝ち誇ったように嗤う。

「何回も返金に応じてくれたじゃない。ただの店員と客の関係だったら、あんなことしてくれないでしょ」

「あれはあなたの方が……」

「あたしがいったいどうしたって言うのよ」

笑ったままの恫喝《どうかつ》は一層凄味を帯びていた。

「あたしがしたのはただの要求なのよ。それにほいほい応じて会社の決まりを破ったのはあんたじゃないの。このこと本部のサービスセンターに流そうか。それともあの丸山って店長に告げ口してやろうか。どのみち罰せられるのはあんただけなんだよ」

指摘されてやっと分かった。

晴海の言うことは本当だ。自分は被害者だとばかり思い込んでいたが、ことが明るみに出れば糾弾されるのは景子一人だけになる。返品隠しはマニュアル違反であり、自腹で返金していた件も内規に照らし合わせれば重大な背任行為に当たる。

何ということだろう。良かれと思い、その都度回避し続けたが、結局は自分の首を絞めていたに過ぎなかったのだ。

「十万円なんてちょろいもんでしょ。つい最近だって万単位で返金に応じてくれたんだし」

「でも今すぐ十万円なんて」

「用意するんだよ、明日までに、必ず」

晴海は地を這うような低い声で命令する。

「これから先も〈くりむら衣料〉にいたかったらあたしの言うこと聞かなきゃダメだよ。大丈夫だって。あたしだって鬼じゃないし、ヤクザでもないんだから。借りたものはちゃんと返すわよ」

顔を近づけてまた嗤う。

「いつかね」

晴海は足取りも軽やかに立ち去って行った。

後ろ姿を呆然と眺めていると、不意に目の前が滲《にじ》んだ。

改めて自分の馬鹿さ加減に死にたくなる。どうして最初に無茶な要求をされた時に断固として謝絶しなかったのか。

期待されている自分を捨てたくなかったからだ。店の重要な位置にいて、周囲から称賛される自分という存在を護りたかったからだ。だから易きに流されて、最悪の事態に自らを追い込んでしまった。自業自得とはまさにこのことだ。

景子は立っているのもやっとだった。

4

とにかく明日までに何とか十万円を用意しなくてはならない。しかし通帳残高は既に五十万円を切っている。次の日にでも返済してもらえれば問題はないのだが、あの晴海がそんな律儀者だとは到底思えない。返済時期をこちらから指定しても容易く破られそうな予感がある。

いや、それだけに留まらず、晴海の無心がこれで終わるとも思えない。あの女は飢えたハイエナだ。景子という獲物に爪を立てた以上、その身を食い尽くすまで解放してくれないだろう。十万円貸せばその次は二十万円、二十万円貸せば次に三十万円。そうやって金額はどんどん嵩上げされ、遂に自分は一文無しになる――。

現実味を帯びた予想に吐き気を覚えた。考えるだに胃がきりきりと痛んでくる。足は鉛のように重くなった。

胸の中に重い澱を沈めて、景子は工務店に帰宅した。

「ただいま……」

返事はない。どうやら家族は先に食事をしているのだろう。作業場の中には珍しく善吉の姿もない。

とりあえず着替えてから食卓に着こう。そう考えて自室に向かおうとした時だった。

ふと視界の隅に事務室が映った。

事務室といっても、ただ作業場の脇に事務机と予定を書き込んだホワイトボード、それから申し訳程度の縦型キャビネットが設えられているだけのスペースに過ぎない。

景子の視線は、事務机の奥に置かれた手提げ金庫に注がれた。普段、春江の所作を眺めているのでこの手提げ金庫の中身については朧げながらに知っている。ちょっとした工具や材料を購入するため、あるいは代引きの郵送物が届いた時のため、いくらかの現金が入っているはずだった。店先で処理できる範囲の運転資金といったところか。

明確な意思がある訳でもなく、身体がふらふらとそちらの方に吸い寄せられていく。

お前は何をするつもりだ――誰かが驚いたように叫ぶが、景子の身体は止まらない。あっという間に事務机まで辿り着いた。

明日までにどうしても十万円が必要になる。春江から借りるという選択肢もあるが、事情を根掘り葉掘り訊かれるのは嫌だ。

春江は帳簿の管理と家事で忙しい。きっと金庫の中身を毎日精査などしていないだろう。だから一時的におカネが足りなくなっても、すぐには露見しないはずだ。それに、これは盗むのではない。ほんの少しの間借りるだけだ。晴海の返済があり次第、あるいは給料が支給された時にそっと戻しておけばいい——。

子供じみて、しかも晴海の勝手な理屈に同調した短絡的思考でしかなかったが、それを指摘する声は意識の彼方に遠ざかっていた。今はただ、金庫の中に現金がいくら入っているのか、そこから十万円を抜いてもすぐには気づかれないだけの金額なのかが頭の中を支配している。

本当にそれで許されるのか。

か細い声の警告に抗うように、胸の澱から発酵した感情が一気に噴出する。春江も春江だ勤めで疲れているのがわかっているのならもっと気遣ってくれてもいいじゃないかふた言目には子供たちのため子供たちのためと言うが要はわたしを責めたいだけじゃないのかその精神的苦痛を考えたら少しの間おカネを拝借するくらい何だと言うのだどうせ生活力のない嫁だと陰で嗤っているに違いないそれでも我慢して同居してやっているわたしの気持ちを少しは考えたらどうだ生活力がないのはあなたの息子の方だ勤めを辞めた途端にその能力のなさを露呈したあれはあなたたちの育て方が悪かったのではないかわたしは太一と雅彦をそんな風に育てたくないだから一刻も早くこの家を出ようとしているのだわたしのしようとしていることはだから絶対に絶対に絶対に正しいそれにしてもこの金庫の鍵は掛かっているのだろうか。

そろそろと金庫に伸びた手が開閉ボタンに触れる。

その時だった。

「景子さん？」

心臓が破裂するかと思った。

身体中が凍り付いて動かない。それでもようやく首だけ動かしてみると、そこに春江が立っていた。

「お義母さん……」

誰も見ていないところで金庫を開こうとしている嫁。どう言い繕っても弁解のできない状況で景子は満足に呼吸もできない。きっと表情も凍り付いているに違いない。

ところが春江の方はひどく冷静な目をしていた。ゆっくりと景子に近づき、壊れ物に触れるような手つきでその手首を摑む。

こちらを射竦めるような目ではない。むしろ包み込まれるようだと思った。

「今日、出入りの業者さんに払っちゃったからそんなに残っていないのだけれど……いくら要るの？」

「あの、あのっ」

「教えて。いったいいくら必要なの。理由は訊かないから金額だけ教えて」

「でも……」

「景子さんのことだから、間違っても身の丈に合わない買い物とか賭け事じゃないわよね。真っ当な使い道ならいいのよ。おカネって、そういうことに使うためにあるんだもの」

春江は椅子にちょこんと座り、ポケットから鍵を取り出すと手早く開錠する。

開閉ボタンに春江の指が触れる直前、景子は喉から声を絞り出した。

「……申し訳……ありませんでした」

謝罪した途端に胸の底に残っていた熱い塊がとろとろと流れ出した。一瞬視界が歪み、急に腰が砕けた。土間に膝をつき、景子は子供のように泣きじゃくり始めた。

「本当に済みませんでした、済みませんでした……」

「静かにして」

春江は景子の頭上から覆い被さってきた。

「子供たちに見られたら恥ずかしいでしょ。母親が泣いてる姿なんて」

「でも」

「あのね。史親が逝ってしまった今、わたしたちの子供はあなただけなの。駄目じゃない、辛いことがあるのなら言ってくれなくちゃ。水臭いったらありゃしない」

不意に思い出した。

まだ景子が小学生の頃、何かの拍子で泣き出すと、よく母親がこうして自分を抱いてくれた。母親の匂いを胸一杯に吸い、その体温を肌で感じると不安はたちどころに雲散霧消したものだった。

これは、あの時の匂いと温かさだった。

涙は後から後から溢れ出てくる。景子は春江の胸に顔を押しつけて泣いた。きっと声はくぐもって、あまり外には洩れていないだろう。

泣き声が途切れがちになり、涙が乾いた頃を見計らって景子が顔を上げると、春江の顔があった。

全部話してしまおう、と思った。昔よくそうしたように、全てを打ち明けてしまえばきっと楽になれると信じた。それで春江に軽蔑されるのなら、それで構わない。今はとにかくこの人に懺悔したいと心の底から思った。

「あの……聞いてくれますか」

「はいはい。でも、これだけ近くにいるんだからなるべく小声でね」

他の家族に聞かれないように配慮してくれている。その気遣いがこの上なく有難かった。

やがて景子は今までのことを順序立てて語り始めた。順序立てて話すためには要点を纏めなければならない。そして要点を纏めていると、改めて自分の陥った過ちに気づく。全ての原因は、己が焦りと妙な意地に振り回されたからだった。もっと地歩を固め、謙虚でありさえすれば落ちなくて済んだ穴だったのだ。

説明し終えると、思った通り胸のつかえが取れた。心なしかいくぶん身体が軽くなったようにも感じる。気がかりだったのは春江の反応で、眉間に皺を寄せて難しそうな顔をしている。やはり愚かな嫁として糾弾されるのだろうと覚悟を決めていると、普段は鷹揚なはずの義母が不機嫌そうにこう言った。

「いい齢をして本当に……」

「今回はわたしが至らなくって」

「景子さんじゃなくて、その晴海って人がよ。聞けばいい齢をした主婦なんでしょ。そういう大人がヤクザのチンピラみたいな真似して、自分が情けなくならないのかしらね」

春江は自分でも情けないというように首を振る。

「ウチも客商売だから分かるけど、商売人にとってお客さんからの苦情というのは宝物みたいなものなの。だって向こうの方から、ここはこうした方がいいって改善箇所を教えてくれるんだもの。だけど、晴海さんとかいう人は因縁をつけてるだけ。大体、あわよくばタダにしてもらおうなんて思った時点で、そんなのは客でも何でもない。ただの泥棒よ」

商売人だからこそなのだろうか、春江の言い分は毅然として耳に心地よかった。

「ちょっと時間くれないかしら？」

春江は何か考えがあるらしく含みを持たせる。

「でも、向こうは明日にでも寄越せって」

「そういう手合いに現金を一度でも渡したら返ってきやしないわ。大抵はその日か次の日に散財してしまうからねえ。だったら、実家の両親が工面に走っているから数日待てってって言って。実家公認なら簡単におカネが引き出せるって思い込むからね」

「そんなものなんですか」

「あなたの話を聞けば聞くほど、その晴海さんの底の浅さが透けて見える。年寄りなんてちょろいもんだとなめてるのよ。終戦後の焼野原から生き延びてきた人間がどれだけしぶとくてどれだけ悪賢いかなんて、きっと想像もしないんでしょうね」

春江はくすくすと笑う。上品ぶってはいるものの、したたかさと意地の悪さが仄見《ほのみ》えていた。


翌日、店を訪れた晴海に、実家に無心しているので数日待って欲しい旨を告げると、意外にあっさりと承諾された。

「まっ、実家頼りならしょうがないよね。でもあんまり待てないからね」

晴海は不承不承に言ったが、そもそも自分が借りる名目のカネを待てないというのは主客転倒ではないか。春江という理解者を得たからではないが、景子は無性に腹立たしかった。

一方、春江の方は何事か画策しているのか、近所の茶飲み友達と会議を繰り返しているようだった。

経理担当をしているだけあって、春江はネットにも通暁《つうぎょう》していた。高齢で遠出が鬱陶しくなったため、最近はとみに通販での買い物が増えたのだと言う。

「景子さんの先輩が言った通り、通販の多くがアドレスだけ載せて電話番号を載せていないのは、クレーマー対策みたいね。嘘か本当か知らないけれど、最近の人は全部ケータイで対応しようとするから、メールでクレーム入れようとしても長い文章が完成する前に諦めちゃうんだって。そう考えると電話で対応しないっていうのは正解なのかもねえ」

どうして春江がこんなことを言い出したのか、その時は理解できなかった。理解できたのはその数日後、春江から同行の申し出があった時だった。

「景子さん、明日はお休みよね。ちょっと付き合ってくれない？」

「いいですけど、どこかへ買い物ですか」

「買うんじゃなくて文句言いに行ってくるの。ほら、これ見て」

春江が突き出した手首には青い石が数珠つなぎになったブレスレットが嵌めてあった。所謂《いわゆる》パワーストーンと呼ばれるものだ。

「お義母さん、こういうのも買うんですね」

「通販でね。でもこれ、全くの偽物なの。だから製造元に直接行ってやろうと思って。そこも電話番号を載せてないものだから」

景子はぎょっとした。つまり晴海のようにクレームを入れに行くというのだ。日頃の振る舞いから、春江がそんな行動に出るとは意外だった。

二人は電車を北総線に乗り換え、矢切駅で降りた。ここから景子の勤める北小岩の店舗までは目と鼻の先になる。

「えっと三矢小台一丁目、と」

春江は地図の拡大コピーを手に目的地を探す。携帯端末に手慣れた者なら指先の操作だけで目的地を検索するのだろうが、春江にはこの方が分かり易いとみえる。

矢切神社を過ぎたところで、春江は目指す場所を見つけたようだった。

「ああ。ここね、きっと」

目指す場所は古びたアパートの一棟だった。とても中に店舗が存在しているとは思えない。

「ネットのお店なんて店舗がなくても開けちゃうものね。それでクレームも受け付けないんだから、本当にお気楽な商売だこと」

事情を打ち明けてからようやく気づいたことがある。時々この姑《しゅうとめ》は菩薩の顔で夜叉のような言葉を放つ。ひょっとしたら根は相当に強靭で、したたかなのかも知れない。

「あの、お義母さん。わたしは何をしたら……」

「景子さんは後ろで見ていてくれればいいから」

春江はずんずん前に進んで行く。アパートの階段は鉄製で、二人の足音がかんかんとうるさく響く。鉄筋コンクリート造りとはいえかなりの築年数が経っており、明日取り壊しになったとしても不思議ではない。

「二〇五、二〇五」

部屋番号を唱えながら、やがて春江はその部屋の前で立ち止まり、いきなりチャイムを鳴らした。

ドア上の表札を見て景子は思わず叫びそうになった。

〈斉藤晴海　運命のストーン社〉

「だあれー?」

ドアの隙間から顔を出したのは、やはりあの晴海だった。景子の姿は開いたドアの死角になって、晴海からは見えないらしい。

「社長の斉藤さんですよね。わたし、お宅の商品を購入させていただいた者なんです」

「あ。それは有難うございました」

「すごく綺麗な石ですよねえ。あんな綺麗なブレスレットでしかも幸運を呼べて、ワンセット一万五千八百円なんて目を疑いました」

「あれは自信の商品ですからね」

商品を誉められたのが嬉しいのか、晴海は最初に見せた警戒心を次第に和らげた様子だった。

しばらく春江の称賛が続き、晴海はますます警戒を解いていく。春江が態度を急変させたのは、相手がすっかり無防備になった時だった。

「でも、この石、偽物よね」

「……えっ」

「商品説明書ではこの石、天然石のラピスラズリって書いてあるわよね。でもあんまり鮮やか過ぎるから鑑定士さんに見てもらったの。そうしたらこれは真っ赤な偽物、ハウライトという安い石らしいじゃないの。この素材だと、どんなにおカネかけても精々千五百円の代物なんですって」

晴海は驚きに目を見開いていた。

「これは不良品とかいう程度じゃないですよね」

「な、何いい加減なこと言ってるのよ」

「ちゃんとした鑑定書も作成してもらいました。お宅のサイトにあった商品説明も、人に頼んで記録させてます。もちろん振込依頼書の控えも残してあります。斉藤さん、フリーマーケットとかじゃなくて商業登記して仕事してるんでしょ。だったらこれは商標法違反か詐欺罪、立派な犯罪よ」

そこからが見ものだった。春江は笑顔さえ崩さないものの、立て板に水の如く相手を責め立て始めた。丁寧だがいつもより低い声なので、やたら迫力がある。

「商標法違反でも詐欺罪でも、懲役または罰金は免れないでしょうねえ。今、ちらっと玄関見たらちっちゃな靴がありましたね。お子さんは三歳くらい？　失礼だけどあまり家賃の高くなさそうな部屋だけど、そんな状況で逮捕されたらどうなるのかしらね。懲役でも罰金でも応えるんじゃないかしら。でもそれは自業自得ね。こんな偽物売りつけた時点で真っ当なことをしていないのは知っていたはずだから、警察に捕まっても恨みごと言える立場じゃなし」

「それで脅しているつもりなの」

「先に脅したのはそっちでしょう」

春江は景子を引き寄せて、その面前に立たせる。

「あ、秋山」

「この人からも話を聞いたわ。あなた詐欺もそうだけど、相当にあくどいことしているのね。あなたがこの人にしたことは威力業務妨害と恐喝よ。偽物の件を加えたらいったい罪状はどれだけ膨れ上がるのかしら」

「そんなことができるもんなら……」

「この齢になると色んなところに知り合いがいてねえ」

そう言いながら春江が掲げてみせたのは一枚の名刺だった。

「この人の肩書、読める？　〈警視庁生活経済課課長〉ってあるでしょ。そこはね、偽ブランド品の摘発に力を入れている部署でね、こういう類の事件には断固たる処罰を下すって、もう怖いの何の。あなた実家はどこ？　今からお子さんを預ける用意をしておいた方がいいわよ」

春江は名刺を相手の顔に近づける。すると晴海はいきなり全身を震わせ始めた。

「あ、あたしはただ唆《そそのか》されただけで」

「唆されたって？」

「こういう風にクレームを入れ続けて欲しいって頼まれて。あたしはそいつの言うことに従っただけです」

「十万円持って来いというのも？」

「それは本当にいっとき借りるつもりで……」

「嘘、仰《おつしや》い！」

突然、春江は雷を落とした。

晴海は電気に打たれたように背中を反らせる。

「この人の気の弱さにつけ込んで、いくらでも搾り取ろうとした癖に！　わたしはあなたを決して赦《ゆる》しません。今すぐ警察に突き出してあげます」

「勘弁してください。わたしはただ使われていただけなんです」

「じゃあ、あなたを唆していた人は誰なの」

「秋山さんと同じ職場で働いている多賀紀子って女です」


こういうことは警察に入ってもらわないと後腐れになるから――という春江の意思は強く、晴海と紀子の二人は任意聴取に応じることになった。

元々は景子の躍進ぶりを快く思わなかった紀子が、クラスメートであった晴海を巻き込んで仕組んだ狂言だった。悪質なクレームに対応させ続け、自腹を切るような羽目に陥れれば、早晩店を辞めていくと踏んだらしい。ところが計画の途中で晴海が暴走した。景子が押しや脅しに弱いことを知ると、やがて現金を請求し始めたのだ。

晴海はパワーストーンのブレスレット販売で生活の糧を得ていたが、実質は素人同然のノウハウしかなく、売れ行きは一向に上向かない。大手の同業他社にシェアを奪われ、最近では食費にも事欠く有様だったらしい。そこに紀子から話を持ちかけられ、呆気なくこれに乗った。

聞けば、以前は晴海自身もクレームに苦しめられたらしい。際限なく続く罵倒と叱責にいつしか心が折れ、開き直って偽物作りに軸足を移した。だから、逆にモンスタークレーマーに扮することに快感もあったのだと言う。

人の悪意は伝染する。晴海はその典型的な例だった。

「でも景子さんには済まないことしちゃったわね」

一件落着した後、春江は申し訳なさそうに言ってきた。

「大事になる前に解決したのはよかったけれど、結局はお勤めを辞める羽目になったものね」

二人の企ては当然〈くりむら衣料〉本社の知るところとなり、紀子は即日懲戒解雇となった。しかしいくら脅されていたとはいえ、景子の行為もお咎めなしで済まされるものではない。職場での風当たりを考えれば、今までと同様に働くことが困難であるのは目に見えている。そこで景子は思い切って退職の道を選んだのだ。

「ついてはお義母さんにお願いがあるんです」

景子は居住まいを正す。

「わたしをこの工務店で雇っていただけませんか」

春江は、ほうという顔をした。

「仕事は今から一生懸命覚えます。資材運びでも電話番でも何でもします。お願いですから雇ってください」

舅《しゅうと》と姑という目で見ていたので気づかなかったが、秋山善吉工務店は三人の従業員を抱えながらも赤字にならず、仕事がよく回っている。善吉の経営手腕もさることながら、春江の経営管理も遺漏《いろう》がない。勉強も兼ねて春江から知識を吸収することが、ひどく魅力的に思えたのだ。

腰が曲がりそうになるほど頭を下げると、やがて軽やかな声が下りてきた。

「そうねえ、給与支出が増えるのは税金対策になるしね。でもここの社長はお爺さんだから、まずあの人の許可が必要よ。返事はちょっと待ってね。……でも、何だか急な話ね」

「わたし、今度のことでお義母さんの凄さを思い知らされました。百分の一でもいいから見習いたいと思って」

「おやおや。わたしはただの婆さんよ」

「そんなことありません。斉藤さんを追い詰めた方法といい、あんな知識があるなんてびっくりです」

「あれはわたしの知り合いの知り合いが以前、彼女から偽物を摑まされたって聞いたのよ。わたし、茶飲み友達だけは多いから、その類の噂話はすぐに集められるの。後は彼女の通販サイトに入って、ひと目で偽物と分かる品物を注文すればよかった。それと、これは本人には話すなって口止めされてるんだけど……」

「はい？」

「話の詰め方とか、脅し文句とかはね、ぜえんぶお爺さんの入れ知恵だったの。あなたの様子が変だから、お前それとなく訊き出してこいって。全く食えない年寄りよねえ」

四　宮藤、追及する

1

　刑事部屋に入るなり、桐島《きりしま》班長と目が合った。

「宮藤」

　直属の上司から呼ばれたら応じない訳にはいかない。宮藤賢次《けんじ》は愚痴りたいのを抑えて桐島の許へ向かう。

「四つ木の女子高生殺し。まだ容疑者を絞り込めてないのか」

　気分でころころ表情の変わる男ではないが、険のある目で何を言いたいのかは大体分かる。

先月、葛飾区四つ木の廃工場で発見された十六歳少女の惨殺死体。殺害方法の残忍さからマスコミでは派手な報道合戦が繰り広げられ、専従となった捜査一課桐島班には否応なく注目が集まっている。現場の指揮を任されている桐島の焦燥は手に取るように分かる。

「現在、ブツを集めている最中です。もうずいぶんと絞れてはきているので」

答えを聞くと、桐島はふんと鼻を鳴らした。

「絞れてきているのなら、他の事件に首突っ込む時間をこっちに充《あ》てろ」

それでも必要以上に干渉してこないのは、宮藤の実績があってこそだった。捜査一課でも一、二を争う検挙率はこういう時にものを言う。

世間の注目を浴びている事件を優先させる。その意図は充分に理解できる。警察は良くも悪くも国家権力だ。その一挙手一投足をマスコミや大衆から監視されている。こうした耳目を集める事件をいかに迅速に解決させるかで、信頼度が左右される。

しかしそれはあくまでも組織としての論理だ。宮藤個人としてはマスコミに注目されようとされまいと、拘泥《こうでい》せずにはおられない事件がある。その一つが墨田区で起きた秋山家火災事故だった。桐島が他の事件と名指ししたのはまさしくこの一件だ。

古い家屋の立ち並ぶ住宅地の中、夜半に出た火は秋山家の二階部分を焼失させ、同時に世帯主の史親を家族から奪った。消防署による火災調査では、出火元である二階で寝ていた史親が火の不始末をし、それが部屋に置いてあった可燃性の缶スプレーに引火して爆発火災を引き起こしたものと見当をつけていた。妻景子の証言では、史親はパソコン機器の掃除にスプレー式のクリーナーを使用しており、予備を含めた数本を自室に置いていたのだという。また史親は喫煙者でもあることから、出火原因はタバコの火の不始末ではないかと推察されていた。

ただしそれらは推測の域を出ない。爆発によって出火元にあった残留物の多くが四散してしまい、検証が不可能になっているからだ。従って消防署の方では未だ出火原因は不明としている。

一方、警察でも火災には事件性が見当たらないとして捜査員の数を縮小させた。今後は消防署の最終報告を待って、こちらも事故と片付ける流れになっている。

だが宮藤は納得できなかった。

秋山家の火災に事件性が見当たらないとされた根拠の一つに動機の不在が挙げられる。まず秋山家が焼失したことで利益を得る者はいない。もちろん家屋には火災保険、史親には死亡保険が掛けられていたが、家主と類焼した隣宅への慰謝料で給付金は吹き飛び、また家財のほとんども焼失しているため、家人による保険金目当ての自演とは考え難い。

次に放火魔による出火の疑いだが、火元が二階であることからこの線も却下された。同地区に類似の火災が発生していないことも、否定的意見の補強材料となった。

三番目に秋山家の人間に対する怨恨説が検討されたが、これも周辺の訊き込みによって粉砕された。焼け死んだ史親はゲームソフトの会社を辞めてからは家から出ない生活を続けていたので、近所との接触はほとんどない。景子は近所付き合いもよく、彼女を悪く言う者は誰もいなかった。二人の子供たちについては論外だ。

事件性を支える要因が全て否定され、物証も存在しないのであれば事故と処理されるのはむしろ当然だった。

それでも宮藤は納得できない。何故ならば三番目の怨恨説に拘りがあったからだ。当時、景子と二人の息子は一階で就寝していた。二階にいたのは史親だけだ。つまり二階から出火すれば史親一人が焼け死ぬ確率が高い。事実、爆発音に気づいた景子が二階に駆け上がると、既にそこは手の付けられない状態になっていたと言う。

宮藤の疑惑は遺族に向けられた。たとえば景子が夫の殺害を目論《もくろ》んで自宅に火を放ったのではないか？

史親が家に引き籠もり気味であったために、近隣住民も史親たちの夫婦仲については詳しく知る者はいなかった。ただし、いい齢をして再就職もしようとしない亭主を、景子が邪魔者扱いしたとしても何の不思議もない。いや、景子に情夫がいたと仮定すれば、亭主を殺す動機も生まれてくる。

景子を疑ったのにはもう一つ理由がある。事情聴取の際、彼女が見せた不審さだ。出火当時のことをあれこれ質問している最中、景子は何事かを隠しているように見えた。それが何なのか具体的には指摘できないが、長年容疑者の嘘を聞かされてきた耳には不協和音が響いていた。

どんな商売にも適性がある。努力してもある一定水準までは誰でも到達できるが、適性が備わっていればより早く到達できる。刑事の場合には容疑者の嘘を見破ることだが、宮藤はこの方面での能力が抜きん出ていた。その目と耳と鼻が、景子の嘘を察知している。

単なる失火事故ではない——非論理的な推論に引かれて、宮藤の足は秋山善吉工務店に向かった。

瀟洒な住宅地の中で、瓦葺木造二階建ての秋山善吉工務店は異彩を放っていた。まるでそこだけが昭和時代のまま周囲から浮いているように見える。

宮藤は工務店から離れた場所にクルマを駐《と》めて中の様子を窺う。時刻は午前七時二十分。普段なら、もうすぐ二人の息子が学校に出掛ける時間だ。

数分後、果たして二人が引き戸を開けて現れた。雅彦と一緒にいるのは弟の太一だろう。兄弟だというのに、顔はあまり似ていない。ここから眺めていると、二人で何か言い争っているようだ。

宮藤はダッシュボードの中から集音マイクを取り出した。官給品ではなく、宮藤が個人的に購入したものだが、便利なので常備するようにしている。イヤフォンを耳に差し、マイクを二人の方へ向ける。

『な、言った通りだっただろ？　あの人には勤め人なんて無理なんだよ』

『無理じゃないよ。ちゃんと毎日、〈くりむら衣料〉に行ってたじゃない』

『ちゃんとってのは半年一年続けることだぞ。母さん、二カ月も保《も》たなかったじゃないか。ああいうのはな、試用期間といって三カ月は様子を見るの。で、その期間中こりゃ駄目だっていうのは採用してくれないの』

『それって正社員の場合でしょ。母さん、バイトだったじゃない』

『正社員もバイトも同じだっつーの。見てただろ？　仕事に燃えてたのは最初くらいで、途中からどんどんどんどん暗あい顔つきになっててよ、辞める寸前なんか落ち込み方半端じゃなくって声掛けるにも勇気要ったじゃん』

『僕、普通に話してたけど』

『だっからあ、お前って天然で、しかも空気読めないだけなの！』

聞いていて、つい口元が綻《ほころ》んだ。大人と話す時には拗ねた目をして身構える雅彦も、太一にはいい兄貴でしかないらしい。

　ふと宮藤は自分たち兄弟の姿を雅彦たちに重ね合わせてみる。

　宮藤の兄映一《えいいち》もやはり自分とは似ていない兄弟だ。顔の造作はもちろん、声も体格も性格もことごとく似ていない。友人に紹介した時は冗談と受け取られたほどだ。

それでも共通点が一つだけあり、二人とも無類の映画好きだった。幼い時はよく連れ立って映画館に足を運び、観終わった後はああでもないこうでもないと感想を言い合った。お蔭でアクション映画のファンだった宮藤は長じて刑事となり、映一は病膏肓《やまいこうこう》に入《い》り遂には映画監督になってしまった。さすがにこの齢になるとしょっちゅう会うことはなくなったが、顔を合わせれば挨拶代わりに映画の話で盛り上がる。言葉を交わさずとも分かってしまうものがある。

親友、仕事仲間、ただの話し相手。それぞれに絆の形はあるが、兄弟というのはまた別格だ。同じ両親の血を引く者として人生の一部が重なっている。だから親や友人には言えないことでも、兄弟になら打ち明けられる。

突然の火災によって住処《すみか》と父親を一度になくし、一番心が折れたのはこの兄弟だったに違いない。捜査に私情は禁物だが、二人には強く生きて欲しいと宮藤は願う。

秋山兄弟が宮藤の乗るクルマの横を通り過ぎる。宮藤は屈んでドアの陰に身を潜める。

『でも驚いちゃったよね。結局母さん、お爺ちゃんのところで働いてるんだもの』

『ああ、それは俺もびっくりした。あんなに爺っちゃん苦手だった人がどういう風の吹き回しなんだか。それはそれで、どっちが先にキレるのか、おっそろしい話でもあるんだけどよ』

景子が〈くりむら衣料〉に勤め始めたことは宮藤も把握していた。景子の行動が気になったので、折りをみて監視を続けていたのだが、モンスタークレーマーに絡まれた挙句退職を余儀なくされたらしい。

『いいじゃない。家族がいつも一緒にいてさ』

『ほんっと、どこまでも楽観的なんだな。俺はいつなんどき爺っちゃんが爆発するのか、気が気じゃないっていうのに』

『お爺ちゃん、爆発なんてしないよ。そりゃあ時々はちょっと怖いけどさ』

『ちょっとって……お前は爺っちゃんの正体を知らないんだよ。この間なんかなあ、ヤクザ相手に机振り回してたんだぞ』

『兄ちゃん、それ、盛り過ぎだよ』

『盛ってねえよ！　本当に机をぶん投げたんだ』

『母さんにも机を振り回したりするの？』

『いや、それはないだろうけどさ』

『大丈夫だよ。母さんとお婆ちゃんも最近よく話すようになったじゃない。きっとお爺ちゃんとも仲良くなれるよ』

『お前って徹底して楽観的なんだな。あのなあ、父さんでさえ爺っちゃんとはうまくいってなかったんだぞ』

『そうなの』

『だってお前、その齢になるまであまり爺っちゃんの家来たことなかっただろ』

『喧嘩してたのかな』

『違う。喧嘩なら仲直りすりゃいいだけの話だ』

『じゃあ何なのさ』

『……きっとお互いに軽蔑してたんじゃないのかな。父さんは学歴のないヤツは嫌いだと言ってたし、爺っちゃんは働きもせずに能書き垂れるヤツが嫌いみたいだし』

『変だねえ、親子なのに』

『親子だからなんじゃねえの』

二人の声が次第に遠ざかっていく。宮藤がひょいと顔を上げると、雅彦と太一は道路の向こうへ消えかかっていた。

景子と善吉の間にわだかまりがあるというのは初耳だった。集音マイクを常備しておいて正解だった。近所を回るだけでは、こうした話にも決して出合わなかっただろう。

宮藤はクルマから降り、工務店へと向かう。

最初に出て来るのは善吉か、それとも景子か。いずれにしても当人たちから直接事情を訊く必要がある。

工務店の引き戸を開ける。仕事で出払っているのか、作業場に人の姿は見当たらない。奥に設えた事務机に女が一人座っているだけだ。

「ごめんください」

声を掛けると、女がこちらに振り向いた。

のっけから大当たり。女は景子だった。しかも都合がいいことに、彼女一人しかいない。

「ああ、あなたは……」

「ご無沙汰しています。警視庁捜査一課の宮藤です。現場検証の際は失礼しました」

「こちらこそ……あのう、今日はどういったご用で？」

「もちろん、お宅の火事についてですよ。今、よろしいですか」

「構いませんけど……あの、お茶を」

「いやいや、お気遣いは結構ですから」

やんわりと断ってから、宮藤は近くの椅子を引き寄せる。真正面に捉えた景子の顔は不安と警戒心に怯えている。

「少しは落ち着かれましたか」

「そうですね、ずいぶん日が経ちましたから」

「そこに座っていらっしゃるのは、お店のお手伝いですか」

「ええ、そういったところです」

「ずっと同居されるおつもりなんですか」

すると景子がわずかに視線を外した。立ち入ったことを訊かれて機嫌を損ねたのかと思ったが、相手の口から出たのは興味深い言葉だった。

「それが、最近よく分からなくなりました」

「えっ」

「焼け出された当初は、一日も早く新しいアパートを借りて母子三人の新しい生活を始めようと考えていましたけど、今はもう、そんなに焦らなくてもいいかな、と」

「実家のお世話になるのは心苦しいですか」

「やっぱり自分の実家とは違いますもの。慣れ不慣れもあるし、舅姑に対する遠慮だってありました」

ありました？

「過去形ですね」

そう指摘すると、景子は少し驚いた様子を見せた。

「別に深い意味なんてありません。ただ、時間が経てば色んなことが変わってきます。あの、それより出火の原因は分かったんですか」

「それがまだどうにも……ご存じの通り、有機化合物に引火した際の爆発で原因を特定できそうなモノは全て吹っ飛んでしまいましたからね。そして出火原因が断定できないうちは、失火なのか放火なのかも決められません」

「放火？　そんな、まさか。どうしてウチみたいな家が放火されなきゃいけないんですか。

人が羨むようなお屋敷じゃないし、第一火が出たのは二階じゃないですか」

「あくまでも可能性の問題ですよ。最初に出火に気づいたのは奥さんでしたね」

「そうです。ぱちぱち爆《は》ぜるような音がしたかと思ったら、いきなり二階で爆発の音がして……慌てて夫の様子を見に行こうとしたんですけど、もうその時には階段に火が回っていて近づくこともできなかったんです。大声で名前を呼んでも返事がないし、どんどん天井から煙が染み出てくるし……それで子供二人を外に連れ出すと、二階の窓から大きな火が出ていて……」

宮藤はそれを聞きながら、現場検証の際に記録した景子自身の証言と照らし合わせてみる。両者の間には意外なほど相違がない。同一人物の証言だから一致して当然というのは早計に過ぎる。突発事に直面した瞬間は観察力が麻痺して正確な情報を感知していないこともあれば、逆に時間の経過とともに記憶が薄れていく場合もあるのだ。

ところが日を経たにも拘わらず、景子の証言にはブレがない。これは景子の記憶力が確かなのか、それとも予め用意していた台本通りに喋っているのか。

「では出火原因はタバコの火の不始末でしょうかね。ご主人は喫煙者だったということですから。しかし……」

「しかし、何です?」

「ご主人はゲームソフトの開発を手掛けていらっしゃったんですよね。やっぱり部屋にもパソコンやゲーム機が置いてあったんですか」

「はい。パソコン本体や周辺機器、それから沢山のゲーム機で足の踏み場もないくらいでした」

「会社を辞めた後でも？」

「自分でゲーム開発の会社を興《おこ》すんだと言ってましたから、きっと色々と試していたのだろうと思います」

「少し解せませんね」

「何がでしょう」

「お話を伺う限り、ご主人は会社在籍中も退職後もゲーム開発に熱意をお持ちだったようです」

「その通りです。わたしはゲーム開発に拘らず、別の仕事でも構わないと思っていたんですけど」

「ゲームソフトはパソコン上で創るものです。当然、開発に携わる者なら四六時中パソコンの前に陣取るようになります」

「はい。わたしも夫からよくそう聞きました」

「ソフト開発者の多くは仕事場でタバコを喫わないそうです」

不意に景子は表情を硬くした。

「タバコに含まれるヤニというのは結構な粘度がある上に、煙だからどんな狭いところにも侵入する。部品に粘着したヤニに埃が付着すると、パソコンの冷却に必要な通気口を塞いでしまったり、電動ファンを固定させたりする。しかもヤニには通電性があるので、マザーボードに付着すると回路がショートすることもあります。更にピックアップレンズに付着するとデータが読み取れなくなってしまう。つまりパソコンの天敵みたいなもので、およそソフトの開発に携わる方が作業する部屋で喫煙するというのは、技術以前の問題らしいんです」

パソコンとタバコの因果関係については、科捜研の知り合いから事前にレクチャーを受けていた。もちろんソフト開発の現場が全て禁煙を定めている訳ではないだろうが、出火原因がタバコの火の不始末でないことを提示すれば、景子に揺さぶりをかけられると踏んだのだ。

すると思惑通り、景子は途端に取り乱し始めた。分かり易い反応だ。あまり分かり易いので却って不安になる。

「改めてお伺いします。ご主人は自室で喫煙する癖がありましたか」

「いえ、あの……主人の部屋に立ち入ることはあまりなかったので、喫っているところを見たことはありません」

「なるほど。では、部屋に灰皿は常備されていましたか」

「いえ、……置いていなかったと思います」

「長年パソコン上で仕事をしておられた。そして部屋に灰皿は置いてなかった。以上のことを考え併せると、ご主人が自室でタバコを喫うことはなかったとみていいでしょうね」

「そう、ですね」

景子は落ち着きなく相槌を打つ。

「火事が発生したのは五月のことでした。まさかそんな季節に石油ストーブを持ち込んでいた訳じゃありませんよね」

畳み掛けるように訊く。景子は抗弁することもなくこくこくと頷いてばかりいる。

「タバコでもない。ストーブの類でもない。それでは何が出火の原因になったんでしょうか？」

「さあ……わたしには、さっぱり」

「原因が何も思いつかないのであれば、前提が間違っているのですよ。つまり火事の原因は失火以外の何か、です」

話しながら、宮藤はじわじわと顔を近づけていく。口元は綻ばせても目は笑わない。なまじ整った顔でこういう表情をすると、ひどく不気味に見えることは数多《あまた》の容疑者で実証済みだった。

「奥さん」

「はい」

「ご主人を恨んでいた、もしくは疎ましく思っていた人物に心当たりはありませんか」

しばらく景子を射竦めるように睨む。

すると景子はついと視線を逸らした。

「申し訳ありませんが心当たりはありません。主人は人の恨みを買ったり、憎まれたりするような人間ではありませんでした」

「確かに仕事を辞めてしまった後、家にずっと引き籠もっていたのでは敵を作ることもできなかったでしょうね。では、しょっちゅう顔を合わせる人たちはどうだったんでしょうかね」

宮藤は景子を追い詰めるように、更に顔を近づける。

史親の死体はほとんどが炭化しており、仮に外傷を加えられていても判別は不可能だった。ただし肺の内部からは吸い込んだ煙の成分が検出されており、本人が焼け死ぬ直前まで呼吸をしていたことが分かっている。

つまり状況はこんな具合だ。犯人は一階を素通り、または二階の窓から史親の部屋に侵入し、寝入っている史親の近くに火を放った。火は瞬く間に拡がり、史親が煙を吸い込んで異変に気づいた頃、有機化合物入りの缶スプレーが爆発を起こす――。

「主人を殺して、いったい誰が得をするんですか」

「犯罪というものは金銭的な利益だけを追求している訳じゃありません。憎いヤツを殺す、邪魔なヤツを消す。それで精神の平和が得られるのならと、自分の手を血に染める人間は少なくないんですよ」

今や景子の目は、はっきり敵意と警戒心に彩られている。この先、どんな質問をしたところで協力的な態度は到底期待できないだろう。

それでいい、と宮藤は思った。今日は景子の自制心が脆いことを確認できただけでも収穫があった。次に会う日までに状況証拠と物的証拠を揃え、任意で引っ張る。景子のような容疑者はそれで落ちるはずだ。

「今日、お訊きしたかったのはここまでです。もう退散しますよ」

宮藤が立ち上がっても、景子は根が生えたように座ったままでいる。

「またお邪魔しますけれどね」

容疑者にしてみれば一番尾を引く捨て台詞を残し、宮藤は秋山善吉工務店を後にした。

2

午前十一時、港区赤坂二丁目。

外堀通り沿い、赤坂議員宿舎を左手に過ぎてしばらく行くと、やがて目的のビルが視界に入ってきた。宮藤はエレベーター付近の案内板で、その社名を確認する。

〈株式会社エウロパ〉。焼死した秋山史親が以前勤めていた会社だ。

四階のオフィスまで上がり、受付でアポイントを告げると応接室に通された。ゲームソフトの製造元なので応接室にも自社製品の販促ポスターが貼られているだろうと予想していたが、実際にはドガのリトグラフが一枚飾ってあるだけの簡素な部屋だった。

待つこと五分、現れたのは小柄で人のよさそうな四十男だった。

宮藤のように始終人と会う仕事をしていると、特定の職業に対する先入観が少なからず実像に近いことを知らされる。長年その仕事に携わっていると職業臭とでも言うのか、弁護士には弁護士の、ヤクザにはヤクザ特有の臭いが身体に沁みつくようになるのだ。

はじめにゲームソフトの制作会社と聞いて連想したのは、所謂オタク少年がそのまま大人になったような風体だった。しかし目の前に立つ男はいかにも営業マンといった印象で、狭量さや社交性のなさなど微塵も感じさせない。

「倉島《くらしま》です」

差し出された名刺の肩書には開発部長とあった。

「何でも秋山の件で訪ねて来られたとか……彼は火事で亡くなったんですよね。何か不審なことでも見つかったのですか」

「いえ、あくまでも形式的なものでしてね。倉島さんは秋山さんの同期ということでしたね」

「はい。彼とは入社以来ずっと開発畑を歩いていました。だから自分としては、同僚というよりは戦友といった方がしっくりきますね」

しかしその戦友同士も片や開発部長、片や引き籠もりの失業者だ。両者を分け隔てたものはいったい何なのだろうと、宮藤は素朴な疑問を抱いた。

「この会社はまだお若いようですね。会社概要を拝見したら、創立してからまだ二十年足らずとか」

「ええ、わたしたち主要メンバーが二十代の頃に興した会社ですからね。あれですよ、ゲーム業界も当時はベンチャーのはしりみたいなインディーズが雨後の竹の子のように誕生していました。この会社もそのうちの一つです」

「ということは、秋山さんも創立からのメンバーだったんですね」

「そうです。まあ昨日まで減価償却の何たるかも知らない素人集団が会社を設立したのですから、今となっては笑える話やら、今でも思い出したくない失敗談やら色々ありますよ」

「非常に立ち入った話なのですが、創立メンバーにも拘わらず、どうして秋山さんはリストラの憂き目に遭ったのでしょうか。事情を知らない者からすると、その功労に対していささかドライな印象を受けるのですが」

倉島は言葉を探すような顔をする。

「これはまた直截な質問ですね。できれば死んだ人間の評価などしたくないですな」

「秋山さんがどういう人物だったのか、それを知らなければ進められない捜査もあります」

「……やっぱり何か不審なことがあるんですね」

「不審と言われるようなレベルでもなく、わたしの思い過ごしということも有り得ます。それは秋山さんの人となりを伺うことで判明するかも知れません」

倉島はしばらく考え込んでから口を開いた。

「秋山というのは基本、ゲーム少年というかマニア気質を持ち続けた男でした。平たく言えば購入者よりもゲーム作家の方に志向が大きく傾いていました。この業界もひと頃に比べればずいぶんと売り上げが落ちましてね。シリーズものが安定している一方で、極端なジャンルというのは淘汰されていく傾向にあります。秋山はそういう風潮がひどく気に食わなかったようです」

「営業方針を巡っての対立でもありましたか」

「会社としては数を売りたい。当然のことです。しかし秋山はヒットなどしなくてもいい、少数の理解できるユーザーだけに評価されればそれでいいという姿勢でした。もちろん創立メンバーの一人ですから、彼の意見を無下に却下する訳にもいかない。それで出荷数を抑えめにして市場に出したのですが、案の定売れませんでしたね。返品の山ですよ。ただですね、弁護するんじゃないですが、これは秋山一人のせいとも言い切れない」

「どういうことですか」

「ゲームに限らず創作物が売れなくなっているんです。音楽、小説、コミック、映画全てがそうです。刑事さん、ネットをよくご覧になりますか」

「捜査に関すること以外はあまり見ませんね。何せ貧乏暇なしでして」

「昨今は逆ですよ。貧乏暇ありで、カネのない人間はネットの無料オンラインゲームやＹｏｕＴｕｂｅでだらだら時間を過ごしています。娯楽は安ければ安いほどいい、タダなら一番いい。要は貧乏人根性ですね。ネットをググれば無料で楽しめるコンテンツが山ほどあるのに、どうしてカネを払ってまで手に入れなきゃいけないんだ……っていう発想ですよ。有料コンテンツの違法なダウンロードも後を絶ちません。パッケージ商品の売り上げが落ち込んでいるのは、そういった外部要因が一番大きいんです」

似たような話は宮藤も聞いたことがある。先月だったかＩＴ関連企業の会長が経済新聞のインタビューに答えていたのだが、この国で下層と呼ばれる人々の多くはネットにぶら下がっているのだと言う。ネットでなら無料でいくらでも娯楽を貪《むさぼ》れるからだ。

「自分が楽しむモノにはちゃんとカネを払う。それが娯楽の真っ当なあり方なんですけれどねえ。書籍もゲームもＣＤもＤＶＤも、パッケージ商品が売れて初めて現場に還元できる。還元したカネで作家とスタッフが生活していけるから、また新作を出していくことができる。新しい才能を売り出すこともできる。今の無料礼賛の風潮は、その業界を先細りにさせているだけです」

そして不況が長期化するに従って、この下層帯が膨れ上がり、カネを出してコンテンツを買おうとする者がますます減少していくという図式だ。

「ただ秋山が我を通して作ったモノが全然売れなかったのも事実ですからね。大きな声じゃ言えませんが、彼がリストラ要員に挙げられたのは引責という側面が確かにありました」

「シビアですね。役員の方々は皆さん同期みたいなものでしょうに」

「温情人事を施すにはあいつ自身に問題もあったんです。何というかその、人間関係よりはゲームの内容に拘泥する男でしたから」

「社内での人間関係が上手くいってなかったんですか」

「要領よく立ち回れるような男だったら、リストラ要員にはならなかったでしょうね。不器用な男でした」

何気ない口調に倉島の気遣いが表れている。不器用と言えば聞こえはいいが、自己満足のために開発費用を費消するような人間は、単に芸術家を気取りたいだけではないのか。そういう人間を企業人失格と判断したのは英断のようにも思える。

「開発者としてではなく、いち個人としての秋山さんはどんな方だったんですか」

倉島はまた言葉を探している様子を見せる。

「気の置けないいいヤツなんですが、子供のような一面がありましたね」

「と、言いますと」

「芸術家肌とでも言うのか、腹が立ったら怒る、納得できなければ絶対に賛同しない。分かり易くてわたしは好きだったんですが、合議制でものを決めていく組織の中にあっては、マイナスに働いてしまう要素でしょう」

宮藤はつい口を差し挟みたくなる。普通そういう人間を「子供のような」とは言わない。「ただの子供」と言うのだ。

「普段はおとなしくて物腰も柔らかなんですが、いったんへそを曲げるとなかなか元に戻りませんでした。開発チームの一人なので秋山だけが背中を向けていてもプロジェクトは進みません。彼を呑み屋に誘って宥《なだ》めるのがわたしの役割でしたね」

「ご苦労な話ですね」

「人間を相手にしていれば避けられないことです。秋山はそういうことをひどく嫌っていました。だからあいつが景子さんと結婚すると聞いた時には、驚くとともにひと安心しましたよ。本人からそれを告げられたのは一緒にランチを食べていた時なんですが、驚きのあまり箸がぴたっと止まったくらいだから」

「倉島さんは奥さんのことをご存じだったんですか」

「秋山たちが付き合い出してからの知り合いですよ。結婚式では仲人まで押しつけられましたよ」

「へえ。仲人までされたのなら、お二人の馴初《なれそ》めとかもご存じなんですか」

「そりゃあもう。何といっても生身の女には免疫のない男でしたからね。流行《はや》りのデートスポットはどこだとか、彼女と行くにふさわしいレストランはどこだとか、そんなもののネットで検索すればいいのに、いちいちわたしに訊いてくるんです。早くから彼女を紹介されましたし、こちらが聞きたくもないデートの結果をいちいち報告してくるもんだから、二人の仲の進展具合はライブ感覚で楽しませてもらいましたよ。半分、鬱陶しかったですけれどね」

不意に倉島の目元が緩む。

「刑事さんは日本ゲーム大賞というものをご存じですか」

「申し訳ありませんが……」

「コンピュータエンターテインメント協会が主催する賞でしてね、その年の優れたコンシューマーゲームに授与されるんです。ある年、秋山の作ったソフトが受賞しましてね」

「それはすごい」

「で、開発責任者の秋山が授賞式に出ることになったんですが、あの男は着たきり雀でしたから当日着ていく服に困りましてね。当時は業績も上向きだったので会社も奮発する気になったのでしょう。秋山の服を用意させました。そのアパレルメーカーの担当者が景子さんだったんです」

そうか、それが二人を結びつけたきっかけだったのか。

「当時、景子さんはすれていない印象のお嬢さんでしたね。だからどちらかといえば世間知らずの秋山と相性がよかったのかも知れません。秋山の方は……まあ、彼女にぞっこんでした。無理もないと思いますよ。今まで二次元の女ばかり相手にしていたような男が、ほとんど初めて三次元の女に好意を持たれたんですからね」

「秋山夫婦とはその後もずっと？」

「ええ、何せ仲人ですからね。夫婦喧嘩をしたとなれば仲裁に入らされるわ、第一子が生まれたとなれば命名のために姓名判断を手伝わされるわ、数年はてんやわんやが続きました」

「実際のところ夫婦仲はどうだったんですか」

今まで懐かしそうにしていた倉島が、また物憂げな顔に戻った。

「倉島さん？」

「その夫婦仲云々というのは、捜査に不可欠のものなんですか」

「倉島さん、秋山さんの戦友でいらっしゃるんですよね。その戦友がもし事故ではなく、

何者かの 謀《はかりごと》で命を絶たれたとしたら仇《かたき》を討ってやりたいと思いませんか」

「仇討ちとは、また……ソフト会社の男を相手に古風な説得の仕方をするものですね」

「人の心に古風も流行もないでしょう」

宮藤は倉島を直視した。嘘も誤魔化《ごまか》しもない。これは刑事ではなく宮藤賢次個人の直球だ。

「刑事というのは人が隠しておきたいものを暴く、放っておいて欲しいことを蒸し返す、そういう因果な商売です。しかしそれは死んだ人間や殺された者の無念を晴らすためです。倉島さん。あなたは人をゲームで癒したいからこのお仕事をされているのでしょう。わたしだって同じようなものなんですよ」

「死者の無念……」

「全てを納得し、思い残すことなく死ねる人間なんてごくわずかです。そうは思いませんか」

気恥ずかしい台詞だが、相手次第では窓を開いてくれる魔法の呪文だ。誠実に仕事をしている人間には通じる。真摯に日々を生きている人間の胸には届く。

果たして倉島は、頭を振り払うようにしてから口を開いた。

「刑事さんは独身ですか。あなたなら女が放っておかないでしょう」

「生憎《あいにく》と縁がないもので……」

「結婚というのは多かれ少なかれ勢いでするものです。将来の不安材料を数えてみたって始まりませんからね。敢えて不安よりは期待に走る。だから勢いが必要になる。しかしですね、走ったからといって不安が消滅する訳じゃない。日常生活の陰に隠れて出番を窺っている。秋山の場合はですね、それが現実と背中合わせだった。ゲームソフトの開発は言わば夢想世界の実現です。携わっている限りはずっと夢を見ていられる。しかし離れた途端に凶暴な現実が襲い掛かってくる。この仕事から離されるというのは、秋山にとってそういう意味でした」

「凶暴な現実……要は経済的な問題ですね」

「カネがなければ生活に不安が生じる。不安が生じるから些細なことが気になり始める。亭主の小遣い、子供の月謝、月々の電気代。少しでも節約してくれと女房の言葉が荒くなり、扱いもぞんざいになっていく」

倉島自身もそういう経験をしているのか、言葉にはひどく実感が込められている。

「秋山は逆境に不慣れな男でした。自分が負け組になるなどとは想像もしていなかったから、余計にダメージも大きかったようです。小さな会社で関連企業を持たないため、再就職の斡旋ができません。それが余計に秋山を憤慨させたらしく、辞める当日には、二度と人に使われるのは嫌だ、今度は自分で事業を興すのだと息巻いていました」

よくある話だと思った。不景気が続く今日び、似たような話をどこでも見聞きする。会社の後ろ盾あっての自分でしかなかったのに、仕事の成果を純粋に自分の実力と思い込む。放り出されても自分を錯覚したままなので、会社に残った人間を見返してやろうとして実力以上の儲け話に飛びつく。そして、あっという間に自滅する。

「法律の改正で資本金一円でも起業するのは可能になりましたが、起業家には資金以外の何かが必要です。秋山も決して馬鹿ではないので、辞めて間もなく、起業が難物であることを知ったようでした」

「倉島さんは相談に乗られたんですか」

「ええ。あいつはゲームソフトの会社を立ち上げるつもりでした。しかし、自分のやりたい業種で会社を創るなんて、起業家が一番してはいけないことです。そういうことが分かってくると、あいつは起業に慎重になったんです」

「慎重になるのはいいことでしょう」

「それ自体は。しかしあいつが次に考えたのは資金を増やすことでした。資金さえ潤沢なら何度か失敗してもやり直せると考えたのでしょう。しかし、それも間違いです。そうこうするうち、支給された退職金はどんどん目減りしていったんです」

倉島はその経過を話した。聞いてみれば、カネを殖やすことに精通していない人間が転落していく典型的な例だった。

「退職金が目減りしたことで、生活の不安は一気に溢れ出たようです。元々、喋るのも苦手な男でしたから口より手が先に出たのでしょう。景子さんもはっきりとは言いませんでしたが、秋山が彼女や息子さんたちに暴力を振るっているらしいのは、景子さんの言葉の調子で薄々感じていました。あんなに献身的な奥さんだというのに……」

「秋山さんの様子を見に行くとか、されましたか」

「行きました。そして門前払いを食いましたよ」

倉島は皮肉な笑いを浮かべてみせる。

「人の落ちぶれた姿を肴に一杯呑むつもりだろうって。後ろで景子さんが済まなそうにしていましたねえ。とりつく島もないので、すごすごと追い返されて来ました」

その時の自分が惨めだったのか、それとも友人の力になれなかったのが悔しいのか、倉島は唇を嚙み締めていた。

見ていて気の毒だったが、宮藤には最後の質問がまだ残っている。

「倉島さん、最後にお訊きします。職を失い、自らの殻に閉じ籠もった秋山さんを恨む者、あるいは疎ましく思う人物に心当たりはありませんか」

倉島は俯いたまま、ゆるゆると首を横に振るばかりだった。

翌日、宮藤は再び秋山善吉工務店を訪れた。

前回と同じ時間帯を選んだのは正しかった。今日も善吉と従業員たちは出払っているらしく、一階の作業場には景子が一人きりだったのだ。

「何度もすみません」

宮藤の顔を見るなり、景子は露骨に嫌な顔をした。

「まだ何か？」

「ちゃんと予告しましたよ。またお邪魔しますって」

景子が返答する間も待たず、宮藤は椅子を引き寄せて景子の対面に座る。もちろん、こうした無礼さで景子の感情を逆撫ですることも目的の一つだった。

「ご主人の評判を訊いて回りました」

景子は片方の眉をぴくりと上げたが、口は閉じたままでいた。

「ソフト開発者としては優秀、ただし商業論理を無視するきらいがおありだった。社交性があったとは言えず、ご主人を理解してくれる同僚は多くなかった」

「……わたしは会社での評判なんて知りませんでした」

「では家庭での話を。ご主人とは熱烈な恋愛の末に結婚されたそうですね」

「そんなこと、どうでもいいじゃないですか」

「熱烈な分、結婚した後の冷め方も急激な例も少なくないそうですね」

「放っておいてください」

「カネがあると愛情は潤う。しかしカネだけの力で潤っていた愛情は、カネがなくなればすぐに干涸《ひから》びてしまう」

「何が言いたいんですか」

「退職後、ご主人はあなたや長男の雅彦くんによく暴力を振るわれたそうですね」

「誰がそんなことを」

「元にお住まいだったところで、ご近所から伺いました。夜中にご主人と雅彦くんの争う声も聞こえたとのことでした」

「きっと子供とふざけていたのを、ご近所が聞き間違えたんだと思います」

「そうですか？　しかし最寄りの病院には雅彦くんの診療記録が残っていましたよ」

景子の顔は次第に歪んでくる。

診療記録の話はブラフに近いものだった。雅彦の通院事実はあるものの、そこから先は医師側の守秘義務に阻まれて開示させられなかったのだ。捜査関係事項照会書一枚で片のつく話だが、景子に揺さぶりをかけるだけならブラフで何とかなるという判断だった。

「そしてご主人にはもう一つ悪癖がありましたね」

「もう、いい加減にしてください」

「それは下手の横好きという癖です。会社を辞められてからしばらくの間、デイ・トレーダーをされていたようですね」

これは史親名義の銀行口座を調べて判明したことだった。とにかく毎日のように十万単位、時には百万単位の金額が動いている。しかも相手先は証券会社だ。

史親の退職金はここに流れていた。そしてその流れは一カ月足らずで終息する。史親の資金が枯渇したからに相違なかった。

ところがその後、カネの流れは微妙に変化する。史親と証券会社の他、証券金融の会社名が頻出するようになったのだ。

「ご主人、借金をされていましたね」

問い掛けると、景子は抗うように首を振った。

「株式の投資資金を得るために、証券担保融資を受けた。それも十万二十万なんて金額じゃない。ピーク時には一千万円を超えていた。これは低利であっても月々に万単位の利息が発生する金額です。ご主人の退職金が加速度的になくなったのもこの利払いが大きく関係していたのでしょう。いや、利息だけ払っているうちはまだよかった。やがてカネを借りてまで購入した株が軒並み下がり始めた。不思議なことにご主人の購入する銘柄は、買った瞬間から値を下げ始める。損失を最小限にしようとしてまた上下幅の大きい銘柄を買って失敗し、売り時を焦って更に失敗する。売買のタイミングの悪さもさることながら、ご主人にはツキというのがあまりなかったようですね。そして、手持ち資金の残高と暴力を振るう回数が反比例していく」

景子はもう顔を向けることさえしない。ただ耐えるようにして、宮藤の言葉を浴びている。

「前回、わたしの言ったことを憶えていますか。憎いヤツを殺す、邪魔なヤツを消す。それで精神の平和が得られるなら、自分の手を血に染める者はいるのだと」

生活資金の散財、家族への暴力。この二つは容易に殺害の動機となり得る。そして死亡保険金の給付は、巨額ではなくとも借金の返済に充てられることで、動機の補強にもなる。

「証券金融から借りたカネはまだ返済されていませんよね」

返事はない。

「出火による損害賠償は火災保険の給付で賄えるとして、証券金融への返済までには回らない。しかし、ご主人が火災で焼死してしまえば話は別です」

宮藤が覗き込もうと腰を屈めると、やっと景子は顔を上げた。

「わたしを疑っているんですね」

「可能性について述べているだけです」

「証拠はあるんですか！」

痛いところを突かれた。実はそれが目下最大の難点だった。

とにかく爆発火災であったことが災いした。物証になり得るものが四散し、炭化した史親の遺体からも得られるものがない以上、捜査の進展は望めない。

ただ一つ、容疑者から供述を引っ張り出すことを除いては。

「どうせ分かることですから申し上げますが、一度だけ雅彦くんと話をしました」

「雅彦と？」

「それと、話はしませんが太一くんも見掛けました。二人ともいい兄弟ですね。父親を亡くしたばかりだというのに、お互いの支えになろうとしている」

「雅彦に何を吹き込んだんですか」

「火事の原因は今もって不明で、放火の可能性もゼロじゃないと言いました」

「あなたはひどい人です」

「放火した者がいるとすれば、そいつが一番ひどい」

景子が口を開きかけたその時だった。

「景子さん。お客さんなの？」

奥から少し間延びした声が聞こえてきた。従業員の不在を考えれば、声の主はおそらく姑のものだろう。ここらが第二ラウンドの潮時という合図か。

宮藤は一礼してから踵を返す。

「今日のところはここまでです。でも、また参ります」

最後に景子が見せた顔は焦燥と困惑のようだった。

3

宮藤が立ち去った後、景子は事務机の上で一人煩悶《はんもん》していた。

奥の部屋では春江が朝食の後片づけをしている。最近、春江は工務店の事務を景子に任せきりにして、自分は家事に専念しようとしているらしい。これは隠居というよりは、景子を正式に工務店の一員として養成しようという心積もりなのだろう。

正直、その気持ちは涙が出るほど嬉しかった。過去に戻れるのなら、舅姑との同居を嫌っていた自分を張り倒したいほどだった。

そんな善吉や春江に、これ以上心労をかける訳にはいかない。もちろん雅彦と太一も同様だ。これは景子一人で解決しなければならない。

出納帳と経理伝票の照合をしていても、数字が頭に入ってこない。浮かんでくるのは宮藤の顔だけだ。なまじ整った顔なので表情を殺して詰問されると、不気味さが増す。

宮藤は何を疑っているのだろうか。あの油断のならない男は何に勘づいたのだろうか。

さっき宮藤は史親の家庭内の振る舞いと借金について訊いてきた。あの時はつい自制が利かなくなりかけた。

退職した後、史親は徐々に人が変わっていった。いや変わったのではなく、今まで潜んでいた陰の部分が露呈したと言った方が正しいだろう。家族に対する優しさや思いやりは消え、代わりに激し易くなった。鷹揚さはなくなり、少しでも気に障れば景子と雅彦に牙を剝いた。史親が幼い太一に手を上げなかったのが唯一の救いだったが、雅彦の手当てのため通院する際には胸が張り裂けそうだった。加害者が実の父親などと医師に打ち明けられるはずもない。診察の度に白々しい嘘を拵えるのが苦痛でならなかった。

肉体的な暴力に留まらず、借金という経済的な暴力も家族には大きな打撃だった。史親が購入した株式はことごとく値を下げ、売り時を見失ってあっという間に担保不足に陥った。とうとう音を上げて持ち株全てを売却すると、証券金融の借金だけが残った。巷《ちまた》に聞く闇金のような悪質な取り立てはなかったものの、虎の子の退職金が借財に変わった時、景子は史親に対して今までなかった感情を抱いていた。

昏く、そして冷たい感情。

妻としての愛情は冷めていた。そして何よりも二人の息子の行く末を考えると夫の存在は害悪でしかなかった。

そしてあの日。

史親の部屋は景子ですらあまり立ち入らなかった。頻繁に出入りすると史親の機嫌を損ねるからだが、それ以外にも景子の侵入を阻む要因があったのだ。部屋一杯に散乱するパソコンとゲームソフト、各種アダプターとコード類で足の踏み場もなかった。

その中にスプレー缶数本を見掛けた。それが有機溶剤入りのパソコンクリーナーであり、安全面から今では製造中止になっている品物だった。史親もその引火性には留意していたらしく、部屋では絶対にタバコを喫わなかった。

だがタバコでなくても、火種は他にいくらでもある——。

思い出すな。

景子はぶるりと頭を振る。

あれは失火だ。そう思い込むと決めたではないか。

原因は何でもいい。史親の不注意によって起きた失火。そうしておかなければ、再び訪れた平穏な日々がまた失われてしまう。幸いにして所轄の刑事と消防署はまだ出火原因を解明できていない。このまま時間が過ぎれば、いずれ適当な理由をつけて、あれは単なる火災だと処理してくれるに違いない。

だが、あの宮藤という男だけは別だった。宮藤はあからさまに景子を疑っている。景子の言葉から史親への殺意を引き出そうと画策している。

気をつけなければ。

気をつけなければ。

ずいぶん涼しげに見えるが、あれは獲物を狙うヘビの目だ。こちらが一瞬でも気を許せば、目にも止まらぬ敏捷《びんしょう》さで襲い掛かってくる。

既に宮藤は出火原因がタバコの火の不始末ではないことを看破している。あいつの疑惑を払拭させるには、別の出火原因が必要だ。出火原因として誰もが納得するものを考えなくてはならない。

では、他に何が考えられるのだろうか？

景子は懸命に頭を巡らせる。だが宮藤に詰問された際の動悸がまだ治まらず、思考は一向に纏まらない。

その時、不意に声を掛けられた。

「景子さん。今、お客さんだったの？　話し声が聞こえたみたいだったけど」

奥からスリッパの音を立てて春江が顔を覗かせる。

「お義母さん。大丈夫です。たった今帰りましたから」

「お得意さん？」

咄嗟に客の名前を出そうとして思い留まった。この姑を甘く見てはいけない。勘の鋭さは善吉といい勝負だ。急拵えの嘘など、たちどころに見破ってしまう。

「……刑事さんでした。まだ火事の捜査が終わっていないらしくて」

「いったい何やってんだろうねえ。もうあれから何カ月も経つっていうのに。日本の警察は優秀じゃなかったのかしら」

「さあ。今の刑事さんも、いくつも事件を抱えていると言ってましたから」

「お巡りさんが忙しいなんて碌な世の中じゃないわ」

そう言い捨ててから、春江は顔を近づけてきた。

「でも景子さん、本当に大丈夫？　何か気に障ることでも訊かれたんじゃない？」

「あの……それは捜査だから、色々と答え難い質問もされました」

「史親のことね」

春江はすぐ合点したように頷いた。

「本当のこと、言い難かった？」

どきりとした。

まさか春江はあのことに勘づいているのだろうか。

「雅彦や太一がいる手前、言うのは控えてたんだけど、あのバカ息子がずいぶん迷惑を掛けたんでしょ。しばらくあの子、顔を見せなかったから。お爺さん、心配してそれとなく景子さんたちの様子を窺っていたのよ」

「お義父さんが家まで来ていたんですか？」

「ううん、あの辺に住んでる知り合いに頼んで。それであのバカ息子が大層な借金拵えたり、景子さんたちに迷惑掛けたりしているのを聞いてねえ、わたしは一日でも早く何とかして欲しいってお爺さんに頼んだのよ。このままじゃあ一家がどうにかなってしまうって。でもお爺さん、もうしばらく様子を見ろって言うのよ。いくらバカ息子でもいい齢なんだから、そうそう親が口出しするのはよくねえって、例の調子でさあ。それで間を開けようという話になったところで、あの火事が起きたのよ。だからねえ」

春江はひどく申し訳なさそうな顔をする。

「史親は本当に気の毒だったんだけど、火事になったのは都合悪いことだけじゃなかったの。ウチであなたたちを引き取る口実ができたんだもの。それから、孫たちがあのバカ息子から殴られることもなくなったしね」

息子を火事で失くした母親の言葉とすればあんまりだった。しかし孫や義娘を持った姑の言葉とすれば頭が下がった。

「……ご迷惑を、お掛けしました」

「何言ってるのよ。あんなバカ息子に育てたわたしたちの方が謝んなきゃいけないのに」

春江は両手で景子の手を握ってきた。

とても柔らかで温かい手だった。

「時流が合ったせいだろうねえ。あの子は苦労という苦労もせずに仲間と会社を作って、そこそこ成功して、家庭を持つこともできた。でも史親は子供の頃から堪え性がなくって、自分の思い通りにならないとすぐに匙《さじ》を投げていたんだよ。三つ子の魂百までと言うけど、あの子もそうだった。会社追い出されたくらいでヤケになって身上《しんしょう》持ち崩すばかりか、嫁や子供に手を上げるなんて最低だよ、全く。それを聞いた時、わたしがどれだけ恥ずかしくて、どれだけあなたたちに済まないと思ったことか」

春江の声が湿り気を帯びる。

「それでもねえ、それでもねえ。お爺さんがもう少し様子を見ると言った時には、ちょっと安心したところもあったんだよ。親の欲目で期待しちまったんだろうね。ひょっとしたら立ち直ってくれるんじゃないかって。本当にね、子供もバカなら親もバカでさ。そのせいで、景子さんと孫たちには辛い思いをさせてしまった。ごめんよ、ごめんよ」

それ以上、聞いていられなかった。

春江の手を握り返すと、自然に涙が溢れてきた。

「謝らないでください、お義母さん。わたしも同じでした。いつかあの人も目を覚まして、堅実な暮らしに戻ってくれるんじゃないかと願っていたんです。でも願うだけでした。上辺を取り繕って、ご近所からあの人の姿を隠そうとしかしませんでした。あの人が雅彦に手を出した時も、子供のことを考えるなら取っ組み合いになってでも止めるべきでした。それでも埒《らち》が明かなければ家を出るべきでした。でも、わたしはそうしませんでした。あの人を見限ることが、母子家庭になることが怖くてできませんでした。わたしもバカだったんです。秋山家の嫁失格です」

「もう、喋らなくて、いいから」

そう言って、春江は景子の頭をかき抱いてくれた。

二人はしばらくそのままで動かなかった。

宮藤が三度景子の許を訪ねたのは、それから二日後のことだった。今度は横に春江がいた。

「秋山景子さん、よろしければ署までご同行いただけませんか」

丁寧な物腰だったが、脳髄にまで響きそうだった。両足が竦《すく》んでぴくりとも動かない。その代わりに春江が動いてくれた。

「ちょっと刑事さん！」

春江は景子を護るようにして立ち塞がる。

「ご同行って、それはいったいどういう了見なんですか。ウチの景子が何をしたと言うんですか。逮捕状でもお持ちなんですか」

「いや、逮捕とかそういうことではないんです。単なる事情聴取でお話を訊くだけです」

「ただ話を訊くだけなら、ここでやればいいでしょう」

「ご家族が傍におられたのでは訊けない内容が含まれているかも知れませんよ」

家族が傍にいたらまずい——そう言えば、もうすぐ太一が帰って来る頃だった。

そうか、宮藤はわざわざこの時間を狙ってやって来たのだ。

「これはあくまで任意出頭です。しかし来ていただけないとなれば、ここで伺うことにな

ります が……」

「わたし、行きます」

「景子さん！」

こちらを向いた春江を見て、胸を衝かれた。あの気丈な春江がこんなにも狼狽えている。

春江がこの調子なら雅彦や太一はどんな反応をするのか、想像するのも怖い。そしてこの場をやり過ごすには、自分が任意出頭する以外にない。

「大丈夫です、お義母さん」

景子は平静を装って宮藤の前に出る。

「話をするだけですから。すぐ戻って来ますけど、もし遅れても子供たちには心配しないように伝えておいてください」

まだ狼狽している様子の春江に背を向けて、景子は宮藤とともにクルマに乗り込んだ。

4

当然のことながら、取調室の中でも景子は頑なだった。敵意をまるで隠す素振りもなく、こちらを睨み据えている。

最初から徹底抗戦の構えか。それならこちらも攻め方を工夫するまでだ──宮藤は意識的に肩の力を抜いた。相手が緊張している時にこちらは弛緩する。向こうが気を緩めたら、一気に攻め入る。こうすれば無駄な力を使わずに済む。尋問が長時間に及んだ場合、最後にものを言うのは気力と体力だ。

「お訊きになりたいことって何なんですか。もう、大抵のことはお話ししたつもりですけど」

そんなに慌てなさんな。

宮藤は椅子に深く腰を沈める。

「ええ。確かに事故当日のことはお訊きしました。所轄の事情聴取に消防署の捜査、そしてわたしの質問にも答えていただいています。三つとも内容に齟齬《そご》はなく、その点でも怪しいと思える点はありません」

「だったら」

「しかし一方、肝心要の出火原因が明らかにされていないのも事実です。先日申し上げたように、出火した部屋でご主人がタバコを喫っていたという仮説は、ご主人の前職から考えても納得し辛い。これはあなたもお認めになった通りです」

景子は渋々といった体で頷く。

「とすればですよ。出火原因はタバコの不始末以外ということになる。それでわたしは失火以外、つまり放火の可能性があることを示唆しました」

「あなたは、それを雅彦にも吹き込んだみたいですね」

挑むような口調だった。

「何の証拠もないのに。どうしてあの子にそんなことを言ったんですか。何かの嫌がらせですか」

「わたしはその可能性もある、と言っただけです。決めつけている訳ではありません」

「だからって子供に話していいことではないでしょう！　お蔭で雅彦はあの火事について疑いを持つようになりました」

「雅彦くんはあなたに何と訊いたんですか」

「直接訊いてくることはありません。でも素振りを見ていたら分かります。あの子なりに父親が誰かに恨みを買っていたのじゃないかと疑っています」

「それはそうでしょう。雅彦くんはご主人から暴力を受けた当人ですからね。自分を虐待するような人間は誰かから恨まれていると考えるのは、至極妥当な筋道です」

目の前で景子の顔色が変わる。自分の子供を悪《あ》し様に言われて、腹を立てない母親はそうそういない。

そうして平常心に揺さぶりをかける。揺さぶって本音を引き摺り出す。あまり気の進まない戦術だが、容疑者から供述を得るのに必要な技術でもある。

ない。

「警察というのは酷《ひど》いところなんですね」

景子はまだ感情の爆発を抑えている。こちらを責める声にもわずかな抑揚しか聞き取れ

「純粋な子供に他人を疑わせるように仕向けるなんて、それが法を護る立場にある人がすることですか」

「純粋なだけでは苦労します。雅彦くん、もう中二でしたよね。あの齢の子供はそろそろ親や社会の嘘と対峙しなけりゃいけない頃です。人を疑ってかかるのもよくないが、信じ過ぎたばかりに精神的なダメージを負うことも少なくない」

「あの子が何を信じ過ぎていると言うんですか。あんまりいい加減なことを言わないでください」

語尾が若干震えた。どうやら自制心に揺らぎが生じたようだ。

「着の身着のままで焼け出された子供が、今やっとお爺ちゃんとお婆ちゃんの許に安息の場所を見つけたんです。どうしてそっとしておいてくれないんですか」

「犯罪捜査で生活の裏に隠れていた事実が露見するのはよくあることです。痛ましいことであり、わたしたちも細心の注意を払わなければなりませんが、真相に蓋をすることは困難です」

喋っていて自己嫌悪に陥るが、この被疑者の前では鉄面皮を通すと決めた。景子が自制

心を使っているのなら、こちらもそれ以上の我慢をするのが筋というものだろう。

本音を言えば、秋山兄弟には好意を持っている。父親を亡くし、自宅から焼け出された身でよく耐えていると思う。二人が学校でどう過ごしているのか、こっそりと探りもした。

クラスでイジメに遭った太一はいつの頃からか逞《たくま》しくなり、どうやら虐待の日々から脱出したらしい。一時は悪い仲間とつるんでいた雅彦も、今では工務店の手伝いをこなして新しい家に溶け込んでいるようだ。二人の頑張りは傍で見ていても好ましく、仲のよさは微笑ましかった。できることなら、あの兄弟の笑顔を奪うような真似はしたくない。

だが罪を犯した者がいれば証拠を集め、自白させ、そして逮捕する。それが宮藤の選んだ仕事だ。どんな地位の人間であれ、どんな高潔な人物であれ、手錠を嵌める分には平等なのだ。

「話が少し脇道に逸《そ》れたので戻ります。放火の可能性、いや、その前に奥さんの証言にブレがないというところでしたね」

「いつでも本当のことを話していますす。ブレる訳がないじゃありませんか」

「なるほど。では事件当日はともかくとして、その翌日の話はどうでしょうか」

「翌日？」

「ええ、夜半に出た火はお宅の二階部分を焼いて翌朝鎮火しました。駆けつけた救急隊員はあなたと息子さんたちを保護していましたが、三人に外傷火傷の類が認められないので、鎮火とともに引き揚げました。その頃には野次馬を含めた近隣住民も集まっており、あなたはその人たちに頭を下げ続けていた」

「その通りです。まだ詳しいことは何も分かりませんでしたけど、ご近所に迷惑をかけたのは事実だったからずっと謝っていました。それがどうかしたんですか」

「その時集まっていた一人からこんな話を聞いたのですよ。ひと通り近隣住民に詫びた後、あなたはしばらく焼けた家屋の周りで何かを捜し回っている風だったと」

一瞬、景子の表情が固まったように見えた。

「その人の思い違いじゃあないんですか」

「ええ。火事なんて非日常を目撃すると、興奮状態になる人は少なくありません。火事に限らず交通事故やら路上のひったくりやら、至近距離にいた目撃者の証言が細かな部分で食い違うのはよくある話ですからね」

「それなら」

「目撃証言だけでなく、もっと確実なものはないか。そう、たとえば火事の現場を撮影したようなものはないのか。それで探してみました。最近は事件や事故の決定的瞬間をケータイで撮る機会も多くなりましたから、誰かあの場所を撮影していないかと、近所を訊き回ったんです」

いったん自制を失い、動揺したらしい景子は緊張を露《あらわ》にしている。

潮目が変わった。今ならこちらのペースに持ち込める。

「現場を撮っている人は何人かいました。しかし彼らの興味はひたすら家屋の焼跡だけで、近くを歩き回っている人間ではありません。揃いも揃ってあなたの姿を写している画像ではなかった」

ふっと景子が鼻から息を洩らす。おそらく安堵した徴《しるし》だろう。

突っ込むのは、ここだ。

「ところが絶望しかけた時、幸運の女神がわたしに微笑みかけてくれました。あったのですよ、あなたの姿を捉えた映像が。それもこれ以上ないという絶好のアングルで撮られたものが」

途端に景子の目が揺れ始める。こちらのカードが切り札なのかブラフなのかを見極めかねているのだ。

景子さん、これは切り札なんだよ。

宮藤は胸の裡でほくそ笑む。この画像の存在を知ったのは、先日工務店を辞去した直後だった。急いで撮影した部署から素材を借り受けたが、そのままでは画が粗くて人物の特定に至らない。そこで宮藤は素材を科捜研に持ち込んで画像解析を依頼したのだ。

「撮ったのは、テレビ局のクルーでした」

宮藤は机上に用意してあったパソコンを開いた。既に解析前と解析後の画像が収められている。

「ほら、よくニュースで見掛けませんか。ヘリで火事現場を上空から撮影したやつ。お宅の火事現場もそういうショットだったんですよ。これです、ご覧ください」

宮藤はパソコンの画面を景子の方に向けた。

最初に見せたのは解析前の素材だ。

「上空からズームで撮った画ですね。これだと二階部分が黒く焼失しているのは分かりますけど、周囲に集まった人たちの顔までは認識できません。それを拡大して細部を補正すると……」

次に解析後の画像を開く。

「さっきの画像を十倍に拡大したものです。パジャマの上から上着を羽織っている女性が建物の周囲を何やら捜し回っているように見えます。これは奥さんですよね」

本人に確認するまでもない。パジャマの柄を訊くまでもない。

景子は食い入るように画像の中の自分を見ていた。

「あなたは建物の周りを一周すると、次に建物の中に入っていきます。消火剤と水が天井から滝のように落ちているのに、いや、それより何より鎮火したとは言えまだ崩落する危険性があるのに、あなたは家の中に入っていく。それに気づいた消防隊員が慌ててあなたを連れ戻す……この一連の動きを見ると、あなたが焼跡から何かを捜しているとしか思えないんですがね」

景子の顔はまだ凍りついたままだ。

「大事なものを捜してました」

「それは何ですか」

「しゃ、写真です。昔まだ家の中が平和だった時、四人で撮った写真があって……それが主人の部屋にあったものですから」

嘘だ、と宮藤は胸の裡で呟く。災害現場で思い出の品を捜し回る。よくある話で、しかも説得力がある。一夜のうちに子供以外の全てを失くしてしまった未亡人の話としては、疑問を持つことさえ憚《はばか》られるだろう。

しかし、それは夫婦仲が睦まじい場合の話だ。火事が発生した頃、景子たちは史親の投資失敗と暴力に悩まされていた。その事実が一般的な解釈を良しとしない。

「ほう、写真ですか。それはいつ頃に撮ったものですか」

景子の口が開くのに一拍空いた。

「三年前です」

「どこで撮りました」

「遊園地です」

「どこの」

また返事が遅れる。

「としまえんです」

「家の近くに花やしきがあるのに、ですか」

今度の沈黙は長かった。

「どうしました」

「そんなプライベートなことまで答えなきゃいけないんですか」

時間稼ぎか、それとも嘘を吐き通せないと見て逃げに回ったか。

「それで捜していた写真は見つかりましたか」

「いいえ」

「では何の証明にもなりませんね。奥さん、もしあの火事が何者かによる放火だと仮定した場合、現場には出火原因となった何かが残っていたはずなんですよ。生憎、その何かは爆発で吹っ飛んでしまったようだが、破片や痕跡の一部が残っているはずだ。あなたはそれを処分しようとしていたんじゃないですか」

宮藤がそう結論づけるには多少の時間を必要とした。発火した後で完全に消滅してしまうような着火剤の存在を否定できないからだ。

だが景子の近辺を洗ってみても、そんな特殊な薬剤の影は遂に見出せなかった。やはり普通の主婦でも思いつくような発火装置を使用し、単にその装置が木っ端微塵に吹き飛んだだけなのだ。加えて火元は二階。外部からの侵入者による放火よりも、内部の人間の仕業と考える方が理に適っている。

状況は景子が放火犯である可能性を示唆している。また景子には夫を殺す動機もある。経済的負担と子供への虐待。夫殺しの動機としてはお釣りがくる。現状、この二つだけでも逮捕状を請求する自信はある。

ただし送検した後、公判で闘うためには供述調書と物的証拠が必要になってくる。現状物的証拠は発見されていないが、供述で景子を落とせばその問題も解決する。そして、現に目の前の景子は崩壊寸前となっている。

もうひと押し。それで供述が取れ次第、逮捕状を請求して持久戦に持ち込む。持久戦は体力と精神力による根競《こんくら》べだから、取り調べ人員を複数人用意できるこちら側の優位で事が進む。

「秋山さん。警察の捜査能力を甘く見ているのなら大間違いですよ」

宮藤は静かに言い放つ。低い声と微妙な強弱が、相対する者に与える心理的効果を考えた上での喋り方だった。

「あなたが何をどこに隠しても、我々は必ず捜し出す。そして犯した罪を必ず暴く。必要な書類を揃え、必要な手順を踏んで身柄を検察に送る。検察は送られてきた書類に不備がないことを確認し、被疑者を改めて尋問し、起訴する。検察は非情です。被害者が殺されても仕方のない人間であっても、被告人に同情すべき点があってもお構いなし。罪状に相応しい十字架を背負わせようとする」

ゆっくりと、自分の声が相手の胸底まで沁み込むように話す。荒らげなくても、尖った言葉は相手の胸壁をこじ開けて内部に到達する。

「殺人罪は死刑または無期もしくは五年以上の懲役です。運よく五年の懲役で済んだとして、その五年は残された家族にとって針の莚《むしろ》に座らされるようなものでしょうな。口さがない者もいるでしょう。家族に後ろ指を差す者もいるでしょう。家族に直接の責任がなくとも、道義的な責任を取れと無茶なことを言う。それが世間というものです。残された家族が大人であればまだしも、幼い子供だったら悲惨さは目も当てられない」

自己嫌悪の針が振り切れそうになっている。直截な恫喝文言は何一つ口にしていないので、この場でのやり取りを公開しても怖れるものはないが、ただし己の魂が腐食されていく。

もう、この辺でギブアップしてくれ。こんなことを続けていても双方辛いだけだ。

「でもね、検察官にも裁判官にも心証というものがあります。任意出頭の段階で自白してしまえば、罪状も軽くなる。情状酌量も認めてくれる。猟師だって懐に入ってきた鳥を撃とうとはしないものです」

景子の頭が下がっている。もう、まともに宮藤を見ていられないのだろう。情状酌量の話は、溺れかけている者に投げられた一本の藁《わら》だ。握るか、放すか。救われるのか、陥れられるのか。景子の中では壮絶な葛藤が巻き起こっているはずだった。

早くその藁を握れ、と宮藤は念じる。

握れば優しく引き上げてやれる。互いの傷を最小限にして事件を解決できる。母親が自発的に罪を認めたのなら、あの兄弟の救いにもなる。

景子がおずおずと顔を上げる。頑なだった表情は既に崩れ、助けを乞うように喘《あえ》いでいる。

やがてその口が開こうとした時だった。

「宮藤さん」

ドアを開けて入ってきたのは後輩の葛城《かつらぎ》だった。

くそ。今、まさに口を割ろうとしていた瞬間だったのに。

「どうした」

「今、受付にこの人の身内と名乗る人が来ています。先輩に会わせろって」

「取り込み中だ。追い返すか待たせるかしておけ」

「いや、それが……」

葛城は歯切れ悪く弁解する。

「滅法押しの強い人らしくて、一階を突破されたみたいなんです」

「そんな馬鹿な」

呆れて自然に口が開いた。

一階フロアには警備の警官が立っている。その関門を押しの強さだけで突破するなど、今まで聞いたこともない。

「身内って、いったい誰だ」

「秋山善吉と名乗っています」


取りあえず、滅法押しの強い闖入者《ちんにゅうしゃ》の待つ別の取調室に急ぐ。本来なら無視して聴取を続行するところだが、善吉の名前を聞いた途端、肝心の景子が態度を一変させたのだ。義父と相談させてください、と景子は言い放った。まるで千万の援軍を得たような口ぶりに、今度は宮藤がたじろぐ番だった。何やら覚悟を決めたような顔つきは、先刻まで動揺していた者とは別人に見えた。終いには黙秘するとまで言い出し、そしてそれ以降、景子の口は貝のように閉ざされたのだ。

そうなれば宮藤は善吉と会うより他にない。

考えてみれば逆に舅に働きかけ、景子に自白を促すという手もある。

取調室のドアを開けると、椅子に善吉が座っていた。

刈り上げた白髪に肉の削げた顔。への字に曲げた唇はいかにも強情そうで、昔気質の職人そのものだ。ご丁寧にも作業着の上に法被を引っ掛けて出頭してきた。警察の取調室だというのに萎縮している様子は微塵もなく、こちらを威圧さえしている。

「悪いな、お邪魔してるよ」

あんた、全然悪いと思ってないだろう——喉まで出かかった言葉を、途中で呑み込む。相手はただの年寄りではない。事前に仕入れた情報によれば、どうやらあの広域指定暴力団宏龍会の幹部とも知り合いらしい。

実を言えば以前から善吉の顔は見知っていた。工務店周辺を窺っている最中、何度か目撃したからだ。最初に見た時からヤクザよりも剣呑な空気を発散している老人であり、少なくとも私生活でお近づきにはなりたくないタイプの人物だった。

「宮藤です。何でも警備の人間を無理やり振り切って来られたとか」

「振り切る？　馬鹿言っちゃいけねえ。あんなもん、制止したうちに入るかい。俺はてっきり道案内されてるんだと思ったんだけどね」

「……ご用件を伺いましょうか」

「決まってる。ウチの嫁を引き取りに来た」

「秋山景子さんからは現在、聴取中でして」

「正式に逮捕でもされたのかい」

「いえ、逮捕ではないのですが」

「任意なんだろ？　それだったら家に連れ帰るのに文句はあるまい」

「そうはいきませんよ。事件の参考人なんですから」

「事件。いったい、そりゃあ何のことだい」

まだ放火と決まった訳でもないのに事件と明言するのは尚早ではなかったか——だが別の言い方をすれば、事故と決まった訳でもないから抗弁はできる。

「あくまで可能性の問題ですが、秋山史親さんの家が放火された疑いも依然として残っているのです」

「放火ねえ。我が子ながら情けないが、アレの家に火ィ点けて、誰か得でもするのかい」

「放火魔には愉快犯が多いんですよ」

「じゃあウチの嫁が、その愉快犯だって言うのかい」

「そうは言ってませんよ。わたしはただ当時の事情を詳しく訊きたかっただけで」

「あのな、宮藤さんと言ったね。俺は頭が単純にできているんで、腹の探り合いだとかまどろっこしい言い回しとかは性に合わねえ。だから単刀直入に訊く。嫁があのバカ息子を手に掛けた、何か証拠でもあるのか」

なるほど単刀直入だ。

「どうしてそう考えられるのですか。本当に事情を訊くだけかも知れないのに」

「それだけの用事だったら、一カ月も前から店の前をうろちょろする必要もあるまい。ありゃあ、下手人を捕縛する前の段取りみたいなもんだろ」

下手人て何だ。

どうもこの老人と話していると、今が平成の世であることを忘れてしまいそうになる。

ただし善吉がこちらの思惑を承知してくれているのは都合がよかった。あからさまなことは言えないまでも、直截に言葉を交わせてストレスを感じずに済む。

「仮にわたしたちが景子さんに疑惑を抱いているとして……そうですね。今しがた善吉さんが仰ったように、以前の住居に火を点けて経済的に得をする者を探すと、景子さんしか見当たらないというのはあるでしょう」

「家が焼けて、その上史親が焼け死んだら、火災保険と生命保険の両方が給付されて借金がチャラになるからかい」

「まあ、そうですね」

「しかも火が出たのは二階からだった。普通に考えりゃ、外から二階に侵入して火を点けるよりは、家の中を通った方が楽だし、人目にもつかない」

「仰る通りで」

「史親が寝静まる頃を見計らって部屋に火を放ち、自分は下に戻って逃げる算段をする」

「確かにその仮説には無理がありません」

「じゃあ訊くが、その犯人はどんな風に火を点けた。ちろちろ燃えるくらいじゃ、いくらバカでも飛び起きるんじゃないのか」

「いや。当時あの部屋には有機溶剤入りのスプレー缶が数本並んでいて、引火した瞬間に爆発火災を起こしたと推測されています。史親さんは目覚める間もなかったでしょう」

「それだよ」

「えっ」

「あんたの話を信じると、火を点けたヤツはスプレー缶に引火したら爆発するのを知っていたことになる。そうでなきゃ史親に逃げる暇をやることになるからな」

「そうですね」

「それが、もうおかしい。言っとくがウチの嫁にそんな知恵はないよ」

善吉は不味《まず》いモノを舌に載せたような顔をして言う。

「俺たち工務店の人間は仕事柄、有機溶剤の扱いには慣れてる。その危なさも知っている。だがな、あの嫁はそんなもん、これっぽっちも知らんぞ。この間もラッカー塗料の空き缶、穴も開けずにそのままゴミに出そうとしてやがった。きっと有機溶剤が引火性だってのも知らねえんだろうな」

足を掬われた気がした。

今の善吉の話が真実かどうかは別として、立証の困難さに気づいたからだ。景子は有機溶剤の引火性について知っていたのか？　知識の有無は本人にしか分からない。本人に知識があった事実を立証するのは、相当骨が折れるだろう。

宮藤の狼狽を知ってか知らずか、善吉は世間話に興じているように話し続ける。

「まあ百歩譲って、あの嫁が有機溶剤の危なさを知っていたとしようか。引火の早さと恐ろしさを知っているなら、その場で火を点けると史親が飛び起きちまう。火を点けた本人がとばっちりを食うかも知れねえ。それなら火はひとりでに点くようにしなきゃならない」

宮藤は我知らず頷いてしまう。ここまでの論理は宮藤が立てたものと寸分違わない。

「じゃあ、その仕掛けはどんな風なんだ。あの嫁が拵えるんだから、そうそう手間暇のかかる機械仕掛けなんてのはねえわな。一つ、俺に説明してくれないか」

返事に窮し、そして腹が立った。

善吉に指摘されたことは、今も尚宮藤が解決を見出せていない問題点だ。従って提示できる回答はない。そしてまた犯罪捜査を生業としている自分と工務店の店主とが、同等のレベルで意見を闘わせているのが情けない。

「まだ捜査中の事柄を無闇に開陳する訳にはいきませんよ」

逃げるのがやっとだった。

だが、それも見透かされていた。

「結局、それも分からないみたいだな。まあ、分かっていたらそれをネタに詰め寄れば済む話だからな」

思わずかっとなったが、すんでのところで堪えた。

そして唖然とする。

相手を挑発してペースを乱し、本心を引き摺り出す。これは宮藤たちの常套手段だったはずだ。それを、この老いた棟梁にすっかりお株を奪われている。

無愛想とべらんめえ口調に騙されかけたが、この男は周到に言葉を選んでいる。決して油断してはならない。

深呼吸を一つ。これだけでずいぶん落ち着いたが、善吉はそれさえも見逃してくれなかった。

「何だ。あんた若いのに、ちょっと喋っただけでもう息切れか。そんなんじゃ盗人追い掛けるのもひと苦労だぞ」

「……お気遣い、感謝します」

「違う。そんなひ弱な身体で市民の生命財産を護れるかって話してんだよ」

くそ。まだ挑発を続けるつもりか。

「要は嫁が怪しいと踏んだはいいが、これといった決め手がないってことか」

「捜査事項を関係者の方にお話しすることはできません」

「それじゃあ、嫁は連れて帰る」

「まだ景子さんへの事情聴取は終わっていませんよ」

「自分たちで見つけられない証拠だから嫁に吐かせようってんだろ。そんな理由でひと晩もふた晩も、こんなところに閉じ込められたら敵わねえな。あくまで本人の自由なんだろ？　だったら本人が俺と帰ると言い出したら、帰してくれるのが筋ってもんじゃないのかい」

宮藤は密かに歯噛みする。素人ながら善吉の言い分はもっともで、この状況下で本人の意思を無視して聴取を続行した場合、弁護人に違法捜査と追及されかねない。

逡巡していると善吉の視線に気づいた。ずっと自分の一挙手一投足に目を光らせていたようだ。

ふと訊いてみたくなった。

「善吉さんは人間観察がご趣味ですか」

「ああ？」

「さっきからわたしの立ち居振る舞いを舐めるように見ておられますね」

「まあ、じっと見る癖は職業病みたいなもんだな。あんたたちにもあるだろ、そういうのは」

一瞬だけ善吉が気を抜いたように思えた。

「今はそうでもないが、俺らの若い頃は高いところに上らされて鳶《とび》職の真似事までやったもんだ。鳶職ってのは現場の華だからな、若い連中は怖さを隠して上ったもんさ。ところが年がら年中、足場の悪い場所に立たされるとな、あの足場は安定してる、あの足場はちょいと危ないと見極めがつくようになる。終いには人間もそういう目で見るようになる。頼りないヤツってのは足場がぐらついているからな。まあ似ていることは似ていらあ」

聞いていて興味が湧いた。

「不躾《ぶしつけ》なことを訊いてもいいですか」

「構わねえよ。不躾って言うのなら、俺の方が数段不躾だからな」

「善吉さんの目から見て、息子さんはどういう人間だったんですか」

今度はこちらが単刀直入に攻める番だ。

だが反応を窺っていても、善吉は眉ひとつ動かさなかった。

「あんた、さっき俺が言ったことをもう忘れちまったのかい」

「えっ」

「俺はあいつのことをバカ息子と呼んだ。それ以上でもそれ以下でもねえ。どうせ家ん中でガキみたいなこと繰り返してたのは、あんたたちだって調べたんだろ」

「被害者の身上調査は必須ですから」

「じゃあ隠す手間もないか。あいつは子供の時分から癇癪《かんしゃく》持ちでな。気に食わないことがあると、よく自分のオモチャを腹立ち紛れに潰したもんだ。結局、そのまんま背だけ伸びやがった」

自分の所有物に当たり散らす、というのは家族に暴力を振るったことへの言及だろう。

「亭主としても、父親としても、人間としてもろくでなしだったな」

「結構、厳しい言い方をするんですね」

「うん？　厳しいも何も、ろくでなしだからろくでなしと言ったまでさ。手前ェの思い通りに事が進まないからって他人に当たるなんざ、ガキ以外の何だってんだ。そういうバカにゼニカネや時間を与えたって無駄遣いするだけだ。俺のバカ息子が、そのいい見本だ」

その口調に違和感を覚えた。いくら疎遠になっているといっても血の繋がった親子だ。愛憎が絡めば多少は湿っぽくなると思えたのだが、善吉の物言いはまるで赤の他人に対するそれだ。

「一応、別居してたけどな。あいつの家と工務店とでそれほど離れている訳じゃあない。だからあのバカが何かしでかす度に、こっちの耳に入ってくる。二十歳過ぎりゃあ親に責任はないと言うがな、それでも他人様から後ろ指差されりゃ相応に痛い。情けない、情けないってよく女房が泣いたもんさ」

「しかし出来の悪い子供ほど可愛いと言いませんか」

「可愛さ余って憎さ百倍って言葉もある。あんまり実の息子が出来損ないだと、血の繋がらない嫁や孫が一層不憫《ふびん》に思えてくる」

不思議なことに、景子と二人の子供の話になった途端、善吉の口調が和らいだ。

「実の息子さんよりも不憫、ですか」

「ああ。いくら責任がなくっても、あんなバカに育てて申し訳なかったと思っちまう。宮藤さんよ。あんた、親兄弟はどうしてる」

「ふた親とも息災。兄貴とはちょくちょく会いますね」

「仲、いいのかい」

「さあ、普通じゃないですか」

「普通だと思えるんなら幸せだよ。いいかい、家ん中で家族同士が憎み合って、力の弱い女子供が泣き暮らすんだ。そんなもん、毎日が修羅場じゃねえか」

善吉は宮藤を正面から見据えた。

「あんたは間違ってるんだよ」

「何をですか」

「ウチの嫁を疑っているようだが、ありゃあどう見たって被害者だ。まるっきり逆だ」

「史親さんは殺されたのかも知れないんですよ」

「それがどうした」

「えっ」

「あんなバカは死んだ方が、世のため人のためだ」

実の子供には本当に容赦ないな——半ば呆れていると、宮藤の脳裏にいきなり電光が走った。

まさか。

慌てて善吉から視線を逸らし、自分の推理の軌跡を辿ってみる。

動機。

方法。

機会。

特に動機を考察すれば、真っ先に浮かんでくるのは景子だった。だからこそ、宮藤は彼女を最重要参考人として捉えていたのだ。

だが最重要参考人は別にいた。

己の息子の行状を恥じ、義娘と孫たちを不憫に思い、彼女たちのためなら息子の命など見限ってしまいかねない人物。

仕事柄有機溶剤の性質と取扱いを熟知している人物。

若い頃は鳶職までこなしていたという人物。鳶職が務まるのなら、民家の二階によじ登るのもさほど困難ではないだろう。

そうだ。

最大の容疑者は、今自分の目の前に座っている男だったのだ。

取調室で待っていた景子は、善吉の顔を見るなり感情を露にした。

「お義父さん……！」

「ああ、景子さん。心配させて悪かったな。もっと早く迎えに来るつもりだったんだが、この刑事さんにすっかり足止めを食らっちまってた」

「そんな。わたしの方こそ」

愁嘆場になるのを避けたいのか、善吉は最後まで言わせようとしなかった。半ば強引に景子の腕を取って、近くに引き寄せた。

「じゃあ、ウチの嫁は連れて帰る」

「ええ。取りあえずはお引き取りいただきましょうか」

宮藤は好戦的に返す。こんなことで善吉の心が揺らぐとも思えないが、宣言せずとも、どうせこの老人には自分の目論見などお見通しだろう。

「取りあえずってのはどういう意味だい」

「これで終わりじゃありません。さっき景子さんにも言ったんです。犯人が何をどこに隠しても、我々は必ず捜し出す。そして犯した罪を必ず暴く。事件が解決する日まで、必要とあれば何度でもお宅へ伺います」

「塩、撒かれても知らねえぞ」

「ナメクジじゃあるまいし、塩撒かれたくらいじゃ退散しませんよ」

「整ってる面《つら》なのに、分厚そうだな」

「刑事なんて仕事をしてたら、全員こうなりますよ」

「日本の刑事さんがみんな、あんたみたいに熱心だったら、俺たちは大喜びで税金を払ってやるんだがな」

不敵な言葉を残し、善吉は景子を連れて一階フロアの方向へ消えて行く。その後ろ姿がやけに堂々としているので、少々癪に障った。

「法被姿にべらんめえ口調。ああいう人、まだ残ってたんですね」

自分の横で葛城が感心したように洩らす。

「生き残ってるも何も、今度の事件ではあの爺さんが最強かも知れん。おい、すぐに裏取りに行くぞ」

「裏？」

「火災発生時の、あの爺さんのアリバイを徹底的に洗う」

「先輩、あの人を疑ってるんですか。焼死した被害者の実の父親ですよ」

「父親だからだ」

宮藤は葛城を従えて桐島の許に向かう。何かと操縦の難しい上司だが、報告さえ怠らなければ割と裁量権を下してくれる。要は手持ちのカードで、どれだけ説得できるかだ。

首を洗って待っていろ、秋山善吉。
必ずその化けの皮を剝いでやる。

五　善吉、立ちはだかる

1

瀟洒な住宅が立ち並ぶ中、秋山善吉工務店のみが木造二階建てなので、まるでそこだけ昭和の時代にタイムスリップしたような感がある。それは世帯主の老人と対峙した時の印象そのままだ。

重く、鬱陶しく、それでいて得体の知れない不気味さがある。宮藤は世代論というものをあまり信じない男だが、それでも善吉と話していると世代間の相違を実感せざるを得ない。単純に年齢差ということではなく、生きてきた時代の違いが人間性を決定づけてしまうように思える。考えてみれば、宮藤が今まで会ってきた中で一筋縄ではいかないと思わされた人物は皆、昭和の香りを漂わせていたではないか。

宮藤は慌てて頭を振る。

刑事が先入観に惑わされてどうする。どれだけ年季を経ていようが、犯罪に関してはこちらが専門家だ。素人の企みなどすぐに暴いてやる。

宮藤は気を取り直して周辺の住民情報ファイルを開く。交番勤務の巡査は、定期的に住民調査として管轄内の住宅を訪問し、家族構成や勤務先などの個人情報を収集している。その抜粋がこれだ。住民基本台帳のように全戸を網羅している訳ではないが、情報の緻密さと正確さははるかに上をいっている。

秋山善吉工務店に比べれば近隣はどこも家屋が新しいが、住んでいる者までが新しい訳ではない。古くよりこの地区に住まい、改築したり簡便さを考慮して分譲マンションに移り住んだりした者もいる。今日の目的は、そうした古い住人から善吉の人となり、そして息子史親との確執について情報を得るためだった。

宮藤が目をつけたのは、工務店の区画から離れた場所に建っているマンションの一室だった。

聖和ハイツ二〇三号室のインターフォンを鳴らす。一度では応答がなく、三度目にやっと返事があった。

『どなたぁ？』

「警視庁刑事部の宮藤という者です。床島佐知子《とこしまさちこ》さんのお宅ですよね」

カメラの部分に警察手帳を翳《かざ》す。

『警察がウチに何の用？』

「秋山善吉工務店さんの件でご近所に訊き回っているところです。確か、床島さんは以前工務店のお向かいに住んでいらっしゃったとお聞きしましまして」

『……善吉さん家で何かあったの』

「いいえ。善吉さんではなく史親さんの件です。数カ月前、史親さんの自宅が火事になりましたが、まだ捜査が続いていまして。よろしければ史親さんの話を伺えないでしょうか」

また応答が途切れる。

しかし宮藤には必ずドアが開けられるという確信があった。その確信があったからこそ、床島佐知子を訊き込みの対象に選んだのだ。

果たしてドアは開かれた。顔を覗かせたのは七十代半ばの老婦人だった。

「どうぞ、中に入って」

ここで当然という顔はご法度《はっと》だ。宮藤は神妙な面持ちで玄関をくぐる。

住民調査によれば、床島佐知子は善吉の幼馴染だった。生まれた時から同じ町内で育ち、互いが白髪に変わるのを見続けた仲らしい。彼女であれば、善吉と史親の確執について詳しく知っているかも知れない。しかも佐知子の息子夫婦は別宅に居を構えており、姑を一人暮らしさせている。独居老人にとって、自分の話を聞いてくれる人間は誰でも親しい友人だ。

廊下の壁に子供が描いたような絵が貼ってある。〈おばあちゃん〉という題で、どうやら孫が祖母の顔を描いたものと見える。

通されたのは薄型テレビと古びたソファの置かれた部屋で、そこがどうやら応接室という扱いらしい。佐知子がいそいそとお茶を持って来る。やはり話すのが楽しみという様子だ。

だが彼女の第一声は宮藤の予想を裏切るものだった。

「折角だけど、あなたの訊きたそうな話はできそうにもないわねえ」

「どうしてですか」

「ずっとご近所だったから善吉さんのことも史親くんのことも知っている。年寄りの一人暮らしで寂しい身の上だから、訊かないことまで喋るだろう……そんな風に思ってない？」

宮藤は呆気にとられて押し黙る。

全部お見通しではないか。

「その顔つきだと図星ってとこだわね。これは文字通り老婆心から忠告してあげるけど、近所付き合いがあるから話せないこともあるのよ。幼馴染なら尚のことね」

宮藤は改めて佐知子を見る。穏やかに笑っているが、唇からこぼれる言葉には辛辣さが見え隠れする。これもまた昭和を生き抜いた世代の得体の知れなさか。

「確かに善吉さんのことならいくらでも話せるわよ。若い時分から男っぷりがよくってねえ。仕事一途で無口で侠気があって、近所の娘たちはみんな善吉さんが通る度にお熱上げてたものよ。だから春江さんが嫁いできた時にはみんながっくりきちゃってね、お医者様の世話になった娘がいたくらい」

「いえ、そういう話じゃなくてですね。善吉さんと史親さんの……」

「だから、そういう話はしたくありません」

佐知子は笑顔で頭を振る。

「数カ月も前の火事なのに、未だにお巡りさんが実家の近所にまで嗅ぎ回っているのは、ただの火災じゃないってことでしょ。だから史親くんの人となりを調べている。つまりそういうことよね」

こうまで見透かされたのでは隠しても仕方がない。宮藤は作戦を変更することにした。

「被害者がどういう人物であったのかを知るのは捜査の基本なんです。裕福だったのかそうでなかったのか。善人だったのかそうでなかったのか。他人から恨まれていたのかそうでなかったのか」

「死んだら皆、仏様。死んだ人の悪口を並べ立ててもしょうがないじゃないの」

「つまり史親さんにも、悪口の類が存在したということですね」

佐知子は笑顔こそ崩さないものの、明らかに気分を害したようだった。

「人を見たら泥棒と思え。やっぱりお巡りさんというのは、そういう考え方が身体に沁み込んでいるのかしら」

「確かに床島さんの仰る通り、死者に鞭打つなどというのはあまり誉められたことじゃあないでしょう。しかし真実を隠した結果、悪事も一緒に隠れてしまうこともあります」

「悪事」

「どんなにロクデナシであっても、どんなに乱暴であっても、それで殺されていい法はありません。罪を犯したのならちゃんと裁判を受けさせ、罪状に見合った償いをさせる。それも至極真っ当なことだとお思いになりませんか」

「お巡りさんらしい考え方ねえ」

「真っ当な考え方はお嫌いですか。少なくとも床島さんたちのご年代が、そうした真っ当な考え方を貫いてくれたお蔭で、日本は戦争に負けても真っ当な国になったんだと思いますけどね」

佐知子は黙って聞いている。いや、聞いているふりをしているのかも知れないが判別がつかない。

「第一、善吉さんと史親さんとの間に確執があったのは、他の方も証言しています。ご近所では評判だったそうじゃないですか」

「……それが分かっていて、どうしてわたしに訊こうとするんですか」

「二人がどうして反目し合っていたのか。噂には大抵尾鰭《おひれ》が付きますから、どうせ知られている事実なら正確な方がいい。間違った捜査をせずに済むし、罪のない人間に手錠を掛けることもなくなります」

「既に逝ってしまった人間に鞭を打つ結果になっても、ですか」

「わたしは宗教家ではありませんが、いち警察官の立場として罪を犯した者は全員罰を受けるべきだと思います。床島さんのようなご高齢の方には青臭く聞こえるでしょうが、それが秩序というものだと考えています」

佐知子はしばらく宮藤の顔を凝視していたが、やがて柔和な笑みを剝ぎ取り、目つきをわずかに険しくした。

「男親と息子っていうのは面倒よねえ。どこの家でも多かれ少なかれ衝突するから。あれはきっと、男がいつまで経っても子供だという証明ね」

唐突に佐知子は世間話を始めた。宮藤は身を乗り出す。頑なな者が口を割る時は、大抵前置きがあるものだ。

「子供のいがみ合いだったと仰るんですか」

「史親くんは子供の頃から賢くってねえ。ただ額に汗して真面目にっていうタイプじゃなかったの。どちらかといえば、要領よく世の中を渡っていければそれでいいっていう子。善吉さんはほら、あの通り昔気質の人で怠けるな要領覚えるなってタイプだから、まあ反りは合わないわよね」

「善吉さんは自分の仕事を史親さんに継いで欲しかったんでしょうか」

「それはどうだったかしら。棟梁さんだったら、そういうことはあるのかもね。でも善吉さんと史親くんの間で将来について言い争ったなんて話は聞きませんでしたね」

「しかし、近所の話では反目し合っていたと」

「仕事の中身よりは態度のことでしょうね。今も言った通り、要領よくというのが大嫌いな人だったから。それに大学に入った頃から史親くんも善吉さんのことを毛嫌いするようになってね。やっぱり学歴のない人間は駄目だって。史親くんにしてみれば自分が親に対抗できるのは学歴しかなかったんだろうし」

宮藤は不意に先刻の絵を思い出した。あんな目立つ場所に貼り出していることが孫への愛情を窺わせる。それは善吉も同様かも知れない。

「しかし、仕事への態度だけではなかったんじゃあないですか」

佐知子の舌がずいぶん滑らかになったので、カマを掛けてみることにした。今まで聞いている限り、この老婦人は史親よりは善吉の方にシンパシーを抱いている。

「反りが合わないのであれば、実の息子よりも嫁。息子よりも孫が可愛くなるんじゃないですか」

「どういう意味？」

佐知子が一瞬、孫という単語に表情を曇らせた。

「俠気のある人間なら弱い者イジメ、虐待行為は見逃せない。被害に遭っているのが孫であれば尚更でしょう」

「わたしに何を言わせようとしているの」

「善吉さんの人となりですよ。史親さんの自宅と工務店はそれほど離れていません。就職を機に出て行った史親さんはなかなか実家に帰って来ない。孫の様子が分からない善吉さんと春江さんはさぞやきもきしていたでしょうね」

「善吉さんはどうだったか知らないけど、春江さんの方はしきりに気にしていたみたい。当たり前よ。婆なんてね、やれ七五三だの入学式だのって口実つけちゃあ、何か孫に買ってやりたい生き物だからね。だからよく雅彦くんや太一くんのことを心配していたわ」

「それなのに史親さんはなかなか家に寄りつかない。家が近くだったら、春江さんも様子を見に行くか行かせるかして情報を仕入れようとしていたでしょう」

佐知子は敢えて否定する素振りは見せない。ここまでは一般的な祖父母の反応だからだろう。

「会社を辞めた史親さんが奥さんや雅彦くんに暴力を振るっていたことは、自宅近所の方も証言しています。ということは、きっと同じ内容を春江さんも善吉さんも知っていたことになりますよね」

これにも佐知子は答えない。善吉に史親を憎む動機があることだけは言及しないつもりなのだろうが、このまま質問を続けたら平行線を辿る惧《おそ》れがある。

「質問を変えます。これは好き嫌いだけの問題だから答えてくれても構わないでしょう」

「何ですか」

「秋山史親という人は、あなたの目からはどんな風に映っていたんですか。お孫さんを持つ身として、果たして彼は許すことのできる人間でしたか」

すると佐知子は更に表情を曇らせた。

このまま沈黙を守り続けるつもりか。そうはさせまいと、宮藤はじっと佐知子から視線を外さずにいた。

やがて佐知子は渋々といった体で口を開いた。

「……昔っからね、弱い子だったのよ」

「史親さんが、ですか」

「小学校の頃からよく苛められてねえ。泣きながら帰って来ることもあったわ。ほら、腕つぷしも度胸もある方じゃないし。それなのに善吉さんときたら、闘いもせずに帰って来るなあって家に入れようとしなかった。善吉さんの機嫌が直るまで、公園に一人でいるところも見掛けた。三つ子の魂百までって言うけど、結局史親くんのそういうところは変わらなかった。善吉さんを学歴がないからって馬鹿にし出したのは、弱さの裏返しみたいなものね。だからあの子が父親になって自分の嫁や息子に手を上げてると聞いた時も、別に驚かなかった。弱い人間というのはいつか自分より弱い者を苛めようとするからね」

己の弱さを誤魔化すために自分より弱い者を虐げる——今までの証言、そして対峙した際の印象で推測できる。秋山善吉というのはそういう人間を許すような男ではない。

たとえ、それが自分の息子であったとしても。

「人間、弱くたって生きていく方法なんていくらでもあるのよ」

ふと興味が湧いた。

「たとえばどうするんですか」

「弱いことを認めてしまうこと。そうすれば他人に累が及ぶことも少なくなるでしょうね。もっとも、これは他人の受け売りなんだけど」

「へえ、誰の言葉ですか」

「善吉さんよ」

床島宅を辞去した宮藤は、その後四、五軒の家を訪問した。いずれも佐知子同様に秋山善吉工務店の近所に住んでいる者たちだったが、彼らの善吉に対する評判も佐知子のそれと大差なかった。

曰く、昔気質の職人。

曰く、法被を着た不言実行。

曰く、古き佳《よ》き昭和ひとケタ。

中には〈影の自治会長〉などと呼んで面白がる者もいた。それによれば、歯に衣着せぬ物言いと存在感に人望が集まり、歴代の自治会長が判断に困ると、必ず善吉に相談するのだと言う。

もちろん中には無愛想と口汚さから善吉を敬遠する向きもあったが、概して好意的な評価が多く、その事実が逆に宮藤を疑わせる結果となった。何も凶悪な人間だけが人を殺すのではない。卑しい人間だけが罪を犯すのではない。環境に追い詰められた者、自分だけの正義を持つ者は正しい選択として犯罪に手を染める。

次に宮藤が検証したのは善吉のアリバイだった。この件については命を受けた葛城がきっちり調べ上げてきた。

「消防署に火災発生の通報がされたのは当日の深夜一時二十三分でした。それで秋山善吉本人にその前後のアリバイを確認したところ、午後七時から自治会での集まりがあり、帰宅したのは深夜一時を少し過ぎた頃と証言しています」

刑事部屋の一画で、葛城はメモに目を落としながら報告する。

善吉本人への聴取に葛城を向かわせたのは宮藤の采配だった。取調室で一度顔を合わせている宮藤よりも、初顔の葛城をあてた方が善吉の警戒心を解けると踏んだからだ。

おそらく警視庁において葛城ほど刑事らしくない刑事はいない。真面目だけが取り柄で、いつも平和そうに笑っている。最近は法学部に通う彼女ができたとかで、浮かれ具合に拍車が掛かっている。それでも捜査の肝要だけは外さないので、尋問や聴取する相手から警戒心を奪うにはうってつけの人材だった。

「自治会の集まりということは、深夜一時過ぎに帰宅した際も、町内の誰かが同行していたのか」

「いいえ」

「何だ。まさか善吉が途中で抜け出たりしたのか」

「集会自体は十時頃に終わり、それから参加者全員が〈れんげ亭〉という居酒屋に流れたんです。彼らはそこで飲食し、お開きになったのが零時四十分。これは〈れんげ亭〉に残っていた会計記録で確認しています。この時点で秋山善吉が皆と一緒に店を出ているのも、店員が見ていました。えっと、注文の写しも入手しましたけど、これも読み上げましょうか」

やはり真面目が取り柄の男だ。

「要らん。その先を話せ」

「ここからは本人の証言ですが、居酒屋から工務店まで一人で歩いて帰ったと申告しています。因みに居酒屋から工務店までは二キロほどの距離があります」

二キロメートル。一般的に人の歩く速度は時速四キロメートルとされているから、善吉が普通に歩いたとして約三十分。一時過ぎに帰宅したという証言は計算が合う。

ただし、それはあくまで徒歩の場合だ。

「俺が何を考えているか、分かるか」

「タクシーを使ったら、火災現場まで行って戻って来たとしても一時過ぎに間に合う……ですか。でも出火が通報されたのは一時二十三分ですよね」

「時限装置だよ」

「時限装置？」

「最初はちろちろ燃えるだけでもいい。いきなり有機溶剤に引火して爆発火災を起こしてもいい。とにかく寝ている被害者に避難させる暇を与えないことが重要になる」

「予《あらかじ》め酔わせるかクスリで眠らせるかした方が簡単なような気がします」

「秋山史親の遺体はほとんど炭化していたが、それでも消化器官の一部と血液は残存していた。そこから多量のアルコールおよび薬物は検出されなかった。所轄署が初動段階で事件性なしと判断した材料の一つだ」

「それで時限装置なんですね」

「俺の考えを聞くか」

「お願いします」

「零時四十分、秋山は居酒屋の前で皆と別れる。そしてタクシーを捕まえ、息子の家に向かう。深夜の交通量と距離を考えれば十分少々といったところだろう。現場に着くと秋山は何らかの方法で、二階にある史親の部屋に忍び込む。もちろん事前に息子が寝入っていることを踏まえた上での行動だ。さっき言った通り室内に火を放つのはいいが、いきなり燃えれば史親が目を覚ましてしまう。そこで秋山は引火し易いように有機溶剤を発火地点に集めておく。後は火がじっくり燃え広がるか被害者が逃げ場を失うような爆発火災の仕掛けを残して二階から逃走。この間、約十分。そしてまたタクシーを捕まえて、何気ないふりで帰宅する。これが午前一時過ぎ」

黙って説明を聞いていた葛城は、途中から困惑顔になっていた。

「何を言いたいのかは分かっている。史親の寝入る時間に合わせるように呑み会が終わるのは偶然過ぎないか。部屋に忍び込んで時限発火の用意をするのに十分では短過ぎやしないか。深夜の零時四十分過ぎ、都合よく往復のタクシーが捕まるかどうか……まあ、そんなところか。あまりにも偶然や無理筋に頼っている。従って推論としては基本が脆弱だし、実現性にも乏しい」

「その通りです」

「じゃあ偶然ではなかったとしたらどうだ。深夜タクシーというのは客を引っ掛ける場所が固定されていることが多い。犯行以前に何度も現場へ足を運び、タクシーを捕捉できる場所を覚えておくというのは有効だぞ。時限装置のセットについても、練習を積んでおけば所要時間も短縮できる」

「呑み会の終了時間を前もって知っておくなんてこと、できますか」

「そういう集まりなら予約を入れておくのが普通だろ」

「ええ。実際、集会後の呑み会は事前に予約が入っていました」

「そういう席は二時間のチャージになっている店が多い。入店した時点でお開きの時間もほぼ決まるし、皆が長《なが》っ尻《ちり》になったら、用事があるとか何とか理由をつけてひと足早く退散すればいい」

「でも秋山は八十歳なんですよね。そんな老人がスパイダーマンみたいにするする二階によじ登れますか」

「秋山は若い頃、鳶の真似事もしていたらしい。鳶の梯子乗りを見たことあるか？　身体を支える場所が一箇所でもあればシャチホコだろうが八艘《はっそう》飛びだろうが自由自在だ。全焼してしまったが、元の秋山宅は屋根から雨樋が壁を伝っていたらしい。鳶の経験者なら雨樋を上ることなんか造作もないだろうな」

宮藤は答えながら、実効性を自分で吟味していく。説明するごとに葛城が納得顔で頷くのも確認項目だ。自分も他人も納得できる仮説には信憑性がある。

「動機は、やはり嫁と二人の孫を虐待から護るためですか。だって被害者とは実の親子ですよ」

「実の親子だからこそ、子供の性格を知り抜いていた。放っておけば暴力がエスカレートしていくと予想したんだ」

「でも話を聞く限りでは、かなり短気な父親のようですね。そういう父親なら、息子を殴り倒して家族を引き取ってしまうような気がしませんか」

「そんな程度では到底反省なんかしない、却って怒りを増幅するだけと判断したとしたら？　相手は被害者の性格をこの世で一番知っている人間だ」

「……父と子って、そんなに壮絶なものなんですかね」

「壮絶になるのは秋山善吉というのがそういう人間だからだ。たとえ自分の息子であっても、非道な行為を見逃さない。手前勝手な振る舞いを許さない。他人に危害が及べば、そんな風に育てた自分の責任だからケジメをつける……古色蒼然とした倫理観だが、あの老人はきっとそういう人種なんだ」

するとと葛城は深く頷いてみせた。

「いますね、そういう人。知り合いのお婆ちゃんが結構それに近い性格だから納得してしまいますよ……ただ宮藤さん、肝心な問題がもう一つ残ってますよ」

分かっている。宮藤は自然に頭を掻く。

他でもない時限装置の件だ。

現場に仕掛けた本人が逃走中に発火する仕組み。それだけがどうにも思いつかない。装置が燃え残っていたのであれば、その残骸から大方の仕様を推測するのも可能だが、爆発の衝撃でそういったものも木っ端微塵になってしまった。仮にアリバイを崩せたとしても、その発火装置を再現できなければ善吉を逮捕する要件を揃えられない。

「詰めが足りないことは重々承知している」

「じゃあ、どうするつもりですか」

「鳶と同じだな」

「はあ？」

「人間、仕事で覚えたことはなかなか忘れないし、要領のいいヤツなら仕事以外にも応用する。もし秋山が時限装置を作るとしたら、その専門知識を応用したとは思えないか」

しばらく葛城は考え込んでいた風だったが、やがてこれも納得顔で頷いてみせた。

「取りあえず、俺のする仕事は？」

「火災現場と居酒屋付近で、秋山らしき客を乗せたタクシーを虱《しらみ》潰しに探せ」

了解、と言って葛城は刑事部屋を飛び出して行った。

2

翌日の土曜日、宮藤は秋山善吉工務店を訪れた。すっかり馴染みとなった店構えだが、今日の訪問目的は景子ではなく善吉だった。

土曜日であっても工務店は営業中で、中を覗いても出払っているらしく善吉はおろか従業員の姿も見えない。好都合だと思った。元より善吉本人に会えずとも、作業場や善吉の周辺を探ることができればそれでいい。

葛城にタクシー会社を探らせる一方、宮藤は発火装置の仕組みをあれこれと考えたのだが、二日目にして挫折した。大工道具や塗料の知識を必死に漁《あさ》ってみたものの、発火装置として有用な仕組みには遂に思い至らなかったのだ。

思い至らなかった理由はもちろん自分の知識不足にもよるが、一番の理由は善吉の周辺を知らな過ぎることだった。あの老人が身の回りにどんな道具を並べているのか、それを知らないことには取っ掛かりも摑めない。

「ごめんください」

中に入った瞬間、いつも通り建材の臭いがぷんと鼻を衝いた。

引き戸を開けてしばらく待っていると、奥から太一がやって来た。

「いらっしゃい。あの、すみません。工務店の人も家族もいなくて……」

ああ、そうか。自分は遠巻きながら何度も太一を観察しているが、太一の方は宮藤を知らないのだ。

「留守中だったのに悪かったね。警視庁の宮藤という者です」

小学生相手に警察手帳を提示するまでもないと思ったが、太一は露骨に不審そうな顔をする。

「おや。ニセ刑事とでも疑っているのかい」

「僕、あなたの名前知ってます。警察で母さんを取り調べた刑事さんですよね。兄ちゃんもあなたに話し掛けられたことがあるって言ってました」

「君の家が焼けてしまった事件を担当しているからね。関係者には事情を訊かないとね」

「今度は僕の番なんですか」

「いいや、違う」

宮藤は静かに首を振る。捜査のためとは言え、さすがに小学生まで不安に陥れる気にはなれなかった。

「作業場をちょっと見せて欲しい。用事はそれだけだ」

「見るだけ？」

「ああ、見るだけだ。約束する」

「それなら……いいです」

太一は渋々といった体で頷いてみせる。相手が子供でも一応の承諾は得た。宮藤は抵抗なく作業場に足を踏み入れる。

作業場内部は整理が行き届いていた。道具は種類ごとに纏められ、向きも揃えられている。刃のついている物が全て目線より下の棚に配置されてあるのは、安全上の配慮だろう。ノコギリ、鑿、カンナ、ハンマー。そうした道具を見ていると否応なく子供心が騒ぎ出す。きっと道具には男の子の興味をそそる何かが秘められているからだろう。

一番低い棚には各種塗料が整然と並べてある。宮藤はその一本一本を目の高さまで持ち上げて成分表を確かめ始めた。

しばらくして落胆の溜息を吐いた。

特に危険な成分が含まれている塗料は存在していない。もしやと期待していたがどうやら空振りだったようだ。

宮藤が思いついたのは特定塗料の自然発火現象だった。急遽《きゅうきょ》買い求めた建築関係の書籍に記述があったのだが、塗料やワックスに含まれる油類は酸化することで発熱し、やがて発火に至るというのだ。宮藤はこれに着目した。何らかの方法で塗料を自然発火させればそれが種火となり、有機溶剤に引火できるのではないか——。

ただし全ての油類が自然発火する訳ではなく、可能性があるのは酸化で硬化し塗膜になるアルキッド樹脂系塗料だけだ。それも気密性が高く高温の場所という条件が必要となる。ところがここにはアルキッド樹脂系の塗料など一つとして存在しない。無論、善吉が放火する際だけに用意したという見方もできるが、工務店の中から発見されないとなれば説得力も乏しくなる。

塗料に限らずアルミニウム粉やヒドラジンという物質にも自然発火の性質がある。だがそれらは特定用途にだけ用いられ、テフロン加工されたビンに保管されるなど、取扱いも厳重だ。一般の工務店に置いてあるような代物でもない。

では、いったいどんな方法で善吉は現場を自然発火させたのだろうか。

考え込んでいると、太一が前に回り込んで来た。

「刑事さん、誰を疑っているんですか」

「うん？」

「ひょっとして僕たちの家に火を点けたのが、お爺ちゃんだと思ってるんじゃないんですか」

「……どうして、そう考える」

「大工道具を調べているみたいだけど、道具を使えるのはお爺ちゃんだけです。家が焼けちゃうまで、僕たちはあまり工務店に来なかったし」

宮藤は反省した。相手が小学生だと思って馬鹿にしていたが、あの老人にしてこの孫といったところか。子供といえどもなかなか侮れない。

「あの火事の発生原因がまだ分かっていないというのは聞いているよね。原因が確定していない以上、放火である可能性を捨て切れない。それなら警察も捜査を続けなきゃならない」

「だけどお爺ちゃんを疑うなんて変ですよ」

「何が変なんだい。関係者は全員公平に扱っているつもりだよ」

「じゃあ僕はどうなんですか。僕だって関係者だから、お爺ちゃんと同じくらい怪しいんでしょ」

太一は怒っていた。対峙しているのが警察官だというのに、敵意を露にしている。それだけ祖父を慕っているのだろう。

「君は史親さんと仲よくやっていたんだろう？　少なくとも君にはお父さんを殺す動機がない」

口に出してから、しまったと思った。こんな子供相手に動機云々を説明してどうする。

「じゃあ、母さんや兄ちゃんやお爺ちゃんには動機があるんですか。仲がよくなかったという理由だけで疑うなんて……」

「何にだって理由がある」

「刑事さんはお爺ちゃんを知らないんです。知っていたら絶対にそんなこと疑いません」

「太一くんにとって、お爺ちゃんというのはどんな人なんだい」

するとと太一はわずかに表情を固くした。

「お爺ちゃん、怖いですよ」

「へえ、君も怖いのか。それは意外だったな」

「君もって？」

「かく言う俺もあの人はちょっと苦手だな。もしあんなのが上司だったら俺は三日保《も》たない。いや、大抵の刑事が尻尾を巻いて逃げちまうだろうな」

そう告げた途端、ふっと肩の力が抜けた。善吉の印象については、関係者にも隠し立てする必要がないからだろう。

「俺が君くらいの齢だった頃は、まだああいうお年寄りが結構いたんだ。たとえ他所《よそ》の子だろうと悪いことをしたら徹底的に叱る。時には叩いてでも言うことを聞かせる。自分の孫なら尚更で、今なら虐待扱いされるようなお仕置きを当たり前にやっていた」

「ウチのお爺ちゃんみたいな人が沢山いたんですか」

「うん。珍しくなかった」

「それは……大変だなあ」

二人は顔を見合わせて噴き出した。

これで太一の警戒心もいくぶん解けた、と感じた刹那、刑事としてのずる賢さが頭を擡げた。今なら太一も話し難いことを話してくれるかも知れない。

「ああいうお爺さんだから、きっと君のお父さんにも厳しかったんだろうな」

「うーん。でも僕、二人が話しているところ、あまり見たことがないな。この家に来ることも少なかったらしいし」

「でも話の中で名前が挙がることはあっただろう。何といっても実の親子なんだから」

「あんまり名前も出なかったけど……そうだ、勉強していい大学入らないと、お爺ちゃんみたいになるぞって言われたことはある」

「お爺ちゃんみたいな人って、つまり学歴がどうのこうのって話か」

太一は恥ずかしそうに俯く。学歴で人の価値を決めることが恥ずかしいのは知っているらしい。

「そういう親父、どう思った」

「……よく分かりません。その時はお爺ちゃんがどんな人か知らなかったし」

「じゃあ、今は分かるんだ」

太一は黙して語ろうとしない。語れば父親の悪口になるのを怖れているからだろう。

今度は自分が恥ずかしくなった。いくら捜査のためとは言え、年端もいかない少年を困惑させれば罪悪感も湧く。

やがて思い出したように太一が口を開く。

「きっと僕が、父さんと最後に話したんです」

「家から出火した日のことだね」

「ゲーム機の部品を取りに行って……向こうは寝惚《ねぼ》けてたみたいだったけど、僕の言うことにちゃんと答えてくれた。あんなことになるって分かってたら、もっともっとしたい話が一杯あったのに……」

ここで泣かれたりすると困るな——そう思った時、背後から怒声を浴びた。

「お前ら、そこで何してやがるっ」

窓ガラスが振動しそうな大声に思わず首を竦《すく》ませる。声のした方に振り向くと、店の入口で善吉が仁王立ちしていた。

「刑事が俺の許しもなしに、どうして仕事場をうろうろしてやがる」

「あっ、お爺ちゃん、ごめんなさい。僕が見てもいいって言ったんだよ」

宮藤が頭を下げるより先に、太一が詫びた。

「作業場を見るだけだからって言うから……」

善吉は殴りかからんばかりの勢いで迫って来る。

太一は半泣きになっている。これはもう自分が無理を言ったせいなので平身低頭するより他ない。せめて太一の前に立とうとした矢先、再度善吉が口を開いた。

「太一。お前は奥へ行ってろ」

「うん」

太一は返事をすると、足早にその場を立ち去って行った。一度だけちらと振り返ったのは、宮藤を心配してのことだろうか。

「ふん、子供をだまくらかして家宅捜索の真似事か。日本の警察も落ちぶれたものだな」

善吉は毒づきながら道具の並んだ棚に目を走らせる。塗料の缶の並び方も見逃さなかった。

「色々と弄《いじ》った様子があるな。見るだけじゃなかったのか」

「こんなに沢山の大工道具を見ることは珍しいので、つい手に取ってしまいました」

「塗料なんざ珍しくも何ともねえだろ。まあ、大方そんな風に考えると思ったが」

「わたしが何を考えたと？」

「自然発火するような塗料を使って、どうにかして失火を装おうとした。まあ、そんなところか」

聞いている最中、顔から火が出そうだった。自分が考えつくことなど、とっくに先回りされていたというのか。

「もう調べたんだろうがな、最近じゃあそういう危険な塗料ってのは別保管になるんで、こんなちっぽけな工務店じゃまず置いてねえ。そうだろ」

「ええ、仰る通りですよ」

「それでも確かめずにいられなかったのは、もしやと思ったからか、それとも念には念をとでも考えたのか。どっちにしても空振りだがな」

善吉のひと言ひと言が癪に障る。相手への敵愾心《てきがいしん》もあるが、それよりは自分の至らなさがこの上なく恥ずかしい。いくら倍ほど齢が離れていても相手はただの容疑者、対するこちらは捜査畑を十年も歩いてきた玄人だ。それがこんな風に手玉に取られるとは予想だにしなかった。

「宮藤さんと言ったな。あんた、俺が息子の家に火ィ点けたと踏んでるんだろう」

「いや、出火原因が特定されず、事件性なしと結論が出るまでは、関係者全員を調べるのが警察の義務で……」

「わざわざ留守時に訪ねて来てその言い草かい。どうせなら、もっとマシな言い訳考えろい」

言葉は乱暴だが、顔つきはさばさばしている。しかし宮藤には、見透かされているようでこれも気に食わない。

「昔、鳶をしていたからこんな老いぼれでも二階によじ登るなんてのは目じゃない。あの夜、俺が道草もせず真直ぐ家に帰ったのは誰も見ていない。おまけに死んだ息子とは犬猿の仲。まあ、そんだけ条件が揃っていたんなら刑事でなくたって疑いたくもなるか」

クソッタレ、と宮藤は心中で毒づく。見透かされているようではなく、完全に考えを読まれている。こんな有様では、いくら善吉の身辺を嗅ぎ回ったところで後手後手になるのは目に見えている。

「突っ立ってたって落ち着いた話はできねえな。その辺に座ったらどうだ」

勧められて手近な椅子を引き寄せる。〈落ち着いた話〉とやらを善吉の方から持ちかけてきたので、俄然興味をそそられる。

善吉を真正面に見据えると、やはりその眼光にたじろぐ。警察官の立場であればこちらが射竦めなければならないのだろうが、正視を続けているとどうにも呑まれてしまう。

「宮藤さんとか言ったな。あんたも警察の仕事は長いんだろう。だからあんたがしていることに文句を言うつもりはない。世間の常識がどうあれ、その世界にはその世界なりのしきたりなりやり方がある」

「それはどうも」

「だけどな、ちょっと考えてみてくれ。家が焼けて史親が巻き添えになって死んだ。嫌な話だ。景子さんや孫たちには辛い話だ。しかし、それがどうした」

「それが……どうした？」

「家は焼けちまったが、ありゃあ元々借家で火災保険にも入っていた。古い上物だったから、地主にしてみれば更地にする手間が省けたようなもんだ。その保険金で迷惑のかかった近所や、あのバカ息子にカネを貸してたヤツらも取りっぱぐれることはなくなった」

「しかし人一人死んでいます」

「我が息子ながら情けないが、アレは穀潰《ごくつぶ》しだった」

善吉は顔を顰めて言う。

「怪我もしてなきゃ病気もしていない。それなのに前の会社クビになってからは、まともに仕事に就こうとしない。自分には合わない仕事だの能力が生かせられないだの知った風な口利きやがって。ニートやら引き籠もりやら今はずいぶん便利な言葉があるが、五体満足な癖しやがって働こうとしないようなヤツは俺から言わせりゃ、人間のクズだ。クズが一人死んだところで誰が迷惑する？　そりゃあ家族は悲しむだろうが、言葉を換えたらただそれだけのこった」

「……実の息子さんですよ」

「実の息子だから言ってる。どうせもう調べはついているんだろうが、あのバカは景子さんにも孫にも手を上げやがった。医者の世話になったくらいだから、髪の毛引っ張るとか小突くとかの程度じゃなかったろう。あのまま史親を放っておいたら、家族が危なかった」

「力ずくで彼らを引き離すこともできたんじゃないですか」

葛城から示唆されたことを確かめてみる。だが善吉は不満げに首を振る。

「そんなことをしたってあのろくでなしは逆恨みするだけで、却って家族をつけ狙うさ。都合の悪いことは全部他人のせいにする。色んなモノから逃げ回ってるヤツは大抵そう考える。きっとそうとでも考えなきゃ自分を保っていられなくなるんだろうな。ちょうど史親がそんな風だった。だから婆さんは一刻も早く呼びたかったみたいだが、俺が躊躇《ちゅうちょ》していた。そんなところに持ってきて火事が起こったんだ」

つまり渡りに舟という訳か。

それにしてもと宮藤は思う。いくら史親が家長失格だとは言え、扱いが冷淡に過ぎる。これさえも昭和ひとケタ特有の考え方とすると、正しくはあっても共感し辛い。

「仮にそいつの不始末で出火して手前が焼け死んだとしても、それこそ自業自得ってもんだ。悲しむ者はいても損するヤツは誰もいねえ」

「人の生き死にを損得で考えるというのも寂しい話ですね」

「警察は人殺しがあった時、損得で下手人を絞り込むんじゃねえのかい」

返事に詰まる。容疑者から言われると鼻白む思いがするが、間違いではない。犯人特定の基本は〈そいつが死んで得をするのは誰か〉だ。

「あのバカ息子が死んで損するヤツは誰もいない。それでも事故じゃない限り、捜査は続けなきゃならない。そうなんだな」

「ええ、被害者が存在していますからね。少なくとも恨みを抱いて死んだ被害者だったのなら、我々は彼の無念を晴らす義務があります」

「しかし単なる失火だったら、捜査を続けても税金と時間の無駄遣いになる」

「いったい何を仰りたいんですか」

「俺なんかが言うのはお門違いかも知れんが、下手人と疑われた者の一人として言わせてもらう。あんたもいい加減で手を引いたらどうだ」

「確かにお門違いですね。警察もわたしもあなたの指図は受けない」

「こっちだって、いつまでも痛くもない腹を探られるのはご免なんだよ。あれはれっきとした失火だが、百歩譲って俺が仕組んだことだとしても、悪いがあんたに俺をしょっ引くことはできん」

宣戦布告という訳か。

その途端、戦闘意欲に火が点いた。普段は冷静なはずの思考回路が、俄に熱を帯びる。容疑者と目される人間から挑発されるのも、説教されるのもこれが初めてだった。

「そこまで仰るのでしたら、わたしも言わせてもらいましょう。日本の警察は優秀です。中でも警視庁の検挙率は八割です。どんなに巧緻な悪巧みでも大抵は白日の下に晒される」

「言い換えりゃあ、あとの二割はオミヤってことだろ」

「初動捜査に誤りがなければ、まずそんなことにはなりませんよ」

所轄は第一歩を踏み間違えたが、少なくとも自分はその轍《てつ》を踏んでいない。本人に告げるつもりはさらさらないが、善吉の優位を保っているのは二階の部屋に火を放った方法が不明という一点だけだ。史親を殺す動機も、三十分に亘る機会もあった。これで方法さえ立証できれば、桐島を説得するには充分だろう。

「あんたが強情なのは何となく見当がつく。だから一つ賭けをしてみないか」

「賭け？」

「この期に及んで腹の探り合いをやってもしょうがねえ。あんたは間違いなく俺を下手人と踏んでいる。それでもしょっ引かないのは、何か一つ決め手を欠いているからだ。違うか？」

まさか、はいそうですと答える訳にもいかない。しかし沈黙していれば善吉は肯定と受け取るだろう。黙っていると、果たして善吉は言葉を続けた。

「それなら、その決め手に効き目がないのがはっきりしたら潔く手を引いてくれねえか。こんな話いくら引っ張ったって、嫁や孫が悲しい思いをするだけだ」

よくもこれだけ居丈高に言えるものだと感心する。

「賭け、と仰いましたね」

「ああ。俺が下手人である証拠をあんたが一つでも見つけてくれりゃあ、もう何も抵抗しない。弁護士も要らん。黙ってお縄についてやるよ」

「お互いに一点突破ということですか」

「その方が分かり易くていいだろ」

宮藤は再び無言で躱す。善吉に対しては受諾、対外的には無視。狡いようだが、それを言うのなら人を殺しておいて知らぬ顔をしている人間の方が数段卑怯ではないか。

「以上だ。茶も出さずに悪いが」

「それには及びません。では失礼します」

善吉の性格から察して、証拠を一つでも突きつければ弁明しないというのは本心だろう。言葉を換えれば、それだけ犯行が露見しない自信があるのだ。

いいだろう、爺さん。その誘いに乗ってやるよ。警察官として表明はできないが、こちらの望みが全て断たれたら捜査を継続する理由もなくなる。どのみち秋山家の火事は所轄が事故と判断しているから、元に戻るだけの話だ。

善吉に背中を向け、工務店から辞去しようとしたその時だった。

ポケットの中の携帯端末が着信を告げた。相手は葛城だった。

「宮藤だ。どうした。例のアレが見つかったのか」

『目下、検索中です。今のところ、居酒屋付近及び火災現場付近で容疑者を乗せたという情報は得られていません』

「だったら用事は何だ」

『タクシーの洗い出しと並行して、当日呑み会に参加していた人たちに訊き込みをしていたんです。宮藤さん、よくないです』

「何がよくない」

『呑み会が終了した後、秋山善吉は連れと一緒に帰宅しています』

「何だと」

『連れは自治会長の稲垣《いながき》という人物です。〈れんげ亭〉を出たもののタクシーがなかなか捕まらなかったので、自宅まで歩くことになったそうです。稲垣会長は秋山と一時も離れることなく、一時十分に帰宅しており、稲垣会長の奥さんが二人を玄関先で迎えています。宮藤さん、秋山のアリバイは成立しているんですよ』

開いた口が塞がらなかった。

慌てて善吉の方を振り返る。

「秋山さん！　あなた〈れんげ亭〉を出た時は一人だったと証言しましたよね。今、報告がありました。稲垣という人がずっとあなたに同行していたそうじゃないですか」

すると善吉は悪びれた様子もなく、頭を掻き出した。

「俺ぁ、そんなこと言ったかな。だったら悪いな、記憶違いだった」

そう言い残して奥の部屋へと消えて行った。

後に残された宮藤こそいい面の皮だった。

アリバイ成立。

これで善吉が犯人である可能性は断たれたも同然だった。いくら自然発火が可能だとしても、仕掛ける時間がなければ立証しても無意味になる。善吉の言葉が自信に満ちていた理由もこれで理解できる。アリバイが堅牢だったから悠然と構えていられたのだ。

急に足が重くなった。

自分は見誤ったのだろうか。あの火災はやはり史親による失火だったのだろうか。

ともあれ宮藤は善吉との賭けに負けた。挑んでから何と数分で決着がついてしまった。宮藤が誘いに乗ったのを確認した時、さぞ善吉は痛快だっただろう。予め出る目の決まったサイコロを振るようなものだ。きっとあの老人の目には、自分が短絡的で知恵の足りない若造に映っていたことだろう。

畜生め。

何度も自分を罵倒しながら工務店を出ると、ふいにその考えが浮かんだ。

待て。

どうして単独犯と決めつける必要がある。そもそも当初、自分は景子に疑念を抱いていた。それが善吉に移ったのは、景子に有機溶剤の知識がないと指摘されたからだ。

善吉には知識があるがアリバイもある。

景子には知識がないがアリバイもない。

それなら善吉の指示で景子が実行したとすればどうだ。

同じ動機を持つ者同士の共犯という可能性。

自分の閃きに昂奮する。まさに土壇場で得た活路と言える。

宮藤は今出たばかりの工務店に視線を投げた。

まだだぞ、善吉さん。

まだサイコロの目は出ていない。

3

それから二日後、再三の任意出頭を要請すると、景子は抵抗なくこれを受諾した。

「今日は何を訊かれるんですか」

取調室で対峙した景子は、前回に比べて心なしか余裕があるように見えた。これは二度目ということで耐性が備わったのか、それとも善吉の後ろ盾があると安心しているせいなのか。

「前回は途中で邪魔が入ってしまいました。あの続きだと思っていただければ結構です」

「相変わらず、わたしが主人を焼き殺したと疑っているんですね」

「あなただけを疑っている訳ではありません」

宮藤が含みを持たせると、景子は怪訝そうな顔を見せた。

そうだ、これはあんたの単独犯行じゃない。

あんたと二人の孫の将来を護ろうとした舅との二人三脚の犯罪だ。

「ただ、あなたは質問の最後に何かを言おうとしていた。まあ、その瞬間にあのお爺さんが乱入されて来た訳ですが」

「やっぱり刑事さんもそうなんですね」

「え。何がですか」

「ウチのお義父さんが苦手みたいですね。顔にそう書いてあります」

思わず自分の頬に手を当ててしまった。

「そんなことは……」

「分かりますよ。一緒に暮らしているわたしでも最初はびくびくものでしたから」

宮藤は内心で愚痴る。どうして善吉の名前を出されただけで抵抗を覚えるのか。しかも景子の方は、その名前を口にするのが大層楽しそうだ。

「刑事さん、あの後、義父とはどんな話をされたんですか」

「どんな話って……いや、捜査情報ですから。たとえご家族でもお伝えすることはできません。いや、それ以前に二人で打ち合わせのようなことをされたでしょう」

「そんなもの全然ありません」

景子はひどくあっけらかんと言う。質問係と記録係、閉鎖空間で二人の刑事に囲まれる恐怖と緊張は相当なはずだが、善吉の名前が出た途端、空間に穴が開いたような錯覚に囚われる。

「あの日、家に帰っても義父は刑事さんと何を話したかなんてひと言も言わないんです。わたしが何を質問されたかも訊きませんし」

訊く必要がなかったからだ。あの老人は宮藤が何を疑い、何を訊き出そうとしているかを察知している。そしてその上で罠を仕掛けている。だから改めて景子と口裏を合わせる必要がないのだろう。

実際、火災発生時のアリバイ自体が宮藤に無駄足を踏ませるためのフェイントだった。あの無駄足でどれだけの時間と手間を浪費したか、思い出すだに歯軋《はぎし》りしそうになる。なるほどあんな知恵者が背後にいれば、刑事二人の取り調べなど怖くもあるまい。

だが、このままで終わると思ったら大間違いだ。

「最初はびくびくものだった……で、今は頼りになる参謀といったところですか」

「参謀じゃないです。具体的に何をどうしろという指示なんてくれませんから」

嘘を吐け、と思う。自宅の発火、あれこそ具体的な指示がなければ景子の犯行は不可能だった。

宮藤の思い描いた画はこうだ。日頃から史親の無為徒食と暴力に悩まされていた景子は、善吉に相談を持ちかける。予《かね》てより史親と反目し合い、また孫たちの行く末を案じていた善吉は景子に自然発火のシステムを伝授する。そして計画の実行日を決め、善吉はアリバイを確固たるものにするべく計画を立てる――。

自然発火の仕組みについては、一つだけ思いついたことがある。トラッキング現象と呼ばれるもので、コンセントとプラグの間に埃が溜まり、その埃が湿気を吸収することによってスパークが起こり、一気に発火する仕組みだ。碌に掃除をしない史親の部屋であれば、充分に実行可能な発火装置になりそうだった。しかし、この発火装置にも問題がある。発火のタイミングを調節する方法が思いつかないのだ。それで宮藤はこのアイデアを保留した。その発火システムについては、やはり景子の自供を待つしかない。

それよりも問題なのは、これが保険金詐欺など金銭目的の犯罪ではないことにある。幼い息子たちを護るための夫殺し。単純に離婚すればいい、離れて暮らせばいいというものではなく、史親の性格をかんがえればストーカー化する可能性も大きかった。焼死に見せかけた殺人というのも、景子たちが追い詰められた末の選択だったと言えないこともない。それは宮藤も個人的に同情したい点だ。

しかし警察官という職業を選んだ限りは、これを看過することはできない。犯罪は犯罪として検挙する。その犯罪に妥当な、そして温情ある量刑を決めるのは別の人間の仕事だ。

ふと、善吉について語り合ってみたいと思った。

「わたしも何度かお話ししましたが、何と言うか希有《けう》な人物ではありますね。普通、警察官を相手にすると大抵の方は身構えるものだが、あの御仁ときたらまるでこちらを子ども扱いだ。お蔭で自分が洟垂《はなた》れ小僧にでもなった気分にさせられます」

「そう思います。わたしなんかがどれだけ気張ってみても、お釈迦様の掌に乗せられているみたいで。この間もこんなことがあったんです」

景子は自分がカジュアル服の量販店にいた頃、モンスタークレーマーに恐喝されたが、善吉の配慮によって事なきを得た件を告げた。

「いったい、どこにそれだけ情報網を持っていたのか、本当に不思議で」

洞察力と信頼、そして情報量。なるほどそれだけ兼ね備えていれば、口先一つで息子の嫁を手足のように操るのも可能だろう。

「大工の棟梁というよりは、まるでヤクザの親分みたいな資質ですな。いや、これは失敬」

「構いませんよ」

どうやら景子も似たような感触を持っているようで、それは互いの共通点ということか。

では、そろそろ話を戻すとしよう。

「ところで前回、あなたは何を打ち明けようとしたんですか」

質問を変えると、景子もすぐに反応を見せた。見る間に表情が強張り、口元が緊張に閉まる。あまりに分かり易い変化に、つい笑いが込み上げてくる。

背後にいるのが海千山千の策士でも、目の前に座っているのはただの主婦だ。こんな風に揺さぶり続けていれば、最後には必ず落ちる。

しかも今回、善吉がこの場に押し掛ける可能性もない。何故ならこの時間、善吉が資材調達のために外出しているのを確認しているからだ。

「あなたは自宅の焼跡で必死に何かを捜し回っていた。それは先にご覧いただいた映像からも明らかです。そして着の身着のままで事情聴取に臨んだあなたの手に何もなかったことから、どうやら回収には失敗したらしい。あなたは思い出の写真を捜していたと供述したが、あんな爆発火災で写真が燃え残っている確率はゼロに近いし、そもそも家族と疎遠気味だった史親氏の部屋に家族写真があったという供述自体、眉唾ものです」

「それは……」

捜していたのは決して家族写真ではない。それが顔色だけで分かるので、本当にやり易い。

「あなたが捜していたのは、自然に発火する装置か何かではなかったのですか」

景子の表情がまた強張る。

ビンゴだ。

「史親氏が寝入った後でゆっくりと発火する仕組み。発火し、その火が有機溶剤に引火して爆発火災を引き起こす。あなたは一階でその様子をただ窺っていればいい。爆発時は相当な音も聞こえただろうし。いよいよとなったら二階の状況を見るだけ見て、子供たちと家を飛び出る。こうして目論見通り、旦那ごと二階部分は全焼したが、あなたは重要なことを思い出した。それが自然発火装置だ。あんなに慌てて捜していたところを見ると、火災でも燃え残る性質のものだったんだろう」

景子は全身を瘧のように震わせている。

もうひと息だ。

もうひと息で、この女は落ちる。

「失礼だがあなたの経歴を調べさせていただきました。結婚前はアパレルメーカーにお勤めでしたね。それも販売部門。どうも職業的知識から自然発火を思いついたとは思えない。ひょっとして発案は他の人間だったんじゃありませんか」

宮藤は俯き加減になった景子の顔を覗き見る。かさかさに乾いた唇が何度も開きかけている。

「太一くんに雅彦くん。二人ともいい子じゃないですか」

兄弟の名前を聞くと、景子はゆっくりと面を上げた。

「二人にあれ以上危害が及ばないようにするには、史親氏を排除する以外に方法はなかった。犯罪を認める訳にはいかないが、あなたの気持ちを察することはできる。やった行為は間違いだが、母親としては正当だったのかも知れない。それは必ず法廷で斟酌《しんしゃく》される。だからもう、知っていることを全部吐き出してしまいなさい」

恫喝、共感、情状酌量。被疑者を落とすための手法はあらかた使った。平凡で人並みの罪悪感と司法への恐怖心を持った者なら、これで完落ちするところだ。

だが景子は予想以上に頑なな態度を見せた。

「……知りません」

「何がですか」

「刑事さんの言ってることが何一つ理解できません。わたしは主人を殺したいと思ったこともありませんし、そのためにわざわざ自分の家を燃やすようなことを考えたこともありません。自然発火って何なんですか、それ。そんなもの見たことも聞いたこともありません」

そうきたか。

「つまり、わたしが言ったことを完全に否定される訳ですね」

「否定も何も、全然身に覚えのないことですから」

「本当に？」

「嘘なんて吐いてませんっ」

「じゃあ、それを証明するっていうのはどうでしょう」

「証明？」

「ちょっとした試験みたいなものですよ。ポリグラフというのをご存じですか」

「いえ……」

「別名嘘発見器と言いましてね。人間というのは、思っているのと違うことを言うと呼吸や脈拍や血圧に変化が生じる。ポリグラフはそれを電気的に数値化するものです。これを使えば、大抵の嘘は分かってしまいます。裁判では重要な証拠にもなり得ます」

これには誇張が混じっている。ポリグラフの原理は説明した通りだが、だからと言ってそれで虚実を断定できるものでもなく、捜査上はあくまで参考資料として扱われる程度だ。だが何も知らない人間には、機械の存在自体が脅威となる。

「嘘を吐いていないと言うのであれば、当然ポリグラフにかかりますよね。拒否すれば、嘘を吐いていると自白したことになる。さあ、どうしますか？」

承諾すれば、おそらく景子に不利な結果が出る。拒否すれば、自分で自分を追い込むことになる。これで退路は塞いだも同然だ。

我ながら狡猾だと思うが、公務に個人感情を差し挟む余地はない。

さあ、落ちろ。落ちてくれ。

祈るような気持ちで景子の唇を注視していたその時だった。

景子が膝の上で抱えていたバッグの中から着信音が鳴り響いた。

宮藤は舌打ちしそうになる。任意での事情聴取だから携帯電話を没収することはできないが、何か理由をつけて預かっておくべきだった。お蔭で落ちかけていた景子が、我に返ってしまったではないか。

「あの、電話を取ってもいいでしょうか」

今更、取るなとも言えない。

「……どうぞ」

「はい、景子です。ああ、お義母さん。今はまだ警察にいますけど……えっ、そんな……」

声が急に跳ね上がる。

「それで……？　はい……はい……曙《あけぼの》病院。はい、知ってます……わ、分かりました。わたしもすぐ病院に向かいます」

電話を切った景子は真っ青だった。

「どうしました」

「義父が、お爺ちゃんが病院に担ぎ込まれて……」

「善吉さんが？」

「解体現場で防塵パネルの下敷きになって……今は集中治療室らしいんです。あの、病院に行きたいんですけど」

急な展開で宮藤の思考も追いつかない。唯一浮かんだのは、自分も立ち会わなければという考えだった。

「病院までお送りしますよ」

病院へ向かう車中で景子から話を訊く。

「工務店に戻る途中、ビルの解体工事現場を通りかかったらしいんです。そうしたら防塵用の鉄製パネルが道路側に倒れてきて……」

「そこにちょうど善吉さんがいたんですか」

「いえ、下校途中の小学生がその真下を通りかかったんです。お爺ちゃん、その子を庇って……」

勘弁してくれ、と思った。

今度の事件は主犯と従犯、首謀格と実行犯二人でひと組の犯罪だ。元より景子だけが相手では自白頼みであり、それも善吉の自白とペアでなくては立件しても公判が維持できない。ここで善吉に死なれでもしたら、今までの捜査は灰燼に帰してしまう。

しかも子供を庇ってだと。やめてくれ、ますます矛先が鈍る。

病院に到着すると、ＩＣＵ（集中治療室）に案内され、慌てて病棟へ向かう。

ＩＣＵ前の廊下はちょっとした人だかりだった。善吉の家族や工務店の従業員のみならず、事故の起きた現場の責任者やら子供を助けてもらった母親やら、おまけに事故を聞いて駆けつけた所轄の刑事までいる。

「お義母さん」

景子は長椅子に座っていた春江に向かって駆け出した。春江の隣には、青ざめた顔の太一と雅彦もいる。

景子は春江の横に倒れ込むように座り、義母をしっかりと抱き締める。気丈な性格らしく、春江は景子の背中に手を回すと、また病室の方に毅然とした目を向ける。

「景子さん、まだ泣くのはちょっと待ってなさいね」

家族の周りでおろおろと歩き回っているのは助けられた子供の母親だ。

「本当にウチの麗華《れいか》のために……まことにあいすみませんでした。ああ、これで万一のことでもあったら、あたし」

「ねえ、あなた。心配してくださるのは有難いのだけれど、相手が違いますよ」

「えっ？」

「パネルはお嬢ちゃんの真上に落ちてきたんでしょ。相当怖かったはずよ。戻ってお嬢ちゃんの横にいてあげないとね」

「でも」

「ウチのお爺さんはね、やることをやらない人には滅法厳しいから。それに、そんな辛気臭い顔をされてちゃ、生き返るもんも生き返りゃしない」

「そうだよ」

横で雅彦が拗ねたような口を利く。

「爺っちゃんが死ぬはずないじゃん。こんなところに家族全員集まってると、目ェ覚ました時に怒鳴られるかも知れねえぞ」

「でも兄ちゃん、お爺ちゃん、鉄製パネルの下敷きになったんだよ。鉄製パネルって何百キロもあるんでしょ」

「だから！　あの爺っちゃんがその程度でくたばるはずないだろ。ベンツに轢《ひ》かれたって、クルマの方がひしゃげらあ」

そう言いながら、雅彦の目は不安に揺れている。

所轄の刑事が所在無げにしていたので話を訊くと、発生した事故は完全に解体業者の管理ミスだった。本来、防塵用の鉄製パネルは撤去する際、パネル一枚を支えている支柱は一本ずつ抜き、抜いた支柱を戻してから次のパネルを撤去するのが正しい手順だ。それをこの業者は作業時間を短縮するために数本の支柱を同時に抜いたので、パネルはただ立て掛けてあるだけの状態になってしまったらしい。

「前の道路が通学路になっていましてね、通りかかった秋山さんはパネルを見るなり『危ねえな』と呟いたらしいです。ひと目で支柱が全部抜かれているのを看破したんですね。

それでパネルの一枚が揺らいだ時、ちょうど真下に女の子がいて……秋山さん、相当のご高齢なのに目にも止まらぬ速さで駆け出して、女の子に覆い被さって。お蔭で女の子は無傷だったんですが、秋山さんはもろにパネルの直撃を食らってしまいました」

「本人の容態は？」

「担当医師は何も言いませんでしたが、何せご高齢な上に打ち所も悪く……」

くそ、忌々しい。

「老人にもしものことがあったら、その業者、過失致死で必ず締め上げてください」

頼む、と宮藤は慣れぬ神頼みをする。

こんなことで死んでくれるな。これじゃあ、まるで勝ち逃げじゃないか。

不意にその場の全員が黙り込む。

賑わいの後に訪れる静寂。

死神が目の前を彷徨《さまよ》っているような気配がする。

「そうだよね」

太一の場違いな声が死神の気配を打ち消した。

「お爺ちゃんが死ぬなんてこと、ないよね。だってそんな気が全然しないもの」

「お前ってホント今更だよな。太一、『憎まれっ子、世に憚る』って諺《ことわざ》、知ってるか」

「知らない」

「俺もこの間、爺っちゃんから聞いたんだけどさ、憎まれてる人間ほどなかなか死なないんだってよ。お前、あの爺っちゃんを憎んでるヤツ、世の中に何人いると思う？」

「えっと……」

「馬鹿、指なんかで足りるかよ。爺っちゃんに痛めつけられたヤツなんて、ヤクザ者だけでも東京ドームが満杯になる」

雅彦の強がりは聞いていて忍びなかった。

善吉が本当に憎まれているのなら、どれだけ楽なことか。

しばらくして現場の責任者は所轄の刑事に連行されて行った。狼狽えていた母親も未練たらたらの様子で立ち去って行った。

後に家族と従業員だけが残されると、再び気味の悪い静寂が甦ってきた。

正直言って居たたまれない。しかし、何故か宮藤の足はその場から離れようとしない。

今離れたら、永遠に善吉を捕えられないような恐怖心があった。

「宮藤さん、だったよな」

不意に雅彦から呼び掛けられた。

「何だい」

「まだ捜査、続けてんの」

「出火原因がまだはっきりしてないからね」

「わざわざここまで来てるってことは、爺っちゃんを疑ってるってことなんだよな」

あの祖父にしてこの孫あり、か。雅彦もなかなか鋭いところを見せる。

「関係者の一人だからね」

「誤魔化さなくっていいよ。父さんがろくでなしで、爺っちゃんがそういうろくでなしを毛嫌いしてたのも知ってる」

「雅彦！」

景子が窘《たしな》めようとするが、雅彦の口は止まらない。

「でもさ、それって狙い定めているつもりでも全然見当外れだぜ」

「どうしてだい」

「俺が半グレみたいなのに関わったお蔭でヤクザに目ェつけられたことがあったんだけどさ。そん時、爺っちゃん何したと思う？　ヤクザの事務所へ丸腰で押し掛けて、大立ち回りやらかしたんだぞ。そんな凶暴なのが、自分の子供を始末するのにこそこそ放火なんてするもんか。いきなり家に怒鳴り込んで半死半生の目に遭わせて終いさ。それで父さんが根に持ったらどうするんだって、あんたは考えるかも知れないけど、あの爺っちゃんは容赦なんてしない。根に持つこともできないくらい徹底的にやるよ。それで警察沙汰になったとしても、鼻歌唄いながら自分で出頭する。そういう爺っちゃんなんだ」

語尾がわずかに震えていた。

居たたまれなさが更に募る。善吉を慕っている者たちの中にあって、自分だけが異質な存在であるのをひしひしと実感する。

待て、本当にそうなのか？

お前自身は善吉を慕っていないと断言できるのか？

自問に答えあぐねた時、ＩＣＵのドアを開けて医師が現れた。

春江たちが一斉に腰を浮かせる。

「ご家族の方ですね」

その口調でぞっとした。

とても無事を告げる声ではなかった。

「患者さんが皆さんと話したがっておられます。どうぞ中に入ってください」

景子がぐらりとよろめいたが、それを二人の息子が両方から支える。

「母さんが倒れてどうすんだよお……」

医師に促されて春江たち家族が部屋の中に吸い込まれていく。自分は従業員たちと待機か——そう思っていると医師がこう告げた。

「宮藤という人はあなたですか」

「はい」

「あなたも呼ばれています」

どうして自分が、という思いを胸に抱きながら宮藤も病室へ急ぐ。

やがて対面した善吉はひどい有様だった。大小様々の医療器具に囲まれ、頭部は包帯で見えなくなっている。

それでも包帯の隙間から覗く目は眼光を失っていなかった。それは蠟燭が消える寸前、ひときわ明るく輝く様を連想させた。

「……よお」

さすがに声は掠《かす》れて弱々しい。後ろから見ていると、太一と雅彦が母親の手を強く握り締めるのが見えた。

家族とはよくしたものだ。事前に順番を決めた訳でもないだろうに、齢の幼い太一から一人ずつ善吉の許に向かう。もうまともに話すことも叶わないのか、自分の口元に太一の耳を寄せている。

太一は泣きそうな顔になりながら、何度も何度も頷いていた。

「分かったよ、分かったよ。僕、絶対にそうなってみせるから」

そして俯きながら雅彦と代わる。

雅彦は既に泣いていた。時折鼻を啜《すす》り上げながら、善吉に顔を寄せる。雅彦もまた、何度も何度も頷いてみせる。

「うん……うん……うん……約束する。もう、楽なことは選ばない。いつも辛い方、厳しい方を選ぶ。だから、だから死んじゃ嫌だ」

それが限界だった。雅彦は大きく泣き崩れ、母親の許に走る。

景子はまだ青ざめたままだった。それでも決然とした表情で善吉に歩み寄る。

宮藤は聞き耳を立てた。主犯と従犯の最後の打ち合わせになるかも知れないのだ。だが残念ながら宮藤の場所まで二人の会話は届かない。

「はい……承知しました。二人は必ずそういう風に育てます……でも、でもまだ早過ぎます。まだ逝かないでください」

景子も低く嗚咽を洩らし始めた。

家族の最後は春江だった。

春江はどこまでも気丈で、この期に及んでもまだ涙を見せていない。ただ柔らかに笑い、善吉を愛おしそうに見つめている。

「あなたって人は最後まで派手ねえ」

話し掛けると、善吉の目も微かに緩んだようだった。

「ええ、ええ……分かってますよ。そう言うと思ってました。しばらくは一人で楽しんでらっしゃい。わたしはまだこっちですることが、たあくさんありますから……えっ……嫌な人ねえ、こんな時に」

何を囁かれたのか、春江は艶然と微笑みながら善吉の頰に手を滑らせた。

「さ、あなたの番ですよ」

春江に促されて、宮藤は神妙にベッドへ近づく。

これが今わの際の言葉になる確信があった。それなら宮藤に告げることは一つしかない。

真犯人の告白。

秘密の暴露。

存命中に手錠を掛けることは叶わなかったが、最後の自白を聞き届けるのが自分の使命だ。宮藤は静かに耳を老人の口元に寄せる。

善吉は掠れた声でこう言った。

「……捕まえたきゃ、あの世まで追って来い」

思わず顔を上げて善吉を見下ろした。

善吉の目は満足そうだった。

その目が、ゆっくりと閉じられていく。

「先生！」

宮藤の声で医師が駆け寄り、瞳孔と鼓動を確認する。

そして短く嘆息し、腕時計に視線を落とす。

「午後五時三十二分。ご臨終です」

「爺っちゃん！」

「お爺ちゃん」

「お義父さん……」

家族たちが善吉の周りに集まり、その身体に触れる。泣き声は次第に重なり合い、死者を送る旋律となって病室に拡がる。

宮藤は離れた場所で立ち尽くしていた。

くそ、逃げられたか。

もう捜査令状も手錠も、善吉には届かない。

どこか清々しい敗北感を胸に、宮藤はそっと病室を抜け出した。

4

空気はまだ生暖かく、湿気を帯びていた。

それでも霊園を吹き抜ける風は少しだけ乾いていて、汗ばんだ頬を優しく撫でてくれる。

また九月のこの日が巡ってきた。太一は〈秋山家代々之墓〉と刻まれた墓石の前で、じっと手を合わせている。

この下には善吉と、そして史親も眠っている。今も二人で言い争っているのではないかと危惧するが、せめて近所迷惑にならない程度にして欲しいと思う。いや、あの二人なら善吉が一喝して勝敗はすぐに決するだろう。

家族揃っての墓参りは午前中に済ませておいた。こうして一人で善吉と対峙していると、今でもあの低い声が飛んできそうな気がする。

「全くさ、墓の下からでも威圧感が半端じゃないんだから」

逝った後でさえ、そこいらの人間よりはるかに存在感がある。肉体を超越した精神というのは、きっとこういうことを指すのだろう。そしてその精神は脈々と自分や兄の中に受け継がれている。

そうだ。本当は墓参りをする必要もない。秋山善吉は今でも自分の中で生きているのだから。困った時、迷った時はいつも行くべき方向を指し示してくれる。

太一が一人で再訪したのは、これからある人物と会うためだった。善吉の墓前でその人物と会い、全てを明らかにする。それが自分の歩む道を決める前に、片づけておかなければならない懸案事項だった。

待っていると、やがて向こう側から懐かしい顔がやって来た。

「やあ、久しぶりだね」

「ご無沙汰してます」

「しばらく見ないうちにすっかり大人になっちまったな。今、十八か」

「ええ。来年は高校卒業です」

「他人の子供は成長が早いってのは本当だな」

宮藤刑事――いや、今は警部か――は携えていた供花を墓前に捧げ、合掌した。

あれからもう八年が過ぎた。長いようであっという間の日々だったので実感が湧かない。

黙禱を終えた宮藤がこちらに向き直る。

「ご家族はどうしてる。殊にあの元気な雅彦くんは」

「兄ちゃんは修業中ですよ」

「修業中？」

「店の人に教えられながら秋山善吉工務店の二代目を目指してますよ。一級建築士の資格取るんだって、毎晩慣れない参考書眺めてます。母さんは事務管理。時々、お婆ちゃんから駄目出し食らってますけどね」

「へえ、善吉夫人は未だご健在か」

「世の中はまだまだ楽しいことが沢山あるって。最近はご詠歌とかフラダンスとかの教室に通い始めました」

「……元気だねえ」

「あのお爺ちゃんと長年連れ添った人ですから。そのくらいのバイタリティはあって当然でしょう」

「そういう話を聞くと、ほっとする」

宮藤はゆるゆると首を振りながら言う。

「事件の関係者は加害者側でも被害者側でもキツいもんだ。とっくの昔に事件そのものが終わっていても、事件の影がついて回る。新しく何かを始めようとしても、亡霊に囚われて自由に動けなくなることが少なくない。捜査が終わっても、事件は続いている。この頃つくづくそれを考えるようになった。だから君の家族のような話は、ずいぶん救われる」

「でも警察は事件が終われば、それで済むんじゃないですか」

「書類の上ではね。だけど罪を背負い、理不尽に泣くのは人間だ。人に記憶がある限り、事件に終わりがあるようには思えない」

宮藤は天を仰いで短く嘆息する。八年前には決して見せなかった仕草に、太一はやっと時の流れを感じ取ることができた。

「それで？　わざわざこんな場所に呼び出して、俺に何の用事があったんだい」

「今の話に少し関連があって……新しいことを始める前に、あの事件の影を振り払う必要があると思ったんです」

「あれか」

宮藤は苦笑する。

「今だから言うが、あれは善吉さんの勝ち逃げだった。もう少し時間があったら追及できたんだが。結局、秋山家の焼失は失火原因不明のまま事故と処理された。当時は上司から、無駄足踏みやがってと散々文句を言われたものだ」

「お爺ちゃんじゃありません」

太一は宮藤を正面から見据えた。

「父さんを殺したのは僕です」

しばらく宮藤は沈黙していた。聞き取れなかったのかと思い、太一は言葉を継ぐ。

「正確に言うと、殺したというより出火原因を作ってしまったのは僕だったんです」

「作ってしまった。つまり故意ではなかったということか」

「父さんと最後に言葉を交わしたのは僕でした。僕はこう言ったんです。『父さん、ゲーム機のアダプター借りるよ』って。父さんは半分寝惚けていたけど、『ああ、好きなの持ってけ』と答えました。それがそもそもの出火原因でした」

「そのことに気づいたのは？」

「昨日です。子供の頃のオモチャを整理していたら、あの日父さんの部屋から持ち出してきたACアダプターが出てきたんです。それでやっと思い出しました」

太一の脳裏にあの夜の出来事がまざまざと甦る。ACアダプターを見つけてからというもの、何度も記憶を再生し細部を補正した。当時の状況と大きく異なる部分はないはずだ。

あの夜、太一がゲーム機で遊んでいると内蔵電池が切れた。身の回りを探してみたがA

Cアダプター兼充電器はどこにも見当たらない。思いついたのは父親の部屋だ。以前に入った時、あの部屋には何種類ものアダプターが散乱していたではないか――。

当時十歳だった太一には定格出力も消費電力の違いも分からない。分かるのは精々コードの長さの違いくらいで、どれも同じだと思っていた。

二階に上がると、史親は微かに寝息を立てていた。だからと言って無断で父親の物を持ち出す訳にはいかない。

『父さん、ゲーム機のアダプター借りるよ』

『うん？　ああ、太一か。ああ、いいぞ。好きなの持ってけ』

そしてまた寝入ってしまったので、太一は自分で探すしかなかった。

太一が必要としていたのは長さ1・5メートル以上のものだった。それだけないとコンセントから自分の机の上まで届かない。1・5メートルというのは太一が両手を広げた長さより十センチほど長いのですぐ分かる。

具合のよさそうな物がなかなか見つからず、やっと見つけたと思うと、それは既に稼働中のパソコンに接続されていた。史親はよくパソコンを開いたまま寝てしまうことがあった。しかしよく見ると、コードは大きく撓《たわ》んでいる。つまりこのコードはもっと短くてもいいはずだ。

そう思うと行動は早かった。太一はパソコンに繋いでいたコードをアダプターごと抜き取ると、近くにあった短めのコードと交換した。思った通り、そのコードでもコンセントからパソコンまでの距離を稼ぐことができたので支障はないはずだった。

太一は入れ替えたACアダプターを手に、意気揚々と階下へ降りて行った——。

「それが大間違いでした。父さんの使っていたパソコンは業務用で、消費電力が200ワットもあるものでした。それなのに僕が付け替えたACアダプターは細いコードです。ちょうど延長用コードと同じくらいです。僕は調べてみました。普通の延長用コードに使用されている心線の断面積は0・75ミリ。この0・75ミリのコードの許容電流は最大でも7アンペア。つまりこの許容電流を超えて電気を使用するとコードは過熱し、更に電気を流し続けるとビニールの被膜が溶け出してやがて発火に至るんです」

そこから先は説明しなくても、宮藤なら分かるだろう。しかし途中で止める訳にもいかなかった。

「許容電流を超過してコードは溶け出しますが、寝入っていた父さんは気づきません。そのうちコードが発火し、近くに放置されていた有機溶剤に引火して部屋は爆発火災に見舞われます。部屋も、そして父さんもひとたまりもなかったでしょう。これがあの夜に起こった出来事の一部始終です」

「君のお母さんは鎮火した後、焼跡を探し回っていた。あれは君のしたことを知り、焼けたアダプターを捜していたのか」

「いえ、母さんもそこまで詳しい事情は知らなかったはずです。でも最後にあの部屋を訪れたのが僕だったから、僕が何かしたんじゃないか、くらいは念頭にあったと思います」

息子の不始末の元を何とか警察や消防署よりも先に見つけよう——あの母親なら当然考えそうなことだった。

「善吉さんは知っていたんだろうか」

「お爺ちゃんは知っていたと思います。いつだったか二人で話していた時、僕がACアダプターを交換したのを訳も知らずに喋ったことがありますから……あの、だから宮藤さんが母さんやお爺ちゃんを疑った理由が、今なら分かるんです」

「警察の疑いを自分に向けて、しかも幼い君に事の真相を気づかせないため、か。なるほどな、それなら善吉さんの思わせぶりな物言いも理解できる。殊更、自分の息子である史親氏を論《あげつら》って、二人が反目し合っていたと強調したのも警察の目を自分に向けさせるための誘導だった」

「……そんなこと、有り得なかったんです」

「何故だ」

「お爺ちゃんが父さんを殺すほど憎んでいたなんて、有り得るはずがないんです。本当に憎んでいたら、父さんを半死半生の目に遭わせてでも僕たちを引き取ったと思います。それをしなかったのは、やっぱりお爺ちゃんなりに父さんのことが愛しかったんだと思います。あの人は、お爺ちゃんは全力で僕たちを護ろうとしていたんです」

太一は宮藤の出方をじっと待つ。何を言われても構わない。何をされても抗わない――そういう覚悟で臨んだのだ。

「家族には言ったのかい」

「まだ、です」

「どうしてまず俺にその話をしようと思った？」

「あなたが警察の人だからです。放火の公訴時効は二十五年だから、まだ僕を罰することができるはずです」

「だから君を逮捕しろってか」

「……はい」

返事をしてから固唾《かたず》を呑む。

昨夜、父親のアダプターを見つけ、真相を知ってからはまるで寝られなかった。ひと晩中煩悶し、のたうち回り、ようやく出した結論がこれだった。

正直に全てを打ち明けよう。それで罰を与えられるのなら甘んじて受けよう――。

だが宮藤の返事はあまりに予想外だった。

「アホか」

「ア、アホってなんですか。僕は嘘なんて吐いてませんよ！」

「あのなあ、色々とご高説を賜ったが、それだって君の推論に過ぎないんだろ？　君は父親のアダプターを付け替えたことを思い出し恐れ慄《おのの》いているようだが、新しく付け替えたコードの許容電流が小さかったというのも、現物がない限りただの空論だ。そんな空論で八年前の失火事件を蒸し返しでもしたら、今度こそ俺はクビになっちまう。そんな恐ろしい話に誰が乗るか」

「でも」

「これ以上、君のくだらん与太話に付き合う義理はない。帰るぞ」

言い捨てて宮藤は背中を向ける。

その背中を見て、太一は唐突に知った。

宮藤も真相を見抜いていたのだ。善吉を疑っていた八年前ではなく、その後。いつかは分からないが、彼なりに結論に辿り着いていたに違いなかった。そうでなければ、今の態度が納得できない。

そうか。

あなたも僕を護ってくれようとしたんですか。

僕は十八歳になったんじゃない。

皆が十八歳にさせてくれたんだ。僕一人では、とてもこんな風に育たなかった。自分の失敗を直視し、他人に打ち明けられる勇気など持てなかっただろう。

頭は自然に下がっていた。

その時、不意に宮藤がこちらを振り返った。

「ああ、忘れていた」

「何をですか」

「君に一つだけ訊きたいことがあった。善吉さんは今わの際、いったい君に何を告げたんだい？」

それなら言える。

あの日から一度も忘れたことがなかった。

「責任を取れ」

「何だって？」

「何にでも責任を取るのが大人だ。だから、お前は早くそういう大人になれって」

「……俺を呼び出したのは、その遺言のせいだったのか」

「きっとそうだと思います」

「最後の最後まで厳しい爺さんだったな」

「だから大好きでした」

宮藤は納得したように笑ってみせた。太一に初めて見せる顔だった。

今度こそ、その後ろ姿が遠ざかり、視界から消えた。

太一は最後にもう一度、墓石の前に佇《たたず》む。
「じゃあ俺、行くから」
墓地から離れ、しばらく歩いた時だった。
『負けるんじゃねえぞ』
その声に思わず振り向いた。
誰もいなかった。
だが空耳ではなかった。確かに自分の耳には、あの懐かしい声が聞こえたのだ。
分かったよ、お爺ちゃん。
俺、とことん頑張ってみせる。
何度か辺りを見回してから、太一はまた歩き出した。

解説

香山二三郎《かやまふみろう》
（コラムニスト）

『秋山善吉工務店』という本書のタイトルから、かつてのTVドラマ『寺内貫太郎一家《てらうちかんたろういっか》』を思い浮かべる方は多いのではないだろうか。といっても、筆者と同様、中・高年齢者層の方々に限るが。

『寺内貫太郎一家』は一九七四年にTBS系で放映された人気ホームドラマである（プロデューサー・久世光彦《くぜてるひこ》、脚本・向田邦子《むこうだくにこ》）。

作曲家の小林亜星《こばやしあせい》演じる主人公の寺内貫太郎は東京・谷中《やなか》で石材店を営む太目の五一歳。短気で喧嘩っ早く、怒るとすぐにちゃぶ台をひっくり返すような頑固オヤジだ。彼を中心にその家族と従業員、ご近所さんたちが織りなす日常の悲喜こもごもを描いたドラマというと、他のホームドラマと大差なさそうだが、毎回ホンネをぶつけ合ったバトルが繰り広げられたり、ときにシリアスなテーマを扱ったり、庶民生活を赤裸々なタッチで描いたところがそれまでのドラマとは一線を画していた。貫太郎と長男・周平《しゅうへい》（西城秀樹《さいじょうひでき》）が取っ組み合うシーンで西城が実際に骨折してしまったことは有名な話だ。

ホームドラマ（これは和製英語で、正しくはシチュエーションコメディ／シットコム）は小説でも愛好され、第二次世界大戦後の日本でも、石坂洋次郎《いしざかようじろう》や源氏鶏太《げんじけいた》等の人気作家が作品を発表しているが、このジャンルの人気に火をつけたのは、やはりTVドラマだろう。日本でTV放送が始まったのは一九五三年。一九五〇年代には『パパは何でも知っている』や『アイ・ラブ・ルーシー』といったホームドラマがアメリカで人気を博したが、日本でもそれが放映されるようになるとこれまた人気を呼んだ。やがて六〇年代に入ると日本でも作られるようになり、森繁久彌《もりしげひさや》が明治生まれの祖父を演じた大家族もの『七人の孫』（原案・源氏鶏太）はその走りとなった（このドラマで演出や脚本を担当したのが久世光彦であり向田邦子だった）。以後、ホームドラマは日本のTVドラマの定番のひとつとなっていくが、『寺内貫太郎一家』は先に述べた理由で従来の路線とはひと味違う内容だったといっても過言ではないだろう。

本書もホームドラマを基本としているが、『寺内貫太郎一家』とはまた違う意味で毛色の変わった作品に仕上がっている。読み始めてまず気付くのは、この物語が一家団欒《だんらん》ぶりを描くのではなく、一家の崩壊から始まることだろう。秋山一家の四人家族は火事で大黒柱の父・史親《ふみちか》を失い、同じ東京墨田《すみだ》区にある史親の実家に住むことになる。その実家が祖父・善吉が営む工務店なのだが、冒頭秋山一家の母親・景子《けいこ》とふたりの息子・雅彦《まさひこ》、太一《たいち》が工務店に入ろうとすると、いきなり「馬鹿野郎！」という善吉の罵声が大音量で響き渡る。「刈り上げた白髪に肉の削《そ》げた頬、そしてへの字に曲がった唇」という苦虫を嚙み潰したような善吉の外見は、雅彦の言葉を借りればまさに「恐怖の大王」だ。

もっとも著者は景子たちと善吉の関わりを掘り下げるのではなく、まずはふたりの息子たちの生きざまをとらえていく。太一は小学四年の一〇歳、引っ込み思案の愛されキャラだが、クラスのボス格・増渕彰大《ますぶちしようた》から自分たちのグループに入るよう誘われたのを断ったことから彼らのいじめの対象に。非戦派の太一はそれに対してまったくの無防備で、いじめは次第にエスカレートしていく。万事休すとなったところでしかし、善吉が救いの手を差し伸べる。続く第二章では、中学二年、一四歳の雅彦に危機が訪れる。彼もまたいじめを受けた過去があるが、彼は目には目を、暴力には暴力をで、いじめっ子に対抗、それが功を奏していじめっ子を撃退、どころか群がってくる不良どもを倒しているうちに最強のはぐれ者になっていた。そんなある日、やたらと景気のいい前の中学の先輩と会い、彼に誘われるまま仕事の手伝いをすることに。その仕事とは、乾燥させた葉っぱに香料の粉末を振りかけたものを売ることだった。だが実は先輩は暴力団の準構成員であり、彼はますます剣呑な立場に追い込まれていくが、そこで登場するのがまたしても善吉老。さすがの頑固爺もヤクザ絡みではやばいと思われたが……。

かくしてふたりの息子は善吉に救われるとともに思いも寄らない一面も知り、彼を頼るようになるが、第三章では就職先を見つけて客相手に奮闘する母・景子がモンスター・クレーマーの餌食《えじき》になる。史親の死にめげず再生を図る秋山一家。その運命は一見吉と出るかに見えるが好事魔多し、やがて凶の目が出始める。そこを助けるのが、彼らの姿を密かに見守っていた善吉夫婦という次第だが、そうした展開はホームドラマとしてはむしろオーソドックスというべきか。考えてみれば、どんな家族でも様々なトラブルに見舞われるもの。その都度、親子が手に手を取って、急場をしのぐというのがホームドラマのひとつのパターンである。ただ本書が他の作品と毛色が違うのは、頼りになるのが父母ではなく爺婆というところだが、そのほうが平成世代が昭和世代に助けられるという相互扶助の構図がよりはっきりするかも。出だしでは、親子三代、考えも行動もばらばらだった秋山一家。だが様々な危難を乗り越えていくうちに、新たな家族の絆が確立していく。世代交代の波が大きく動くラストは感動的だ。

むろん、どんでん返しの帝王の異名を取る著者のこと、ミステリーとしても読ませる工夫を怠《おこた》ってはいない。第二章では善吉が顔の広さと怪力ぶりを披露、第三章では祖母・春江《はるえ》が名探偵ぶりを発揮して見せるが、第四章から最終章にかけては、火事の原因と史親の焼死に疑問を投げかける警視庁捜査一課のハンサム刑事・宮藤《くどう》が登場、一転して秋山一家を追い詰めていく。この展開で、秋山一家の善玉イメージにも暗雲が立ち込め始める。一家のアリバイを徹底追及する宮藤。その推理には無理スジも目立つが、それが繰り返されていくうちに、いつしか疑惑が湧いてきはしまいか。もしかして史親の死には善吉や景子が関わっていたのではなかろうか……と疑心暗鬼に駆られること必定だが、果たして著者はそこにどんなどんでん返しを仕掛けてくるのか、ご注目あれ。

社会問題をまぶした前半の家族の危機と、それとは異なる後半の家族の危機。推理とサスペンスを鮮やかな手並みでシャッフルしながら読者を史親焼死事件の真相に導いていくその手腕は、けだし手練れのストーリーテラーと呼ぶに相応しい。

ところで、著者も世代的には筆者に近い。著者も『寺内貫太郎一家』の愛好者だったのだろうか。そしてそれが本書を描くきっかけになったのだろうか。著者は「ムチャぶり光文社」というエッセイで本作の連載を引き受けた経緯を次のように述べている。

ご存じの方もおられるだろうが、僕はオファーをいただいた際、担当編集者さんからリクエストを聞くことにしている。（中略）本作『秋山善吉工務店』もその例に洩れず、編集者さんの要望を聞くべく打ち合わせ場所で待機していた。ところがそこに現れたのは編集長K氏・単行本担当者S氏・文芸誌連載担当者M女史の三人。まあともかくリクエストを、と話し掛けたところ、お三方が一斉に羅列し始めた。

「アットホームな家族もので」

「スリリングで」

「キャラでスピンオフが作れるような」

「社会問題を提起し」

「もちろんミステリーで」

「読後感が爽やかで」

「どんでん返しは必須」

その他含めて九つほどのリクエストを頂戴したのだが、いったいそれはどんな小説なのだろうと少し頭痛がした。しかしこちらは所詮下請け、クライアントの注文を拒む訳にもいかず、三日三晩呻吟《しんぎん》した挙句に何とかプロットを拵《こしら》えた。めでたく一発ＯＫをもらったのだが、これほど難渋したプロットは後にも先にもこれっきりだ。

後日Ｓ氏に面会する機会があったのでプロット作成に苦心した旨を告げると、Ｓ氏は呆れるようにこう言った。

「えっ、あの九つ全部網羅しちゃったの？　どれか一つだけでよかったのに早く言ってほしい。

ともあれ、そういう成立過程なので色んな要素がみっちり詰め込まれている。文句がある方は光文社へどうぞ。


（「小説宝石」二〇一七年四月号）

〈初出〉
「小説宝石」二〇一四年七月号～二〇一五年四月号
二〇一七年三月　光文社刊

光文社文庫

秋《あき》山《やま》善《ぜん》吉《きち》工《こう》務《む》店《てん》

著　者　中《なか》　山《やま》　七《しち》　里《り》

2019年8月20日　初版1刷発行
2021年8月25日　6刷発行

発行者　鈴　木　広　和
印　刷　萩　原　印　刷
製　本　榎　本　製　本

発行所　株式会社　光　文　社
〒112-8011　東京都文京区音羽1-16-6
電話　(03)5395-8149　編　集　部
8116　書籍販売部
8125　業　務　部

落丁本・乱丁本は業務部にご連絡くだされば、お取替えいたします。
ISBN978-4-334-77887-3　Printed in Japan

組版　萩原印刷